全国高校出版社主题出版项目

精准扶贫工程探访纪实——古村告白

袁国燕 著

西北工业大学出版社
西 安

【内容简介】 本书精选陕西九个县的古村和精准扶贫示范区作为样本，通过作者纵贯陕北、关中、陕南的实地探访，讲述不同地域、不同身份的人与贫穷抗争的故事，汇聚人与时代唱和的力量，呈现大时代下小乡村的命运图景，既探访了九个村庄的脱贫史，讲述了一群典型人物的致富梦，又描绘了一幅三秦大地精准扶贫的全景图。

全书示范了非虚构文体的丰富性——集采访、思考、评论、人文于一体，关注社会肌理，开掘个体心灵，具有现场感、现实性、现代味。以空间宽阔感、历史纵深度、维度丰富性弹拨新时代的思想之弦，是一部集结地域特色、陕西气质、中国精神的奋斗史。

图书在版编目（CIP）数据

精准扶贫工程探访纪实：古村告白 / 袁国燕著．
—西安：西北工业大学出版社，2018.8（2019.12重印）
　ISBN 978-7-5612-6189-7

　Ⅰ.①精… Ⅱ.①袁… Ⅲ.①纪实文学—中国—当代 Ⅳ.①I25

中国版本图书馆CIP数据核字（2018）第186774号

JINGZHUN FUPIN GONGCHENG TANFANG JISHI——GUCUN GAOBAI
精 准 扶 贫 工 程 探 访 纪 实——古 村 告 白

策划编辑：杨　军
责任编辑：杨　军

出版发行　西北工业大学出版社
通信地址：西安市友谊西路127号　　邮编：710072
电　　话：(029) 88493844　88491757
网　　址：www.nwpup.com
印 刷 者：陕西金德佳印务有限公司
开　　本：787 mm×1 092 mm　　1/16
印　　张：14
字　　数：205千字
版　　次：2018年8月第1版　2019年12月第2次印刷
定　　价：39.80元

序

一个真诚的作家

贾平凹

与袁国燕见过很多次，但交流并不多。这女子话少，文气、安静。后来看了她的书，才知道，她把话都说在了文章里。她的文字像泉水一样清新，现在依然清新，却变成了不可小觑的能量水。

在我的印象中，她是散文作家，不想近几年修炼成了多面手，和克敬合作，给雷珍民先生写长篇传记，去年不声不响出了部长篇小说，今年又完成了这部精准扶贫题材的长篇非虚构。以前只知这女子勤奋，能吃写作的苦，能安坐文学的冷板凳，现在又发现她骨子里有自我挑战的张力，自我突破的气质和气象。

非虚构类写作最难掌握的是度，要么太实，要么"漂"着。袁国燕很好地杂糅了两者，写得灵动，丰沛，沉实，有弹力。像蒸馒头，面粉与发酵粉配比恰当了，醒面时间够了，面揉到了，形捏得漂亮了，就能蒸一锅好馍。

党的十八大以来，两件事情中国人看在眼里，记在心上。一件是强有力的反腐，另一件就是强有力的消除贫困。这两件事情顺民情，合人心，必定载入史册。当下，我们党正在打这场精准扶贫的攻坚战，袁国燕无疑也是一个战士，她以一个作家的方式参与、见证、思考、记录，自觉充当了时代的眼睛，把在精准扶贫现场的所见所闻所思，孵化成了精神的产物，时代的礼物。

古人有个成语说得好：见微知著。袁国燕正是通过精心挑选村庄样本，切入社会肌理，捕捉个体心灵，来进行扶贫叙事，辐射时代精神的。她的表达具有女性作家的细腻和感性，也不乏理性思考和独特发现。陕西精准扶贫的实招和真效，让这部作品生出了血脉，有了心跳，更有了撑起来的筋骨。她和村庄的亲近、亲密，让这部作品具有现场感、现实性、现代味。

　　作家都是在自卑与自信的拉锯战中，不忘初心，不断前行。无论能走多远，能遇到啥，都应该用最大的真诚，用最大的热情来表现中国社会，并能在宽度、广度、高度上有所突破。用这一标准衡量袁国燕笔下的时代纪录，自有动人的力量。

　　社会是火山口，创作是火山口，时代更是火山口。看上去寂静，然而，它是活的，内里一直在汹涌，在突奔，随时都会有新的喷发。我期待，袁国燕下一次的喷发。

贾平凹
2018.6.1

目 录
Contents

陕北之北 — 黄河与沙漠的秘密 窑洞与山坡的私语

上部

序章：2020的脚步

第一站　府谷底气

一、小康的模样 / 003

二、特有名词 / 008

三、寻贫者不遇 / 010

四、墙头风景独好 / 013

五、王家墩见闻 / 028

第二站　吴堡筋骨

一、好事多磨 / 038

二、古村里的创业史 / 040

三、幸福敲门之后 / 045

四、她们仨 / 048

五、一帘幽梦 / 053

六、挂面的好时代 / 058

七、我想和黄河呆一呆 / 065

第三站　周至道德

一、苍峪气质 / 072

二、收成 / 073

三、向日葵的初心 / 079

四、富根 / 085

五、普通与普照 / 093

第四站　淳化魅力

一、淳德化民 / 098

二、庄子村与白马庄园 / 099

三、咀头村的葡萄熟了 / 101

四、石桥有"桥" / 105

第五站　白水温度

一、朝圣 / 110

二、古村告白 / 112

三、系得住的乡愁 / 123

四、八块五 / 129

关中之中 ｜ 中部

在周秦汉唐的地盘，每一座村庄，都是有气质的

第六站　佛坪溯源

一、佛坪有佛 / 137

二、鸡鸣长坝 / 139

三、菇香天下 / 143

四、"魔王佛心" / 147

第七站　岚皋烛光

一、蜡烛山下 / 153

二、四季诗女 / 154

三、担当部长 / 156

四、南宫君 / 158

五、爱心茶人 / 160

第八站　镇坪浓情

一、印象镇坪 / 164

二、妈妈针线包 / 166

三、我在镇坪有块田 / 169

四、爷爷家的老蜂蜜 / 170

第九站　丹凤朝阳

一、阳阴村的艳阳天 / 174

二、马乔和他的村庄 / 178

三、星星点灯 / 192

四、蚊子先生 / 197

五、大山碎事 / 200

后记

把今天告诉未来 / 205

序 章

2020的脚步

1

2020!

这必将是一个举世瞩目的年份。这是检验中国共产党道路自信、理论自信、制度自信、文化自信的年份。为了这一年,中国正在践行一个庄严的承诺:全面建成小康社会!

从某种意义上说,人类的发展史,本身就是与贫困做斗争的历史。无论是揭竿而起、改朝换代的农民起义,还是四川都江堰、京杭大运河、新疆坎儿井等著名工程,中国政权和祖先智慧交融的壮举,无一例外是与贫困的对抗,是对美好生活的向往。五千年的贫富演绎,五千年的文明滋养,终于催生了中国特色的社会主义。

"贫穷不是社会主义",1987年4月26日,邓小平在接见外宾时这句铿锵有力的话,被载入史册,向全世界宣告了中国制度的优势。

时代,不断赋予扶贫济困更丰厚的内涵。

多年后,2013年10月,湖南湘西的人民首次听到了习总书记"精准扶贫"的发声。从此,精准扶贫吹响了集结号,精准识别,精准发力,从中央的一系列重要指示到"史上最高规格"的扶贫工作会议,表明了中央打赢这场精准脱贫攻坚战的态度，也让老百姓相信："扶贫工作不会是'手榴弹炸跳蚤'，只图声势和场面。"

老百姓居家过日子，日子过得好不好，是百姓自己的事，而全心全意为人民服务的党，一直操心着群众的日子，碗里端的是粗粮窝窝头，还是大肉和鸡蛋，饿不饿肚子受不受冻，甚至上学、看病、就业，都是政府操心的事情。

改革开放以来，中国七亿多人口在政府的"操心"下，摆脱了贫困，占到全球减贫人口的70%以上。中国用几十年时间完成了其他国家几百年走过的发展历程，令世界刮目相看。

"我们将顺应人民对美好生活的向往，不断提高人民生活质量水平，特别是要加大对困难群众精准帮扶力度，在2020年前实现现行标准下5 700多万农村贫困人口的全部脱贫，贫困县全部摘帽！"习总书记在G20工商峰会开幕式上的主旨演讲掷地有声！温暖着中国百姓的心、沸腾了世界的格局。

我在看这条新闻的时候，既自豪又有些许担忧：5 700万，这个超出许多国家人口总数的数字，隐在国家大好河山的一道道褶皱里，一个人有一个人的贫困理由、生活现状，把他们一个个找出来，然后一个个诊断"致贫病因"，一个个"对症下药"，再全过程跟踪、回访，这将是多么庞大的工作！多么巨大的民生工程！

然而，今天的中国政府做到了，一系列顶层设计，从金融、产业、医疗、教育……到政府兜底，国家密集出台的各种扶贫优惠政策，在新中国发展历程中可谓百年一遇。全面建成小康社会不是口号，而是实实在在的行进。

中国是一个常常与奇迹联系在一起的国家。

改革开放以后，经济一飞冲天，跃为当今世界第二大经济体。尤其是党的十八大以来的五年，六千多万贫困人口脱贫，贫困发生率从10.2%下降到4%以下，成为联合国第一个实现减贫目标的发展中国家。

距"零贫困"目标越来越近。

到2020年，中国将打通脱贫攻坚"最后一公里"，再创让世界刮目的奇迹。一个成功的"中国样板"正在全世界形成。

如果说，"一带一路"是中国对世界经济的贡献，那么，"精准扶贫"就是中国对全球反贫困的贡献。

振奋之余，想起最近查到的一份资料。1928年至1930年，以陕西、甘肃为中心，发生了西北八省大饥荒。救济机制的崩溃，灌溉设施的年久失修，加之政治的动荡，让老百姓在灾荒岁月中苦苦煎熬，眼见亲人在路边走着、在墙边靠着，一会儿就软绵绵地倒下去，断了气。陕西原有人口1 300万，在饥荒中沦为饿殍、死于疫病者达300多万人，流离失所者600多万人，占到全省人口的70%。

有学者说，饥荒的持久性是中国落后最显见的标志之一。

在时间的洪荒里，有多少次这样旷日持久、惨绝人寰的大饥荒？

今天，历史记载只有干瘪的文字和枯燥的数字。之所以翻开沉重的历史，我不是要激活对大饥荒的伤怀和惊悸，只是想重拾两个字：珍惜。

珍惜国力强盛的今天，珍惜幸福安康的现在。

中国的历史证明，百姓的安康，与政治的稳定、国家的富强，息息相关。国家是海，百姓是鱼。

近两年的媒体上，出现最多的字就是"扶贫"两个字。看久了，我忽然有所悟：

扶，用偏旁"手"撑起大丈"夫"，而不是懦夫；

贫，因为"分"开了"贝"，而不是共享财富，所以，就被困包围。

这样想的时候，不得不越发敬佩中国的老祖先，原来在造字时，就已经有所预言、有所警示。

我顺着这个发现，又琢磨起"精准"两字，它们的偏旁分别是米和水，有"米"，有"水"，若再加上有"手"扶，有"贝"分，老百姓告别"贫"，打败穷，是必然的。

"精准"，意味着扶贫不是锦上添花，而是雪中送炭；意味着所有的人力、物力、财力，正在不偏不倚，对准穷靶，精准发力。这力，是威力和动力，更是活力。

公平幸福的阳光，照耀在每一寸土地上。

"你若安好，便是晴天"。

这不仅是一句诗，一种情，一束光，更是温暖之源。

2020的脚步，正铿锵有力，一步步走来，近了，更近了。

2

陕西,这块秦人的家园和最早建国立业的地方,从来不乏求生、创业、奋斗的豪情和故事。

过去,巍巍秦岭见证了先祖立业立国走向富裕的全部历史;今天,三秦大地见证了百姓由贫困走向富裕的脚步。

陕北的贫,咆哮在黄土高坡上。

陕南的贫,静默在秀水青山里。

关中的贫,深藏在秦岭的脚下。

有人说,陕北的贫是阳性的,陕南的贫是阴性的,关中的贫是中性的。不管准确不准确,三秦大地贫困的程度和质地,正在被老百姓认识和解读。

站在秦岭之巅,是为了惠及脚下,更是为了眺望远方。

跳出城墙思维的陕西既脚踏实地,又仰望星空,明确"十三五"时期的脱贫攻坚总体目标:要确保56个贫困县全部摘帽,316.7万建档立卡贫困人口实现稳定脱贫,与全国同步够格进入小康社会。

2017年,陕西省两会的政府工作报告中,更是标红了这几项硬任务:

"全省要实现88.5万贫困人口脱贫、13个贫困县摘帽。"

这是三秦大地有史以来,力度最大的脱贫攻坚目标。

作为西北的桥头堡,陕西要擎起扶贫的猎猎大旗,走在前列。

作为"一带一路"的引擎,陕西要形成示范效应,打造扶贫样本。

通往小康的路虽然漫长,但脚印是清晰的。

打开时空坐标,我们不难发现,陕西扶贫历史长达二十余年。从1994年开始的国家"八七"扶贫攻坚,一直延续到现在,陕西扶贫的脚步从未停歇。尤其是近两年因地制宜的创新,可圈可点。

2015年10月,陕西力避大水漫灌的方式,出台精准识别贫困户的九条标准,被媒体称为"九条红线",各省纷纷效仿,成为精准扶贫的亮点。

2016年,陕西实行农村低保标准与扶贫标准"两线合一",对农村低保最低限定保障标准提高至年人均3 015元。对部分和完全丧失劳动能力的,实施兜底保障，最大限度对孤、残贫困人员集中供养，为社会最底层群众营造了幸福之家。

2017年，陕西脱贫攻坚精准上轨，系统提升，投资更精准，帮扶体系更完善，党建引领扶贫，产业推动扶贫，就业给力扶贫，文化助力扶贫，工作力度前所未有，形成了合力攻坚的大好态势。平利县的社区工厂扶贫模式入选全国"2017精准扶贫十佳典型经验"。

陕西省扶贫办公室官网备受三秦人瞩目，已成为学习扶贫政策、了解扶贫进度、感知扶贫温度的一扇窗口。我也将其下载到手机上，天天浏览。后来，又搜索到官方微信公众号"富裕三秦"，扶贫动态更是随时知晓。

"我们要继续向贫困宣战，决不让贫困代代相传"，这是三秦扶贫工作者的态度和决心，更是铮铮誓言。精兵强将下乡驻村了，全社会的力量参与进来了，百姓有抓手和盼头了。

陕西首只扶贫债券成功发行、"兴山致富"生态建设与脱贫增收的绿色富民产业、撵走"贫困交加、因病致贫、因病返贫"三只小康"拦路虎"的汉中市健康联合体、技能扶贫的安康紫阳模式……个个因地制宜，点石成金。

中国邮政集团公司商洛助学扶贫播种心灵"绿色"种子、陕西能源集团勇当商洛脱贫攻坚合力团领头羊、陕西人力资源与社会保障厅就业扶贫斩穷根、陕西郑远元专业保健服务集团有限公司技能培训扶智扶志……央企发力、国企给力、省直机关用力、民企社团尽力。这力量是铁，这力量是钢。

扶贫攻坚之路虽然漫长，但是一直高歌猛进，对标前行。

省上领导下了硬茬，不打招呼、用心良苦的工作视察，成为陕西的脱贫攻坚工作常态。各级干部身先士卒，甩干脱贫成效的水分，一次一次通过了暗访关。

以查阅档案、入户走访、实地核查方式进行的市际间交叉检查，为发现问题、整改问题提供了第一手资料。各地市不掖不藏，互取精华，追赶超越。

"脱贫工作务实、脱贫过程扎实，脱贫结果真实。"这是陕西脱贫攻坚领导小组的自我要求，更是全省老百姓的心声。

3D式立体化的精准扶贫像电波一样，联通三秦，更联通了人心。"特别顾大局、特别能吃苦、特别重协作、特别讲奉献、特别敢担当"的陕西脱贫攻坚精神，得到了群众的认可，直面历史的检验。

看，一号工程的高度、敢为人先的速度、全域推进的热度、全员发力的力度，正在播撒着党的浓情、催生着干部的激情、点燃着群众的热情。这是世界上最深的情。

听，奋战在扶贫一线的战士，这些新时代最可爱的人，正在谱写着属于自己的歌词。"汗洒三秦结硕果，情满人间歌盛世"的旋律正响彻天宇，淌在心中。这是世界上最温暖的歌。

3

高桌子，低板凳，都是木头；

穷日子、富日子，都是日子。

三秦人的日子，除了柴米油盐酱醋茶，还要吼秦腔，哼小调，对着山坡高唱信天游；还要谈天论地，谈古论今，谈贫论富。这是一种幸福的常态。

然而，贫困的阴云，还笼罩在一个个遥远的小山村。

"天灾"两个字眼，对靠养殖和种植为生的农民来说，是一场场非常现实的灾难，一场冰雹毁了果树，大旱、连阴雨让庄稼减产，一头猪辛辛苦苦喂到头却正面临猪肉大降价，鸡苗染上瘟疫全军覆没……而这一切大自然惹的乱子，政府给你扛着。

"人祸"更有可能如影随形。老天爷一抽筋，出其不意地给你制造一场灾难，谁也无法掌控和阻止，谁也无法预料。恶疾、车祸、瘫痪、死亡……人生的种种不幸，老天爷的种种刁难，政府给你担着。

有效避险，实实在在分担，是政府的最大贡献。面对可能的天灾，政府先撑起了一把遮风挡雨的大伞，养殖种植、流转土地、创业补助、每年分红，让劳动者白手起家，既当"地主"又打工的双保险，政府把农民的风险转嫁到自己的头上，或者说，更有担当能力的企业头上，让农民身安，心更安。

面对疾病的困扰，政府的农村合疗、大病保险、医疗救助、兜底政策等保障，给足了与病魔战斗的底气、追求美好生活的勇气。

老百姓从来没有像现在一样，强烈地感受到过日子不仅是自己的事，更是国家和党关心的事。老百姓咋样脱贫致富，咋样安乐康健，都牵动着政府的神经。

在这个历史上曾建立十四个朝代，埋葬着众多帝王将相的黄土地上，早已种下了昂扬向上的精神和厚重宽广的胸襟。三秦大地上的百姓鄙视不劳作而依赖党的关怀等、靠、要的行为，他们明白一个道理：扶贫方式只是术，人生态度才是道。

近两年的村庄走访，让我越来越感受到，贫困大体相同，态度却大有不同。有人主动退出贫困户，有人挤破头争当贫困户，有人努力劳作拔穷根。态度决定贫富，有什么样的态度，就有什么样的生活。

星罗棋布在三秦大地农舍村巷、田间地头的一个个村子，一户户人家，都是社会肌体的一个个细胞，遵循着自己的分化和繁殖。我像一个细胞学研究者一样，贪恋这些活跃的裂变和生长。

就这样，我以一个细胞的虔诚，融入村庄的血脉，感受村民的酸甜和苦辣，倾听群众的祈盼和梦想。他们像一株一株向日葵，像一棵一棵守望的树，以挺拔的姿势，沐浴着阳光和雨露。他们的可怜和可爱，他们的渴望和希望，像露珠一样晶莹剔透，像森林一样丰富多彩。

有人说，既要靠"力"吃饭，又要靠"田"生金，力有穷尽，田无绝期，要科学种植，早学本领。

有人说，两不愁，三保障，是世界上最好听的口号。

有人说，活着，就要干活，活干好了，才能活得好。

有人说，即使到了2020年，过日子还得省着点，勤俭节约才能把好日子过长久。

…………

这些掏心窝的话，这些吃喝拉撒的日常，在我耳里越汇越多，汇成一条幸福的溪流。我深深理解了一个词：民心所向。

在这个人民至上的新时代，幸福正掠过村庄里的山坡坡、沙畔畔、石沟沟、浪尖尖，一户一户敲响老百姓的家门。

"读书明事理，温饱知廉耻"，只有肚子饱了，每个家庭，才会耕读传家，健康繁衍；每个人，才会过平常人的日子，想天下人的事情，遵行老祖宗的"修身齐家治国平天下"。

通往小康的路没有捷径，但有路径，那就是：通向民心的脚印。

上部

陕北之北

黄河与沙漠的秘密
窑洞与山坡的私语

第一站　府谷底气

在府谷，共享，是一个与"黄金十年"一起响亮的词。

一、小康的模样

1

去府谷县之前，我先在陕西地图上找它。以西安为中心，向北，再向北，府谷两个字，静静地栖居在陕、晋、蒙相接的地方。一查距离，距西安竟然八百多公里。目光，又下意识地滑到陕西最南的镇坪县，一个月前，我刚从那里归来。手指沿着地图，将这最南和最北的两个县一连，不知怎的，有些激动。

展开在面前的陕西地图，极像一个抱拳、昂首、以半跪姿势膜拜苍天的兵马俑，而府谷，就在俑士的发髻处。俑士上扬的脸，只是一个向西的侧影，留给人无尽的猜想。我想，假若要探究这位俑士的健康和筋脉，裸露的发髻无疑最直观了。

可是，府谷毕竟是全国百强县、西部十强县，乌金遍地，油浪翻滚，被誉为"中国的科威特"。常常听人说，榆林北部那些县的人在西安买房子，都是捎，几十万、上百万，毫不在乎，像买捆菜、买件衣服一样。一个人出马，把熟人集中在一起，常常就能买下一个单元。去那个底气十足、富甲一方的地方采写扶贫，能挖到素材么？

我网上百度了府谷县精准扶贫的一些报道，但心里还是不踏实，又辗转联系到一个在那遥远的边塞之县工作的朋友，他肯定地说，来吧，沿黄线开通了，这儿有了看点，而且，府谷的"富中贫"现象，很有特点。

富中贫，这三个字一下子打动了我。昔日贫穷重灾区，今日的全国百强县，从最贫困到最富裕的路，有多远？在最贫困与最富裕的夹缝里，百姓有着怎样的生活？富裕之光如何照亮贫穷？

这一切，像火炬，在我心里熊熊燃烧。

府谷，我决定，穿过大半个陕西，去看你。

2

府谷县以它的火热，迎接了我。

虽然已是9月中旬，中午气温却高达28℃。来时，知道陕北气温低，找出毛衣、风衣、牛仔裤、围巾，将大行李箱塞得满满当当，却没有带一件短袖和衬衣。只有从西安出发时，穿的这一件中袖长裙，勉强可以应对这里的热情。

边塞的府谷和西安的气温居然差不多，是我没有料到的，也超出了很多陕西人的惯常认识。这不能不算是府谷的一种新变化，它一直在与都市接轨，除了县城形象、人的思想，气温也在与西安比肩。

府谷县城，并不是我想象中的沟壑纵横、黄沙漫漫，反倒有一种都市的霸气。到达时刚好是中午，车行在府谷新区，阳光穿过清透的空气，照耀着墙头的标语、黄河边的路灯、柳树。我从车窗看出去，天蓝地绿，楼雄街阔，眼前的世界，忽然变大了。

选靠近黄河的一家宾馆住下。房间在20楼，有着一整面落地的观景窗。正对着窗子的，是几个硕大的字：府谷县煤化工集团。楼宇高大，设计时尚，它曾经一定是这个工业大县辉煌的标识。再向楼下看，街头的红灯明明灭灭，电动公交车在站牌前来来去去，浑身通绿的出租车走走停停，衣着时尚的路人说说笑笑，有那么一瞬间，我忘记自己身在何处。

目光穿过车水马龙，我找到了黄河。远远望去，河面像一条黄色的腰带,把秦晋隔在腰带的两边。陕西的府谷和山西的保德,便成了黄河的左膀右臂。

  站在窗前看得最清楚的,是黄河岸边的大公园。中央有八个跑道的操场和高高悬起的大电视屏。频道固定在中央一套,将早中晚新闻、天气预报、焦点访谈、今日说法、电视剧,播给来锻炼的市民看,也给黄河看。

  晚饭后,我独自一人来到公园,像当地人一样,沿着跑道快走。远远看到弓形的黄河桥身上,亮着几个霓虹灯组成的字:河滨公园。

  不愧是3 200平方公里的大县,干什么都是大手笔。听说,这河滨公园占地千亩,绿化率近70%,是西北地区县级公园第一大。面积大,气势也就大,黄河对岸的山西保德县的人常常穿过黄河大桥,徜徉在邻居家的"绿肺"里。

  大广场上,有府谷风景摄影展,黄河母亲与儿子的雕塑,音乐喷泉,休闲回廊。打纸牌的,跳广场舞的,借着路灯打篮球的,挥汗跑步的,携子散步的,在这方天地里尽情舒展。我想,如果把此情此景浓缩在一幅画里,一定会是最具烟火气的府谷夜景图。说不定,千百年之后,也会像"清明上河图"一样有研究价值呢。

  挨着黄河畔的那边,立着红色的LED大电子屏,滚动变换着宣传标语,其中有一句工商局的宣言:"天上不会掉馅饼,一夜暴富是陷阱。"黄色的字体在红彤彤的大屏上闪烁,像亮在黑夜里的眼睛。

  广场四周密植着一圈柳树,浓密的枝条瀑布般倾泻而下,以婀娜的姿态与大地私语。路灯的光弥漫开来,那一树一树的柳枝沐浴在光晕中,做着自己的梦。不知是我的目光迷离,还是夜色迷离,我竟然发现柳枝间氤氲着一层烟雾。第一次知道,"烟柳"这个词,并不是文人的想象和粉饰。地处陕北高原,一个边塞之地的柳,秀可比长安,烟可比江南,令我惊讶。

  不知是品种不同,还是养分的差异,这里的柳树长成了两种,一种枝条特别长,叶子细而均匀,极尽摇曳之姿,低媚着柳树一贯的柔情。另外一种枝条短翘,叶片宽而卷,并无低眉垂眼的意思,倒是有几分奔放洒脱之气。

  两种柳,就像女子的两种发型。那如烟如帘的绿丝,是顺滑的长发;卷翘的短枝,则如烫染造型的短发。长发端庄秀气,短烫发时尚活力。这府谷,可是要将两种美兼具并收？

3

接待我的朋友是咸阳人，来府谷工作十多年了，恰巧见证了府谷的"黄金十年"。刚来那天，我们吃完晚饭，在府谷县城的大街上散步。街道的店正在陆续关门，夜市区却灯火通明，小摊小贩热情叫卖。朋友告诉我，现在府谷有三少：豪车少了，路上酒后呕吐物少了，五星级酒店少了。"你前几年来，要是不提前三五天打招呼，绝对订不上酒店。"

现在的三少，无疑对应着曾经的三多。多的是迷惘的财富，多的是迷茫的方向，多的是迷惑的日子。可以想象，一煤独大，经济高速增长和自然资源的富集，对这个传统农业大县的颠覆，对这里的人带来的惊骇。穷惯了穷怕了的人，忽然得到大地的狂赐，财源滚滚，日进斗金，怎么花？

有人疯狂消费，醉生梦死，有人投资经营，办企办厂，有人捐资兴学，建设乡村，甚至给同村人赠别墅。

大地的储备和时光的结晶，像烟花一样被灿烂引爆，又徐徐成灰，回归大地。

现在，在这个脚踏乌金，被财富的巨浪席卷过、激荡过的地方，渐趋平静。回归理性的人们已经意识到，勤劳致富，踏实做事，才是永恒的财富。

上天一直偏爱这方土地。无论是富庶和贫穷，都不甘平凡。在西汉王朝征战匈奴的几十年里，府谷一带一直是谷物粮草的补给地。被称为大汉官府的谷库，后唐天佑七年（910年）正式称府谷县。

关于府谷县名的由来，当地还流传着这样一种说法：宋太祖赵匡胤开仓赈民时，称"府中有谷，饥民自取"。这种说法后来被有据可查的历史典籍否定，根本没宋代什么事儿。显然，宋太祖赐县名的说法掺杂了后人的美好情愫，但是，不也早早预言了府谷千年以后的富裕，以及富裕的共享么？

走在府谷县城的街头，时常发现公交车身、人行天桥上有一种特殊的标识，像金黄色的稻穗，又像昂头的凤凰，线条流畅，动感十足。仔细一端详，无论稻穗还是凤头，又分明是一个"府"字的形状。回到宾馆一查资料，才知道，这正是府谷县的城市标识，2012年，向全社会征集优选而成，寓意"幸福"和"腾飞"。

府谷不但设计了城市标识，还提炼了"宽厚、务实、争先、共享"的府谷精神。府谷人的精气神，浸润在这八个字里，不仅尚富，更尚德。

在府谷县购物，不用讨价还价，府谷人都是一口价，爽快，公平，透明，绝不会宰人、欺生。开车陪我采访的司机是铜川人，很健谈，一路上说着他刚来府谷时的经历。有一次媳妇来府谷看他，想买点儿肉包饺子。两人来到肉摊前，说：买一斤肉。卖肉的瞪圆了双眼：

多少？

一斤。

不卖！

那我也不买了！

悻悻离开，身后传来一声吼：

算了，送你一块。

卖肉的说着，顺着肉的外沿剁一块，也不上称，抽下一个塑料袋套上，油腻腻的大手一挥，拿走！

府谷让人踏实。

在府谷采访期间，我全身心地投入，常常忘记了随身携带的手提包。第一次，与陕北说书的艺人聊天，聊得兴起，过了时间，匆匆照了相，转身就走。下了楼，感觉手里空荡荡的，猛然想起装着重要物件的包，头皮一紧，立即惊出一身汗。正要返身去找，说书的艺人已追了下来，包，原封不动地回到了我的手里。

还有一次，是在郭家则村村委会的办公室，看完资料径直就去了农户家里，半路上想起自己的包拉在办公室的桌上。而我们走后，办公室空无一人，门也未锁。陪我的惠斌政书记说，你放心，不会有人拿。想他是安慰我，匆匆结束采访回到村部，推开虚掩的门，一眼看到心爱的包，安然无恙地在原地等着我。

临别前的一天，我想沿着河滨公园上的黄河大桥，走到对面的保德县看看。拎着包不方便，放在宾馆里又不放心。为难之际，给当地朋友打电话讨招。她呵呵一笑，说，你尽管逛，不会有抢劫、偷盗的事儿。不但包没事，我保证你人也没事！

想想，这个没事的地方，却是个有故事的地方，还真让人踏实。

二、特有名词

府谷县扶贫办在氮肥厂的一条老巷子里。巷子窄而长，两边店铺林立，车、人互相避让，热闹而有序。行人一不注意走到路中间，就会听到身后一声接一声的喇叭，声声都是提醒。我一边小心挨着路边走，一边留意扶贫办的标识。

一栋贴着白色瓷片的大楼出现在眼前，大门上竖着红色的大字：府谷扶贫办。推开大门，眼前正对着一个LED屏幕，上面滚动着一行字："率先稳定脱贫，率先全面小康。"两个率先，让刚进门的我感受到一股底气和豪气，看来，这地方是来对了。

这个在20世纪饱受贫困之苦，1986年被列为国家级贫困县的地方，21世纪初竟然以神话般的速度崛起，一跃成为耀眼的明星。蝶变的，不仅仅是生活，还有人生、生命的价值。善于思考，勇于实践的府谷人，开始了大手笔、大跨越。

正要敲响办公室的门，抬头看到墙上贴着一组名词解释，一下子吸引了我的注意力。

"1122"精准扶贫工程，是指"围绕精准扶贫这一条主线，瞄准率先在全省建成小康社会这一目标，扎实推进扶贫任务、帮扶责任的两个落实，努力实现在全省率先脱贫、率先全面建成小康社会的两个率先"。

"3331"扶贫工程，即"利用3年时间，每年帮护3 000户，做到帮扶到村、到户、到人三到位，实现全县贫困人口脱贫一个目标"。

来府谷之前，我在陕西日报、榆林日报上搜到几篇关于府谷精准扶贫的新闻报道，几次看到这两组数字代码，当时不知道代表啥具体内容。现在，这一组数据先迎接了我。当我明白了它的所指，更加佩服府谷扶贫工作明晰的思路、清晰的脚印。正是因了这份"明"和"清"，2017年6月份，在全省市际交叉检查中,府谷县脱贫攻坚工作获得全省第五,榆林市第一的好成绩。

如果将时间拨回到十年前的2007年,府谷县正处在综合实力增长的顶峰,站在财富的金字塔尖,府谷县因地制宜叫响了一个独有的名词:"双百工程",即"百机关单位帮百村,百工矿企业带百村"帮扶工程,一举开辟了政府、企业、农民三位一体的扶贫新模式,大量民营企业参与扶贫开发,民营老板动辄将几千万、上亿元的巨额资金捐给扶贫,反哺村庄,形成了多元的大扶贫格局,被誉为"府谷现象",继而成为一种新型的扶贫模式:"府谷模式"。

府谷现象,府谷模式,府谷速度,迅速引起全社会的关注,成为令人瞩目的热词。国务院扶贫办和清华、北大等高校和研究机构将府谷现象列为课题,进行专题研究,并将研究成果结集出版。在中国农业出版社2010年1月出版的《陕西府谷现象研究》一书中,系统剖析了府谷扶贫开发的环境、机制与重大意义。在"府谷模式的推广"一章中,我看到专家的担忧与良方:"这种资源型地区依靠煤炭开采企业的扶贫是否可以持续?从长远来看,必须摆脱对暴利工业企业的依赖,培育自我发展能力,才是可持续发展之路。"

七年后的今天,我到达府谷县,这里的资源禀赋已失去昔日光彩,但绿色的可持续发展之路又形成新的风景。由"黑"到"绿"的蜕变,可有迹可循?

府谷扶贫办的领导都不在,去彩排现场评估节目去了。一问才知道,不是别的节目,正是一场以陕北说书形式宣传扶贫主题的节目。我的心怦然一动,没想到自己运气这么好,刚来就遇上一场富有地域特色的陕北说书,便匆忙赶到现场去看。快板、三弦、二胡、笛子等乐器悉数上场,四位演员吹拉弹唱,扶贫故事娓娓道来,虽然好些方言听不懂,但演员时而深情、时而风趣、时而激昂的神情和现场热烈的氛围,还是打动了我。

陕北说书,只是府谷扶贫宣传的一碟小菜,在府谷县扶贫办2017年上半年的工作总结中,我看到府谷精准扶贫"三个一"的组合大餐:编印一册精准扶贫系列漫画,组织一场精准扶贫专场晚会,拍摄一部"精准扶贫的府谷实践"专题片,全面反映从2012年以来,"3331""1122"精准扶贫工程实施后,贫困人口从3万多人下降到3 000人所取得的成效。

府谷县扶贫办杨晓钧主任告诉我。府谷的扶贫工作之所以走在前列,首先是思想走在前列,其次是做法走在前列,主要迈出了三大步:往前探了一步,形成府谷扶贫特色;标准高了一步,从省标的3 015元提高到4 000元;速度快了一步,初步计划2018年底实现全县小康。

这三大步,又何尝不是府谷扶贫的特色呢?

市场风云变幻,时代滚滚向前,府谷的扶贫帮扶之风却一脉相承。曾经,府谷在"黄金十年"璀璨的能源光芒中,完成了从小扶贫到大扶贫格局的探索。今天,文旅产业、自然资源的优势,又即将从沉睡到全面迸发。多元的致富模式,必将带给府谷人多彩的生活。

府谷是有豪气的,豪气来自地气,来自底气,更来自人气。这是一个铁骨铮铮的地方,这也是一个温情脉脉的地方。这是一个仰望星空的地方,这也是一个脚踏实地的地方。

在府谷的每一天,我常常想起府谷精神里的一个词:共享。在府谷,这是一个与"黄金十年"一起响亮的词。看来,早在十年前,府谷就以共享的姿势,开始了小康的征程。

三、寻贫者不遇

贫在深山有人识。黄甫镇黄糜咀村的李鸡混,就是这样一个幸运者。

我是在陕北说书演员的一段唱词里,得知李鸡混的。

"黄甫李寨有一个李鸡混,他是一个直骨的好农民。
有病生活有困难,不靠不要也不等。
种五谷、种苦参。
养猪羊,兼护林。
凭着勤劳双手脱了贫。"

当李鸡混的故事被艺人们用陕北浓重的鼻腔抑扬顿挫地说出来,我当即就把他列为第一个采访对象。

李鸡混虽然像一只四处刨食的鸡,但他一点儿也不"混"。勤劳,是他与贫穷作战的资本，多元互补增收，是他的聪慧。

当天，还要去沿黄线起点所在的墙头产业示范园，县扶贫办杨晓钧主任给我规划好采访产业园和李鸡混两者兼顾的路线，写在一张白纸上："府谷县城出发→走沿黄路→黄甫镇黄糜咀村村委会→李鸡混家→墙头产业示范园区。"

第二天，我们一行三人，带着这张纸，出发去李鸡混的家。

黄糜咀村村委会，就在沿黄线的路边上。驻村的赵米良书记带着我们，拐向一条通往李鸡混家所在的墩梁村的小路。路面已经硬化，但夹在沟壑和庄稼地中间，黄尘一路跟着轮胎飞扬。路边不时有正在修排水渠、植树的工人。妇女们戴着头巾式的遮阳帽，把自己的脸裹得严严实实，只剩一双眼睛。男人们戴着帽子，脖子搭条毛巾，擦汗的时候，向我们的车投来友好的一瞥。

远远就看到李鸡混村里的庙，雄踞于广袤的黄土地中间，飞檐雕梁、色彩艳丽的殿宇高低错落，亭台左右相形，肃立于蓝天之下。外围是水泥砌成的一个大广场，更衬托出庙宇的凛然之气。放眼望去，周围的庄稼、房屋黯然失色。驻村干部说，老庙是明清时修建的，现在隔几年就有发了财的村人回来翻修。庙前有一棵百年老槐，蓬勃着一树的诗意和力量。大约得了庙宇的灵气，树身笔直，树冠如盖，像一把撑开的伞，护佑着这里的百姓。

李鸡混的家，独自坐落在路边。沿着20多米的坡道下去，就到了大门口。两间贴着白瓷片的平房，就是他刚刚落成的新家。一张"当好生态护林员，早日脱贫奔小康"的生态护林员工作明白卡，端端正正贴在大门旁边。看来，府谷县选聘的102名贫困户护林员，李鸡混就是其中之一。

屋顶正中，装着一盏太阳能路灯，电池板正铆足了劲吸收着光和热，我想，这里的夜，一定很亮。

门上着锁，李鸡混不在，打他手机，提示无法接通。赵书记遗憾地说：没有信号，他大概又上山护林去了。

此情此景，颇有贾岛那首诗的况味："寻隐者不遇。"但李鸡混不是采药去了，而是护林去了。只

李鸡混的新居

在此山中，云深不知处。

　　我在李鸡混新家的四周看了看。院子里铺着红砖，打扫得很干净。赵书记告诉我，砖是李鸡混自己动手铺的，没找工人。踩着红砖地面，隔着茶色的玻璃窗勉强可见屋内一角，房间宽敞，地面铺着奶白色的瓷砖，屋里的物件摆放得整整齐齐，灶房里还有一碟早上吃剩的菜和两只馒头。

　　围墙左侧，是李鸡混墙皮斑驳裂缝的土坯老屋，搬到新居后，老屋已经废弃了，空落的院子被李鸡混用来养殖。一只白毛小狗，对着我们热烈地叫，却不敢近前来。两头大黄牛，一卧一躺，悠然地咀嚼着，对陌生人的到来并不在意。两只大肥猪倒是热情，吭哧吭哧地奔到圈前，仰头看看我们，还不忘用嘴拱一下地面。

　　通往新居的坡道上，几畦结着黄瓜、西红柿的绿藤，郁郁葱葱。旁边有几棵白菜，叶片肥硕浓绿。沟坎间随处都是旱烟苗，开了嫩黄的花。坡下，还铺展着一片静默生长的土豆苗。主人对每一寸土地见缝插针，能种能长的地方，绝不让闲着。这些欢快生长的植物，携带着主人的气息，传递着一个不甘被贫穷束手就擒，努力自给自足的陕北农民的精神。

　　从李鸡混家的院子向远处眺望，眼里除了天、地、山、路，还是天、地、山和路。世界一片安静，也一片空寂。我在这一片静默的纷华里，想起那些资产动辄数亿的煤老板，想起府谷城的繁华和喧嚣，想起豪宅和别墅，想起灯红和酒绿……

　　此刻，起风了。风掠过黄土地的黄和树梢的绿，向院落荡过来。风的号子，渐渐幻化成陕北说书中那一句铿锵有力的唱词："他是一个直骨的好农民。"

　　返回路上，我们的小车与一辆送水的大卡车猝然相遇。路本来就窄，还恰恰在坡道的拐弯处相对。水车向上，我们向下。我们的车后退，洒水车一点一点上移。大概200多米后，终于有一处稍微宽的地畔勉强可以错车。但目测一下，还是不行，车轮会压上路边修排水渠的盖板。洒水车司机下了车，二话不说，麻利地搬开三块盖板，返身上车后又把左边的倒车镜扳平。两辆心气相通的车，终于小心翼翼地擦身而过。

　　开洒水车的司机也是当地村民，看着他，我又想起李鸡混。当人生与贫困狭路相逢，怎么办？李鸡混和这位司机一样，不等、不靠，想方设法打通道路，继续前行。

下午从墙头农业示范园采访回来，又到黄糜咀村村委会的时候，已经快六点了。赵书记再打李鸡混电话，通了，但他人还在银行，正办理扶贫贷款手续。此刻，天暗黑下来，乌云压顶，风声里已经起了哨音，一场暴雨眼看就要落下。我不忍让已经60岁的李鸡混冒雨赶夜路，便打消了一心要见他的念头。

赵书记拿出一个装有李鸡混扶贫资料的蓝色文件夹，我仔细翻看。李鸡混的生活，李鸡混和老伴的希望，都浓缩在这一张张纸、一个个数据里，在一个个产业帮扶、生态帮扶的资助里。除退耕还林补助、护林员工资外，还养猪养牛，在林下植苹果、在地里种糜子、谷子、玉米、药材……日子赶着日子，季节追着季节，看得出，李鸡混的生活忙碌而踏实。

资料里有几张李鸡混的照片，我久久凝视着。李鸡混不言，脸上的皱纹如沟壑般平静，只用那一双坚定的目光和我交流。就是这样一个瘦削的人，浑身却充满力量。这力量隐在筋骨里，铮铮有声，动人心魄。不由想起一句歌词：那力量是铁，那力量是钢。

轻轻放下资料夹，我将带走对力量的敬意。

四、墙头风景独好

墙头宝

来府谷之前，我并不知道墙头这个地方。凭着自己在网上搜来的一些资料，对县扶贫办杨晓钧主任说："先到沿黄线走走，再去产海红果的地方，看看特产和旅游致富情况。"墙头，因了这两个条件独具，闯入我的行程中。

墙头是一个面积46平方公里，与陕西、山西、内蒙古三省相接地方的名字。拥有14 000亩肥沃的土地。六年前撤乡设区，已成为新生的生态农业示范园区。行政全称为府谷县墙头生态农业示范园区。杨晓钧主任告诉我：三省交接的地方很多，但有明城墙起头、沿黄线起点的三省交界，却只此一地。

墙头距府谷县城近60公里,虽然远,但路况很好。车行驶在沿黄线上,一边是丹霞地貌的鬼斧神工,一边是滔滔黄河的深沉诉说。我隔着车玻璃,不停地拍照。不知走了多远,山与河渐渐隐退,一眼望不到头的庄稼地,与蓝天白云相接。玉米、红薯、花生、辣椒、棉花,让久居城里的我,感到扑面的田园气息。如果不是时不时出现"陕蒙界""准格尔旗"字样的路标,我准会沉迷在自己的错觉里,以为身在关中平原。

墙头生态园区管委会,就在庄稼地环绕的镇子里。由镇子的主街一直向前开,左拐,两层白色的小楼矗立在蓝天下。这里,就是瓜菜发财、海红果发家、乡村旅游发展的总指挥部。

进门第一眼,看到一位穿着红色T恤的工作人员正走向办公室,脊背上背着几个醒目的字:"品墙头西瓜,游鸡鸣三省。"

接待我的小伙子说:"你要是早来两月,就赶上我们的第四届西瓜节,看到万人攒动的场面。T恤是西瓜节定制的工作服,穿到哪,宣传到哪"。尽管西瓜节已经过去两个月了,但小伙子的语气里,仍残余着当时的兴奋。我想,T恤设计成红色,不仅是瓜瓤的颜色,更有墙头人的热情、西瓜节的热烈吧。

园区会议室墙上,有一个精准扶贫纪实的大展板,我看到西瓜节的一张照片特写:浑圆翠绿的大西瓜身上,赫然贴着二维码。园区武装部副部长贺峰告诉我,这是西瓜追溯系统,买家一扫,即可追踪西瓜的主人、出产地、生长过程的视频,轻松验明"身世",追溯绿色无公害的"成长史",相当于西瓜的身份证。

贺峰介绍西瓜的时候,起初像一个严谨的专家,说着说着,两道剑眉开始起舞,手势也越来越多,最后甩出一句话:"墙头甜西瓜,不用王婆夸!"

我咽了口唾沫,嘴里似乎充溢着西瓜汁的味道。

西瓜、辣椒、胡萝卜、海红果

有"身份证"的西瓜

并称"墙头四宝",是墙头农业的金字招牌,也是政府主导的"四个千亩"工程。这个1 500余户人家的地方,依傍黄河,世代耕作,尽享秦源德水滋养,2016年,瓜菜产量就达24 500吨,产粮12 000吨,农民人均纯收入达1.2万元。由于优先、优价促销贫困户的瓜菜,原来的117户贫困户借力好风,日子像庄稼一样越来越壮实。

让日子壮实起来的,除了这方水土滋生的四宝,还有自然馈赠的旅游资源。有人曾这样描述:"在墙头这片黄土地上,抓起一把土扬在空中,落下的都是文化。"全域旅游,文化致富,墙头是有大手笔的:"点上突破、线上串联、面上提升。"在墙头精准发力的旅游榜单里,我看到黄河湿地、渡口文化、船工文化、风情园区、农庄采摘、生态乡村游……

看着这些诱人的景观名称,我忽然想到,墙头除了农业四宝,还可以叫响"旅游四宝":黄河第一湾的雄踞、明长城的沧桑、莲花辿的神秘、二人台的风韵。

其实,墙头的旅游之宝不仅仅是我心里的这四个,采访中得到一个好消息:墙头管委会将借沿黄线旅游之热,建成当地群众梦寐以求的大桥:府谷墙头—山西河曲的黄河大桥,让"天堑变通途"。那时,一河之隔的大融合,一日三省游的大视野,蔬菜和农产品的大通道,将成为800公里沿黄线上独具魅力的"源头美"。

采访结束后回到县城,已是华灯初上。立即在宾馆写稿。墙头之行颠覆了我对煤城府谷的印象,也颠覆了我对陕北的印象。府谷,这个人所共知的资源型城市,其实,一直都没有放松农业的自我造血能力,一手温饱,一手环保;一边宜居,一边宜业,为今天资源型城市的转型开辟了一方春光明媚的后花园。

word文档上的鼠标一直在闪烁,我却迟迟没有敲击键盘。无以表达墙头人坚守农耕文明带给我的震撼,也找不到中意的词来形容这片土地上,人文历史从沉睡中醒来时迸发的美丽。犹豫许久,老老实实用了一个大众化的标题:风景独好。我向来不喜欢这种笼统而空泛的赞美,就像不喜欢大而空洞的眼睛,但墙头,只有用这四个字最恰当。

如果说,府谷县是一条昂扬飞舞的龙,墙头,就是点睛的那一笔。

沿黄线起点

1

随着陕西沿黄线开通,墙头,作为这条路不可回避的起点地,越来越多地在各大媒体"露脸",名气大振。我知道,这不是墙头撞了大运,而是它500多年前就流淌的血脉,是前世积修才等来今世幸运。墙头这个地方,原名"墙头起",意为万里明长城起头之地。老百姓口口相传,后来渐渐简化成了"墙头"。

墙头武装部副部长贺峰带我去看明长城起点——"墙头"由来的溯源之处。

从管委会大院出去,步行不到10分钟,就到了黄河与长城交汇的路口。显然,这儿已重新修整,路虽不宽,但平坦干净,靠河的一边修了垛口状的深灰色护栏,靠长城的那边摇曳着五彩的波斯菊,点缀着沧桑的长城,猛一看,有点老树发新枝的况味。

长城斑驳断裂的墙体静默在岸边,一方造型如墙的景观石陪伴着它,石身铭刻着几个红色的字:墙头起——明长城陕西起点。虽然,时光已经让雄伟的长城化为残垣断壁,但墙皮上排水沟、吐水嘴的纹理清晰可见。

我走到城根,轻轻触摸这些纹理,让指尖带着的心,穿越时空。

四周安静极了,这静,慢慢把我掏空,只剩纯洁的阳光照着城墙,照着黄河,时光仿佛回到远古。墙是当年的墙,河是当年的河,太阳是当年的太阳。当年,九个军事重镇之一的延绥镇巡抚都御使余子俊在此选址,开始修筑长城的伟业,显然也是冲着黄河这个天险来的。那时候的他,一定还不知道旅游这个词,心里只有一个目的:阻挡外敌侵袭。他和所有的大明将士一样明白一个道理:只有自强、抵御,才能保国护家,让百姓过上好日子。

河与城作为最坚固的存在,就这样在此相遇,在此握手,共同保卫大明江山。

500多年后,黄河与长城依然在握手,依然在接力着自强的故事。

现在，除了长城起点，这里又多了一个新起点：沿黄线起点。

陕西境内的沿黄大穿越，就从墙头开始。这条颜值最高的路，长达800多公里，纵贯陕西的榆林、延安、渭南、韩城4市12县，将50多处景点串联起来，也为12个县的农产品开辟了一条绿色通道，被誉为陕西的"1号公路"。

陪我去的贺峰扶了扶眼镜，说出了一个大胆的设想，以后，他要让沿黄线上的墙头景点都有二维码，配上解说、故事、图片，全方位立体化呈现景点资源，游客一扫，啥都清楚了。

如果真能够这样，那墙头可真是起了个好头。

我相信，身旁这个小伙子有这能力。他计算机专业毕业，不但技术好，口才也好，人文历史知识渊博。他利用自己的专业，率先建立了园区扶贫户二维码管理簿，为每一个贫困户建立一个二维码，并且实行红蓝牌挂牌管理，红牌代表无劳动能力的兜底户，蓝牌为产业扶持户。一看牌子颜色，就知晓贫困户类别。

"二维码扫一扫，扶贫信息全知晓"。这不是一句口号，我当时就掏出手机现场试验，随着"嘀"的一声，贫困户的基本信息、生活条件、扶贫方式全出现在手机屏上。因为创意好，贺峰开发的扶贫二维码管理簿已被推广到全县。

武装部副部长贺峰介绍扶贫信息二维码

这一切，当年忙着御敌的大明朝的古人做梦也想不到吧，今天，黄河和长城却等到了。

此刻，走在黄河与长城之间的这条小路上，仿佛走在时光的隧道里。黄河默默流淌，长城静静矗立，它们像两条平行线，相守相伴却有各自的方向。路边的波斯菊、草枝在风中晃动，仿若一个个正在劳作或列队的古人。就在这一静、一动的呼吸中，日月变换，时间亘古。

过去，黄河与榆塞长城在墙头握手；现在，人文与生态农业在墙头握手。人类这五百年的漫漫修行，就是为了从前世走到今生，为了这一天的持手相握，为了把今生献给未来。

2

走回园区时，遇到一对驾车的中年夫妻，向我们打听去沿黄线起点怎么走。贺峰急忙走到车窗前，嘴说手指，耐心引导一番。转头看到旁边站着的我，拍一下自己的脑袋，对问路者说：等一下，我们也去，你跟上就行。

沿黄路两边，丹霞地貌像一幅幅壁画，刚刚走出藏身的深闺，尽情晒着自己的奇瑰，讲述着远古的故事，撩拨人的心思。

不时看到"秦源德水、鸡鸣三省"的宣传语。秦源，好理解，黄河入秦的源头；德水，一定是指黄河水，可这德，是何说法？司马迁仿佛早早知道后人的疑问，在他的皇皇巨著里做出回答。秦灭六国，自以为得水德之助也，《秦始皇本纪》便留下了这样一句供后人溯源的记载："更名河曰'德水'，以为水德之始。"这河，便是黄河。我想，黄河滋养大秦崛起而不起水患，是黄河感动于赳赳老秦变法自强、富国强民的伟大梦想吧。

这从遥远的巴颜喀拉山奔来的黄河水，有灵性呢。

陕晋蒙三省交会的界碑，就立在黄河边一处空地上，要走到跟前，得下一道S型的弯坡。好在，车可以直接开下去，坡道已经硬化，坡下也整出了一片平地，供游客停车和掉头。界碑呈三角形，陕西、内蒙古、山西各占一方，三足鼎立。碑身刻着红色的文字标识，碑座上标明各省的位置，地面上，则分别对应着三省的地图。平日里看地图，不是在墙上，就在书本里，此刻，却在黄河岸边的地上,可谓真正的"地"图。

贺峰弯下腰,食指指向陕西地图的最北端,给我们指认当前的位置。一个依傍着黄河的很小很小的点,就是府谷县,我们此时,就在这个小点里的某一处。眼前如此广阔的天地,却只是地图上千万个小点里的万分之一点,我忽然觉得,自己这一米六五的个头儿,其实比大地上的一个蚂蚁还渺小。人类发明地图,一定是为了明白自己的小,认识世界的大。这样一想,我走近那个小点,找寻它周围的山川河流。

阳光把我们的影子投射到隔壁两省的地图上。我定定地站着,一会儿朝内蒙右方向看看,一会儿向山西那边看看,一会儿又望着路过府谷的黄河,想起"一脚踏三省"之喻,忽然生出一种神圣感。也许,他日有机会站在国界的碑身前,就是这种感受吧。

一群鸟从天空飞过,并不在意自己飞的是陕西还是山西;一棵树在山峁上生长,也不管自己长在陕西还是内蒙古。界碑有形,天地无痕。放眼四望,天还是那天,地还是那地,路还是那路,河还是那河。大自然不理会人类疆域的区分,浑然一体。也是,人类,本就是一个命运共同体。

那,眼前这条全域贯穿的沿黄线,也是得了天地之道吧。

府谷县"黄河入陕第一湾"景观台

走上坡，我就站在了沿黄公路的0公里处。路是一条普通的柏油路，远远望去，像一条蓝黑色的缎带，沿着河身蜿蜒，我知道，它将穿过大半个陕西，绵延至巍巍华山脚下。这个刚刚诞生的宠儿，之所以获得1号公路的美誉，顶着最美公路的盛名，我想，除了交通上的意义，更有发展中的开拓和融合。这条路激活了沿途的各种资源，把它们像珍珠一样穿起来，串成一个致富共同体。

秋阳透亮，明媚着远方。红绿茂茂，黄土漠漠，天地寂寥。午后的光芒罩在身上，既有热度又有烈度。我在撑开太阳伞的一瞬间，忽然觉得，沿黄线入陕的起点，不再那么神秘。但却是一个金光灿灿的地方。

3

返程时，远远看到，高高的山尖上有一尊白色的雕像，背对着我们，几乎与天相接。

贺峰告诉我，那是赵匡胤的塑像，前面就是赵匡胤文化广场了。我将头伸向窗外，仰视那个神秘的背影，心下诧异：墙头这地方，还出了一个开国皇帝？

车连续上坡，一直驶到山峁顶上。高大伟岸、双手背向身后的赵匡胤，昂然屹立在广场中央，迎接一个个朝拜的人。开国皇帝的气场，震慑着草、石头、旷野，还有我们。他目视远方，眉头微蹙，不知是回忆自己在这里的童年，还是想着治国之策。旁边一处黄色的山石上，刻着几个字：赵匡胤故里。这个开辟了大宋王朝的皇帝的故里，我来府谷之前竟一无所知，深感自己人文知识的匮乏。

贺峰指着雕塑座基背后的释文，一句一句给我们解读。

原来这开创大宋江山的宋太祖，身世之谜扑朔迷离，有一种说法最可信："他生于洛阳夹马营，祖籍在府谷河边会坪小寨村赵家山，也就是今天墙头的赵家山。少时因战争频发，军营生活困难，随母回赵家山居住。"府谷民间至今还流传着赵匡胤华山学艺、神木得枪、府谷救美等民间传说。赵家山的石窟泊，据说就是赵匡胤开凿的，是青年时练武和起兵之初的隐身之所。

贺峰给我们讲了一个最富于传奇色彩的民间故事，印证了赵匡胤能当上开国皇帝，是有天助的，不妨在这里传播一下。

小时候，赵匡胤和杨业在黄河边结伴玩耍，常常会遇到一个穿红裹肚的小孩子，和他们同玩。有一天，一个白须白发的老人在岸上观看他们玩耍，待赵匡胤和杨业上岸后，老人说："那小孩是一条龙变的，你们谁能将自家先人的骨头放入龙口，将来必得天下！"说完就不见了。

回到家中，赵匡胤把这件奇事告诉了母亲。母亲急忙把保存多年先人的骨头取出，小心翼翼地包在一个红布包里，嘱他明天机灵些，无论如何要放入龙口。

第二天，那穿红裹肚的小孩玩耍时突然变作一条巨龙，在水中飞舞。赵匡胤眼疾手快，把自家的红布包放入龙口。这时，杨业也把自家的红布包往龙口放，不料那龙竟把嘴合上了，两人使劲掰，龙嘴就是不张。无奈，杨业只好把自家的红布包挂在龙角上。后来，赵匡胤做了皇帝，杨家只能世代为赵宋挂帅领兵。

撇开传说，端出史书，我发现了一个有意思的现象：不知是宋太祖对黄河有情，还是黄河知道宋太祖不是凡人，反正是人中英雄与河中英雄惺惺相惜。在宋太祖在位的16年间，黄河收起它的咆哮，平静温情地滋润民生。史上只有十几次溃决的记载，并且都没有出现淹没村庄和农田的严重"黄害"。

府谷县墙头园区赵匡胤文化广场的塑像

黄河知道，这位皇帝自陈桥兵变后，心系国家和百姓富强，沿黄河修堤筑坝，植树防洪，劝奖农桑，医治战争创伤，让百姓安居乐业，开创了历史上享有盛名的"建隆之治"。

站在猎猎风中，远远俯瞰黄河，我再一次想起赵匡胤"府中有谷，饥民自取"之说，虽与府谷县名由来无关，但一定是百姓怀念他兼济天下的圣恩，才口口相传下来的。

"天下黄河富宁夏，榆林黄河富墙头"。不知这是不是宋代流传下来的说法，但是，墙头的富有，一定离不开宋太祖千年前的护佑吧。

如果不是沾了沿黄公路的光，赵匡胤与墙头这片土地的故事，对于我来说，还沉寂在浩瀚的史书中。这是沿黄线的功劳，也是我此行的意外收获。

讲故事的人

我去莲花辿（chān）景区，是寻访墙头园区管委会赵平主任的。

路全是上坡，两边的丹霞地貌，尽情展示着大自然与远古时光共同酝酿的地质佳作，让我对莲花辿充满神奇的想象。

不料迎接我的，却是一片工地的繁忙和嘈杂。贺峰告诉我，CCTV七套的《乡村大世界》栏目，看上了这块风水宝地，要在这里拍摄专题片，展现沿黄公路源头的乡村旅游和民俗风情。时间定在9月22日，只剩不到十天了。

蓝蓝的天空下，拉砖车、推土机、头戴施工帽的工人来回穿梭，中央电视台导演领着节目制作人员现场勘察指挥，县上、镇上的协调配合人员忙前跑后，提前预热了莲花辿的喜庆气氛，也预演着这个景区未来的火爆。

赵平主任，就在这忙前跑后的人群里。我不认识他，也不想在此时打扰他，便静心欣赏风景。

往莲花辿观景台一站，眼前豁然出现一幅大彩图，沟壑迷离、五彩叠加的岩层，仿佛一片片书页，记录着地球时光的演变。山峁之高和景致之奇，让我猝不及防，惊诧得顾不上惊艳。府谷，竟然隐匿着这样一处不为人知的奇观。

俯视这片奇炫、雄壮到无法形容的地貌，一时找不到词语形容。不远处最有发言权的黄河，急急转了一个湾，自顾向南流去；景观底部的内蒙古小占村，被奇峰包围在一片低洼里，不知高处不胜美。我试着移动，景色即随步而变。想起苏轼站在庐山顶上的感叹："横看成岭侧成峰，远近高低各不同。"

600多年后，另一个在历史上功勋显赫的人，也站在了观景高地，他面对的不是庐山，而是黄河边的龙口镇，他也没有吟诗，而是口吐莲花。

这个人，就是康熙皇帝。

史载，当年康熙皇帝在平定噶尔丹叛乱时，驻足鸡鸣三省之处，站在山峁观察地形，忽见眼前五彩斑斓，灰绿、棕黄、绛红、粉紫、灰白五色相间，沿着地表与高坡层层相叠，峰峦交错。他吸了一口气，再仔细端详，那红白相接者，高下团簇，纷披连接，竟在眼前绽出一池盛开的莲花，忙问旁边随从：

此处何名？

答曰：无名。

莲花辿丹霞地貌

就叫莲花辿吧。

经过两亿多年沧海桑田、风云际会才沉积的砒砂岩美景，从那一天起，终于拥有了一个与之匹配的美名。

我的思绪正放飞在莲花辿的天空，耳边忽然响起一声问候：你好！

这声音和它的主人，穿过人声鼎沸的人群，穿过挖土机的轰鸣声，穿过纯净如水的秋阳，热情而真切。我急忙转身，一个穿着白衬衣，儒雅、热情的中年男子出现在眼前，陪同人员介绍说：这是赵主任。只可惜，我们刚刚交谈几句，就看到专题片导演向这边使劲招手，赵主任又匆匆离去。

再次见到赵主任的时候，已经是下午3点，在园区管委会赵主任的办公室。不过此刻的他略显疲惫，眼底充胀着红血丝。为了中央台专题片的顺利开拍，让莲花辿以最美的姿态亮相全国，他一周都在连轴转，交通、水电的通畅，场地布局，施工时限，一个都不能马虎。

赵主任办公室的窗台上，摆着很多小石头，都是他从黄河捡来的。每一次捡石头，都是和黄河的一次亲昵。在那堆石头里，我发现了一颗珍贵的树化石，虽然小，但能想到人与石相遇的刹那，心灵里绽开的时光之花。

赵主任告诉我，自己是第二次回墙头工作，十年前，他是这里的副乡长，干了五年多才离开，去年又调回来任园区主任。这个集草原文化、黄土文化、历史文化交汇的地方，已然成了他的第二故乡。

乡亲的收成，自然牵着赵主任的心。令他欣慰的是，墙头这地方，土地能养活人，更能留住人。西瓜亩产6 000斤，每斤一块五，白菜1.2万斤，每斤两毛钱，仅夏收西瓜、秋收白菜，每亩地收成过万。如果还种海红果树，收入就更高了。

在沿黄路开通之前，赵主任一直在酝酿两篇文章：第一篇，做好传统农业向高产的现代农业转型，"这不仅需要

墙头园区主任赵平展示西瓜节文化衫

技术跟进、资金投入，还要思想的转型"。第二篇，做大乡村旅游。中国有"一带一路"，陕西现在也有"一带一路"，一带：深度辐射的生态经济带，一路：沿黄公路。"沿黄路是一条观光路，更是周边群众的致富路"。

令人欣慰的是，这两篇文章，在政府引导、企业支持、百姓拥护下，已经齐心协力谱写开来。现在，墙头正在配合政府和陕西省交通集团做两件大事：在黄河上修一座桥——打通墙头园区到山西河曲的大桥，瓜菜和农产品再也不用靠轮船摆渡，直销三省四县；随后，建设黄河驿站，将景点与驿站融为一体，为游客提供四星级的吃住游一体化、多功能服务。

"作为三省交界之地，南有青木川，北有莲花汕，青木川有叶广芩的小说和电视剧，我们有沿黄公路！这条最美公路的起点在墙头，终点在华山，所以，我相信，墙头将和华山齐名！"

赵主任的讲述极富激情和感染力。一讲起墙头的故事，他的眼睛就发光，整个人也兴奋起来，疲惫之态一扫而光。

一张美好的蓝图，在我心里徐徐展开。

讲好墙头故事的不仅仅是他，还有园区的所有人。贺峰告诉我，园区的很多例会，往往就是从介绍墙头景区，或者试讲一段导游词开始，人人讲好墙头故事，人人是墙头形象。园区还租种村民土地，种植蔬菜，培育瓜苗，示范新产品，让人人亲身体验和实践，人人都成农业专家。张口会说，下田会干，成为墙头园区工作人员的必修课。

在农业最强，园区最美，生态最优的前行路上，墙头有讲不尽的故事，更有不可估量的未来。

海红果红了

不是神话，世界上真有一种摇钱树。

之所以来到距县城近60公里的墙头园区，就是为了追寻一种稀有树种：海红果树。这树，不仅是府谷县在中国的地理标识，更是府谷县群众脱贫致富的发家宝。当地素有"家有五株海红果，顶养一个好儿子"之说。

这树太挑剔，只肯在以墙头海红梁村为中心的数十公里范围内生长，树冠大，一亩地大约只能种10棵。离开这样的地质和气候环境，它就拒绝存活。我不知道海红树在这方土地上的繁育史，但我敬佩这树的刚烈和忠贞，宁愿失去生命，也要维护自身的品质，忠诚于脚下的土地。

这种品质，可在百姓流传下来的神话故事里溯源。很久很久以前，府州大地发生严重干旱，泉干涸，河断流，田干裂，作物枯死，民不聊生。龙王的小女儿海红动了恻隐之心，求父王降雨救民。但龙王说没有玉皇大帝的旨意，不能降雨。海红多次相求均遭拒绝。救民心切的海红看到饿殍遍地，心急如焚，遂私出龙宫，布云降雨。甘霖大至，万民得救。玉帝闻知海红违犯天条，勃然大怒，传旨将她绑至府州上空，斩首处死。

海红的点点鲜血洒落府州大地，血滴之处，迅即生长出一株株挂满红色果实的大树。人们将其视为神女海红的化身，叫它海红树，果实叫海红果。

海红果，不仅是营养身体的钙王，更是精神的钙王。

我寻它的时候，是果实即将成熟的季节。在去莲花辿的路上，远远看见一棵一棵挂满红果的树，在茫茫旷野间妖娆。我没见过海红果开花的样子，但有幸遇见了这满枝丫的红，满山沟的红，红得晶莹剔透，红得熠熠生辉，在黄土地上傲然挺立，栉风沐雨，占尽风流。

我走上前，想问一问海红树：知不知道，自己就是这片土地上的精灵呢？

煤炭是黑金，海红果是钙王。府谷县的发展，曾有过挖黑的、栽红的思路。黑指煤炭，红指海红果。后来，煤田开发热火朝天，而海红果养在深闺人未识。这果子有志气、有骨气，在漫长的等待中，开我的花，结我的果，报答我的主人、我的土地。终于迎来文化魅力、营养价值、审美品位大放异彩的时代，照亮了府谷的半边天空。

海红果红了，红了企业家的梦想，也红了老百姓的日子。

聚金邦农产品开发公司，是我在县扶贫办、墙头园区领导口中，多次听到的名字。带头人叫刘子贤。我到墙头的那天，刘子贤远在德国，以中国果酒排名第一的霸业，在法兰克福参加"首届全球果酒论坛"峰会。

刘子贤无疑是一个励志人物，当别人还在贪恋煤业的红利，他却急流勇退，走出舒适区，开拓一条生态康健的绿色之路，完成了从煤老板到科技员的华丽转身。时势造英雄，其实，英雄也是敏锐洞察时势的人。

我不了解刘子贤转型的阵痛，但万事开头难，完全可以想到从研发产品到市场开拓的不易。他靠着自己的远见卓识和一股闯劲,谱写了一本府谷民营企业转型升级发展的"红黑"学。

"让世界品尝府谷的味道",这曾是刘子贤创业之初的梦想。如今,这个梦想已照亮现实。我在微信公号上看到他在中国果酒科技峰会上发言时的照片,那意气风发的样子,不由想起他秉承的八个字:交人交心,聚德聚金。

我没有细想这个公司为什么起名"聚金邦",字面意思,本身就表白了凝心聚力,共同致富的担当。有这样一组数据,也足以让这个名字叫得更响亮:近两年来,聚金邦公司收购海红果500余万斤,帮助村民增收500多万元,其中贫困户增收80万元。

"做大基地,做强龙头,做响品牌",将海红果融入一、二、三产业链,是府谷县近年的大手笔,是海红果的幸运,更是府谷百姓的幸运。现在,海红果树栽种已达到五万亩,海红果创意产品达20多种,深加工企业、手工作坊步入佳境,这不仅是一条产业链,更是一根撬动府州红的杠杆。

海红果,正舞动着古老的府州红,红红火火闯九州。

离开府谷前,最后一次到河滨公园散步。大广场上,立着一张喜庆的广告牌:"热烈祝贺首届中国·府谷海红果节暨金属镁产业高峰论坛隆重举行。"红底黄字,气势昂扬。一看时间,10月9日开幕,我是等不到了。

驻足广告牌前,再一次勾起对海红果的向往,打算去买些。摸不准新果子尚未成熟的这个季节,能不能买到,就去宾馆前台问。服务员眨着长长的睫毛,笑着说,去土特产店吧,出宾馆门,路对面。

果然,我看到了一家叫北方特产的店铺。海红果饮料、酒、果脯,产品挺多。售货员是一个高个、大眼女孩。她介绍说,要味道和形状最接近果实的,当然是果脯,你尝尝。我一看,暗红色的果肉,裹在水果糖纸一样的包装里,极像去了果核的山楂。

小心翼翼剥掉粉色的包装纸,放进嘴里。先是酸,后是甜,越嚼

府谷县河滨公园的海红果节宣传展板

越酸,越嚼越甜,酸酸甜甜充溢唇齿,竟说不清是酸是甜了。我闭了眼睛,把果肉压在舌尖下,让唇液和津液慢慢相融。

回到宾馆,海红果浓郁的酸甜还在嘴里发酵。想想,我与海红果的初见,在山上;相知,则在唇齿之间。在这初见和相知之间,隔着一段漫漫的生长时光。这段时光,是谜。但酸甜苦辣的谜面,指向一个共同的谜底:果实对根的情谊。

五、王家墩见闻

石头·酥梨

王家墩是一片红色的土地,有响当当的"三红":盛产大红葱、大红袍花椒,还是当年府谷最早的红色革命根据地。

我选择去王家墩,不仅因为它的三红,还有红色映照下扬眉吐气的日子、日子里的欢喜和忧愁。王家墩便民服务中心有130户建档立卡的贫困户、两个贫困村,在府谷算是"重灾"区了。用县扶贫办杨晓钧的话说:你去走走,感触一定更深。

还真是有别于墙头的江南之秀,上路之后,石山夹道,满眼浑黄苍凉,偶有孱弱的犟绿,都是从石头缝里进出来的。同在一个县城,这一娘生的两孩子,却一点儿都不像。难怪府谷人提起王家墩,嘴里就冒出一句顺口溜:"石山戴土帽,胶泥夹石砲。"

路两边的山坡上,石头们正在召开动物大会,这儿一堆,那儿一圈,看似自由散漫,细观却个个自有表情,有的像青蛙正在呱呱讲话,有的像乌龟默默倾听,有的如黄牛卧地沉思。不知它们是不是在探讨石头王国的新时代。

除了有心事的石头,一路相随的,还有怀着远大理想的黄土,总是撑着车轮腾飞。也难怪,离开了坚实的土地,它们的命运,只能掌握在风的手中。望着窗外石多土稀的坡地,有一种"离离石上草"的心悸,难怪这地方的花椒一斤卖到300块天价,"我容易吗,我!"

路上很清静，尽管硬化后的路况不错，但好长一段车程里，路上只有我们一辆车。后来，终于出现了另一辆，快速超过我们，驶向王家墩方向。不久，那辆车便停了下来，路边三个老人坐了上去。剩余老人向车内摆摆手，朝我们这边走来。一个戴着白布缝制的帽子，另一个戴着白色宽沿、类似草帽形状的编织帽，看上去都在60岁开外。

老人径直在我们高大的越野车前停步，微微扬起头，边喊边敲窗。眼里是毫无戒备的善良，质朴的气息像阳光下的麦浪。我瞬间读懂一种坦诚、安详的需求，没听明白他们的方言，手就打开了车门。老人上车后，并没有因搭顺车说什么感谢的话，但车上气氛并不沉闷。老人是附近村子的，王家墩过古会，唱大戏，他们去看戏。我这才注意到其中一位老人臂弯下夹着小板凳。

老人的脸是典型的古铜色，一看就是长年在田里劳动。此刻，他们乐滋滋地议论着要上演的戏，其中一位老人还颇有兴致地哼两句唱词。我感觉不像秦腔，一问，才知他们今天去看的是晋剧。看来，在这个两省相交的村庄，秦腔、晋剧不再楚汉为界。

不知何时，石山隐退，路两边变成了绿色的庄稼地，行人也多了，夹着板凳看戏的，拉着小商品赶场子的，或拖家携口，或三三两两。熟悉的场景，让我忆起小时候村里唱大戏时的快乐。可惜，这样的古韵，在很多村庄已经消失了。

我们把老人送到离戏楼最近的地方，直到车陷进人堆开不动为止。远远望去，戏楼是20世纪60年代的古老样式，楼檐中间镶嵌着一颗五角星。"山西省晋中青年晋剧团"的红色横幅，给古老沧桑的戏楼平添了一抹亮色。戏名用粉笔写在一块小黑板上，立在台子一角。距离远，我看不清内容，但看清了戏台两边的对联："传统古韵奏鸣千古事，和谐琴瑟弹出致富曲。"

戏还没有开始，但那山西梆子精湛的唱、做、念、打，早已在老戏楼上空回荡。

就在老人下车时，我发现一只粗糙苍老的手伸到前座放水杯的空档处，手心里，亮着一只大大的酥梨，黄绿色的薄皮吹弹可破。我一回头，看到一双浑浊但溢满笑意的眼睛："拿着，路上吃。"我急忙推回去，那一定是老人看戏时充饥解渴的"点心"呢。

老人下了车，融进熙熙攘攘的人群里。我记不住他们的模样，但记住了皱纹里的笑，还有那迎面而来的淳朴气息。与我同行的小赫说："那梨可好吃了，一看就是自家树上的，没打药。"

我立即满口生津。

郭狗子的"椒"傲

王家墩武家峁村坐落在石山峭崖的深处，那里，正弹唱着花椒致富的进行曲。

我们一路黄尘到达村子的时候，几个村民正在路口修景观墙。当时已经是中午12点，他们正在整理工具，准备收工。其中，最前面一位村民热情地向我们打招呼，大概是风吹的缘故，他头顶稀疏的头发有些凌乱，还有几绺高高翘起，手指、黑色的运动裤和解放鞋上沾满黄色的泥渍。惠书记向我介绍说，这是种花椒的土专家，就让他给咱带路。

花椒树都在山崖沟壑间，路也全是沟沟坎坎。我们沿着土专家刚修了一半的台阶下去，不时拨开眼前的藤蔓，小心地绕开石块，穿过一小片一小片种着红辣椒、栽着葱的地头，像去看望一位熟稔的隐士。这位土专家走路很快，虽然60岁了，但身体灵活，很快就把我带到了一处山梁上。

种植花椒的"土专家"郭狗子

站在石崖上放眼望去，眼前是一道200多米宽的沟壑，两面是石崖峭壁，各种形状的石头，自由散漫地嶙峋在峭壁间。婆娑的花椒树，星星点点分布在这些山峁、石塄中，树枝劲挺，一树一树爪子状的红色果实，在蓝天白云下簇拥着绿叶。秋阳像一锅凉开水，感受不到沸腾灼热，却让一切灿烂澄明。

"土专家"指着远处山石下的一圈

"绿带"热心介绍,他的语速并不快,但方言味重,在惠书记的翻译下,我才知道,他说,花椒最怕风和春寒,山崖挡风,夜里冷了,花椒会吸收石头白天储存的热量,干旱时,汲取石缝和石身下的潮气。

清透的秋阳里,土专家的眼睛眯成了一条缝,看向远处,那些长在深闺、与石为伴的花椒,一定感受到了他的目光。

白居易有一句诗:"椒房阿监青娥老。"不知眼前这花椒,是不是汉唐皇宫中陪伴青娥乐居的花椒,但武家峁村的花椒树,却也有千年之根了。千年前,野生的花椒树,独独垂青这片避风、向阳、黄土与山石相拥的地方,代代相生,绵延着"椒蓼之实,繁衍盈升"的生命力。

来时,我听说有一棵花椒树王,树龄最老,树冠最大,产量最多。可是,放眼望去,莽莽苍苍石峁间,椒树林立,哪棵才是呢。长生在光山石崖间的树王,只有身边这位土专家才分得清、近得前吧。

现在,能给村民"生黄金"的花椒树,迎来了它的黄金时代,从前自生自灭,零星种植,现在备受呵护,形成基地。政府给武家峁村修花椒生产区,修蓄水池,免费为村民配发软管,发放花椒苗,配备技术专家,鼓励种植积极性。采取资金众筹、技术众帮、产品众销的众人之力,把花椒特产变成商品,上了杨凌农高会,上了电视报纸。一椒难求的市场,一起"椒"傲的心声,掀起致富的热浪。

武家峁村几乎家家种花椒,人人念好花椒种植经,现在4 000株以上的种植大户已经有十几户,最多的可收入500斤。因为品质佳,产量少,每斤市场价稳定在300元。

我想知道,这位一路相陪的土专家今年的收成,便问他:师傅贵姓?

不想他一说自己的名字,方言味更浓,我听不懂。他灵机一动,随手拔了一根草茎,蹲下,在薄薄的黄土上,一笔一画写起来。很快,草茎划开的地面,出现了三个字:郭狗子。

火红的花椒

他写完，便在裤子口袋里掏，没掏着东西，说，小名，身份证也没改成。我忽然想起来，刚才在路上，惠书记喊他时，叫的是"狗子哥"。

路过一户山里人家，大门口分别长着两棵花椒树，大小一致，树形相似，像一对门神。即将成熟的花椒在微风中轻轻摇曳，巧笑倩兮，正是最煞人的绿肥红瘦时。我忍不住顺手摘下一簇花椒，像欣赏花一样，凑近鼻子猛吸一下，冷不防，一股浓郁的麻香味儿直冲肺腑，呛得我忍不住咳嗽起来。

想起，来王家墕前，听说王家墕的炖羊肉很有名。当地乡镇干部自豪地给我分析理由：羊儿呼吸的空气好，吃的都是含多种微量元素的草，放养时长期上坡下坎，夯实了肉质，更重要的是，还有当地的大红袍花椒、大红葱去膻腥，提味儿。

看来，一方水土养一方人，一方花椒配一方羊，天造地设，这是大自然的经典绝配，而此刻走在我身旁的郭狗子，就是这绝配的生产者之一。

惠书记给我粗略算了一笔账：郭狗子既养羊又种花椒，花椒一年可收几百斤，每斤300元。养了100多只羊，每斤羊肉30元，一只羊收入都在1 000元以上。另外，郭狗子还利用自己的经验和技术，培育了林下花椒苗。现在，村里搞美丽乡村建设，他又投入到砌墙、修路中，成了施工工人，挣上了打工的工资。这样算算，郭狗子一年的收入在20万元左右。

武家墕村驻村书记惠斌政与郭狗子在花椒基地

听着这一笔账,我暗暗吃惊。郭狗子不肯定也不否认,只是低头笑着,两坨白白的眼屎聚在眼角,更让人注意到他的谦逊,羡慕他的"椒"傲。一路上,在与郭狗子并不怎么顺畅的交谈中,我了解到,他的儿子住府谷县城,打工挣钱,一月工资两千多元。

我注意到他T恤衫上细碎的破洞,笑着问,你的钱都花在了哪里?

给孩子买房子,在县城。

还有呢?

孙子的奶粉,我们也包了。

那孩子为啥不回来帮你种花椒?

郭狗子摇摇头,嘴里嘟囔出几句方言,算是回答我,更多的是回答他自己。我没听清,更没听懂,用探询的目光看着他。他却没有看我,目光望向别处。忽然,他指着路边上的枣树林,说:看,我种的花椒苗。

他的语气忽然高了一度,声音也大了,我虽然没听懂,但顺着他的所指,一下子就明白:前面,是一大片绿莹莹的花椒树苗。

我急忙沿着土坡走到地头,蹲下身,仔细看着眼前的花椒苗。虽然在枣树下生长,但枝叶浓密葱茏,比赛似地向上生长。嫩红的刺,在枝茎上昂着头。我久久站在地头,感受着这些椒苗浑身勃发的生机。不久,它们就该遍布山山峁峁、沟沟壑壑了。把背风、向阳的习性,纯净、天然的品质坚守下去。

高俊兰的"地毯"

"高俊兰,女,60岁,党员,郭家庄则村贫困户"。

这一行写在资料夹里的信息,在步行一公里之后,很快变成了眼前的这个人。

高大,亲和,朗朗笑着,并露出牙齿上淡淡的黄渍。一张被紫外线灼黑的脸,只有在眼角的皱纹深处,才可以看到正常的肤色。鲜艳的红上衣,把她映成了一团火。

她的院子也是热烈的,墙角、路畔的野花朗朗绽放,几畦白菜、辣椒铆足了劲儿,潜滋暗长,枣树上的枣儿已经红了脸,不时撞着人的头。右边是猪舍，两头大白猪在圈里慵懒地躺着，敞着浑身的肥肉。左边是铁丝网隔开的鸡舍，30多只鸡扑棱着翅膀，时而啄食，时而追逐嬉戏。

惠书记说，高大姐是贫困户里最好帮的，开朗、勤劳、思想境界高。不仅养鸡、养猪，也种红葱、种土豆，再加上打工，预计年底就能脱贫。

听到夸奖，高俊兰憨憨地笑笑，说："公家给自己鼓劲，不干活咋行嘛！"她一边说，一边领着我们进屋。眼前是一孔老土窑，我们到来之前，她正在里面给工地工人做饭。老窑老了，但最近又发挥了作用。村里"幸福家园"建设开工，高俊兰把自己的老窑收拾打扫一番，供远路的工人们临时歇脚，窑里的灶台宽敞，她就变着花样给工人改善伙食，挑着担子送到工地去。

此时，午饭刚刚做好，窑里弥漫着饭菜的香气。大米和小米掺和的米饭白黄相间，热气腾腾地出锅。灶台上还放着一盆茄子、西红柿和蘑菇混炒的菜，一盆清亮的米汤，让人一下想到大快朵颐的场景。

我很想看到高俊兰挑着扁担，在小路上健步如飞去送饭的情景。她说，走不快了，腿疼。

我顺着她提起的裤角看去，发现右脚腕上部发肿发青，血管虬曲暴突，显然是长期负重积劳而成的静脉曲张。

我为自己健步如飞的想象感到自责。

高俊兰的头发用一根皮筋随意扎在脑后，发质乌亮，竟然没有一根白发。我从惠书记的介绍和档案中得知，她的一儿三女早已成家立业，在外打工，过着各自的生活，日子也不宽裕。两年前，她的丈夫因一场意外事故去世，使她一下子陷入了物质和精神的双重困境。高俊兰父亲去世早，弟弟太小，家里缺劳力，她一直劳动到24岁，熬成山村有名的大龄女，差点嫁不出去。是丈夫接纳了她，从此生儿育女，相夫教子，苦和累，都和丈夫一起扛。可是，老天却把他夺走了。

我暗想，两棵相依为命的枣树，突然一棵倒下去，再也感知不到春夏秋冬，另一棵失去傍依的枣树，该是多么悲伤啊。可眼前高声朗语的高俊兰，显然挺过了和她头发一样黑的黑夜，日子正在慢慢澄明。

"共产党比儿女还好，儿女忙打工，忙带娃，只有孩子放假才来看看，惠书记和村干部隔三岔五就来，我心里不慌了"。她的嗓门大，说话像谝闲传一样自然随意,以至于这样高调的"大话",也让我品出了一种朴实的真诚。

高俊兰原先和老伴居住的土窑废弃了,现在政府资助盖了新房,已经入住,她邀请我去看看。新房就在老窑的旁边,比老窑地势高一些,院子硬化成平整的水泥地,进屋的门口铺着防尘脚垫,屋内是奶白色带暗纹的地板砖,辉映着雪白的墙壁。

光线明亮,日子崭新,是我踏进屋的第一感觉。

新屋是一室一厅的布局,主人添置了茶几、餐桌、带睡床的沙发。家具不是新的,也没有完全按功能区分使用,但该有的都有了,完全是城里单元房的样子。墙角一盆高大的仿真绿植,叶绿橘黄,点亮了新居。

我注意到,茶几下还端端正正地铺着一张颜色鲜艳的地毯,不由得近前仔细看。那方花花绿绿的地毯上,印满卡通图案和阿拉伯数字,原来是一张小孩子用的防潮垫,竟被高俊兰别出心裁当作"地毯"。

高俊兰告诉我,屋里那些家具,是县城的亲友送的,她自己布置、摆放。

参观完毕,我提议让高俊兰和她的新居合张影。她走出屋外,在崭新的大门和窗户中间站定,挺了挺胸,把额前的一绺刘海捋了捋,站得直直地,两手贴着裤缝,表情忽然严肃起来,和方才判若两人。我边和她说话边抢镜头,直到最后一闪,才抓到她的笑。

回村委会时,起风了,但阳光依旧好。硬化不久的路面上,铺了一层风拂过来的黄土,土里印着一些零散的脚印。寻着那些脚印走着,不知怎的,眼前浮现出高俊兰的笑脸,和她新居里的那张地毯。

高俊兰和她的新居

想起一个哲人的话：心里装着美和阳光的人，未来一定是一张红地毯。

探访手记

说书人

刚到府谷的当天，就赶上一场好戏：陕北说书。

府谷县扶贫办以陕北说书的形式，宣传精准扶贫中涌现的模范人物和故事。得知这个信息，我急忙赶到表演现场。节目已经开始，四个说书人你问我答，你说我唱，独说群应，竹板、三弦琴、二胡、笛子的弹唱时而悠扬，时而铿锵，浓浓的方言、生动的唱词，让台下笑声不绝，掌声阵阵。

说书人中，有一位穿着玫红色滚边绣花演出服的中年妇女，手持二胡，边弹边说唱，声音细而亮，吐字清晰。她自始至终坐着，即使与之对唱的男演员舞之蹈之，也依然稳坐不动，只用音调和表情传情达意。我心里觉得奇怪。

直到表演结束，舞台的桌子撤去，我才发现这个中年女子的腿一粗一细，一长一短，竟是一位残疾人。她拄着拐杖，艰难地走向休息室。我也跟到了休息室，和她攀谈起来。女子叫王爱琴，子洲县人，受邀来府谷县说书快两个月了。刚才那几个同伴，都是因节目需要，被她从村子叫来的。

王爱琴兴致勃勃地拿出她的剪纸，让我欣赏。床上、地上都铺满了。

作者与说书人王爱琴

一张红纸，寥寥数剪，人物就呼之欲出。最引人注目的，是国家领导人、明星头像，不用她解说，一眼就能看出是谁。她的剪纸最大的特点是抓神，融杂了中国画的意、西方画的真，形神俱佳。

问她如何炼成这手艺，她笑笑说："自学的，先是对着照片剪，再看着亲友剪，用心琢磨，后来就剪啥像啥。"王爱琴走到哪儿都带一把剪刀，只要得空就剪，没红纸，就用废报纸。现在，她走哪说到哪，走哪剪到哪，很多人喜欢她的说书和剪纸，经济收益够维持全家生活了。

都说说书人是走江湖的，凭着一张嘴吃遍天下。王爱琴还用一把剪刀，活出了尊严，活出了质量，活出了自信。

"我的腿不行，就练好嘴、用好手"。看着这个口里说书，手里剪纸的残疾女子，我想起坊间一句调侃的话："要懒懒到底，政府来兜底"，面对"兜底"这个诱人的网兜，王爱琴没有"触网"，而是自己给自己编织网兜。

国庆节那天，王爱琴剪了一个大大的福字，发到微信里，祝福祖国，祝福朋友。我还从她微信里看到一张奖牌，子洲县人民政府授予王爱琴"残疾人艺术人才"荣誉称号。

"身残志坚"，原本只是一个弘扬正能量的词，遇见王爱琴，这个词便一笔一画地融化在了心里。想起这个词，就想起王爱琴；想起王爱琴，就想起这个词。

（探访时间：2017年9月12日）

第二站　吴堡筋骨

柳青诞生的地方，从来不缺创业的故事。

挂面有多长，致富的故事就有多长。

一、好事多磨

8月8日，似乎是一个好日子。我出发去吴堡县，开始陕北的扶贫采访。

16点10分，西安至吴堡的K214列车刚过延安站不久，忽然停了。开始没人在意，以为是给快车让道。半个小时过去了，一个小时过去了，车丝毫没有开动的意思。乘客开始坐不住了，一车探寻的目光，疑惑着投向匆匆穿过的乘务员。

乘务员摇头说：还不知道情况，大家耐心点儿，一有消息就通知。

后来另一个乘务员透露：前面出现特大暴雨、冰雹。前面，到底有多前，没人知道。

两个小时过去了，车还停在原地。

车厢里，喧闹虚掩着火一样的焦灼。小孩子的哭喊、大人的呵斥鼓噪着耳膜。售卖商趁机推销玩具、生活用品，乘客伺机转移心思，摸着商品问东问西，狠狠买上几件，塞进鼓鼓囊囊的行李包，使劲合上拉链，心里似乎踏实了一点。

餐饮车在狭窄的过道叫卖，一位乘客一口气买了四盒。很快有人大声喊：我来两盒！车厢人的目光，纷纷聚焦到乘务员那窄瘦的餐车上。平时少有人问津的车餐,忽然间稀缺起来,一个车厢还没走完,就售光了。

狭窄的过道挤满了人,形成了一支买方便面的大军。不时传来卖光了的消息。大概7月份榆林大暴雨酿成的灾难,令人心有余悸。一种大难来临的惶恐,迅速在车里蔓延,我们俨然已经成了电视新闻里报道的灾难主角。

方便面、火腿肠、面包抢购一空。

我没有动。按捺住自己几欲发作的焦躁。我相信那黄河哺育的土地,有平安的祥气,和抵御的力量。我也相信,自己和吴堡的初见,应该平常而美好。此刻的处境、车厢里的众生相,就当它是小说里的一个情节吧。

停车三个多小时后,列车调运来很多箱方便面,乘客在过道上排着长队,争相购买。忙得手脚并用的列车员干脆大声通知:一盒六块,都给零钱,整钱不收!

晚上7点多了,按正常行程已经到达吴堡县,但车依然停在几百公里外的延安,没有走的迹象。我想起吴堡接站的司机,此刻可能已经在火车站等待了。赶紧给他打了一个电话,通话结束后,顺手登录了微信。

嘀、嘀、嘀……随着一声接一声的提示音,那些憋了大半天的消息争先恐后冒了出来。一看内容,顿时惊呆:西安竟然地震了!朋友圈里全是各种各样的"私家报道"。再往前翻,有人贴出了官方消息:四川阿坝州九寨沟7.0级地震,西安震感强烈。

王馨的问候穿过地震消息的狂轰,安静地沉默在我的对话框里。她发来一行字:"好事多磨,看来你要结大瓜了。"

王馨是我在鲁迅文学院陕西作家研修班的同桌,榆林市政协文史委员会主任。知道我要去榆林所辖的吴堡县后,热心联络,一直在微信里实时关心我的行程。此刻,美丽个性、善解人意的她,一点一点稀

吴堡县张家山镇寺沟村柳青故居塑像

释着我的焦灼。

结不结大瓜,我不知道。我只知道,自己对吴堡这片土地,是敬畏的。大夏国统治者赫连勃勃曾在今天的石城围堡设寨,安置东晋俘虏"吴人",取名吴儿堡,吴堡因此得名。这位君王和他的大夏王国虽然只是历史长河里一朵稍纵即逝的浪花,但却留下了吴堡县名称的起源。

一个寻得见源头的地方,一定会孕育不平凡。

今天,著名的文坛巨匠柳青、青藏公路之父慕生忠、陕北民歌大师张天恩、经济学家张维迎、剪纸艺术家贾四贵,就是这片土地养育的英才。

世代坚守祖传,随着《舌尖上的中国》的热播,为世人所知的挂面爷爷张世新,平凡得如同一根挂面,却用毕生锤炼的技艺,给乡亲们擦亮了金饭碗。

贫瘠和富有、平凡和伟大,在这片土地上并生。

柳青的名言

去年,我参加中国散文学会常务副会长红孩《东渡》一书研讨会,阅读了他的红色散文名篇"东渡 东渡",才知道,毛泽东曾在吴堡县的川口村东渡黄河,离开生活和战斗了十三年的陕北,前往西柏坡指挥全国大反攻,一年半后,就成功地建立了新中国。

所有这些,不都是吴堡这片土地结出的大瓜嘛。

是的,好事多磨,天道酬勤。

20点30分,熬过四个多小时漫长的等待,火车终于重新启动,继续向前,向着这个结大瓜的地方。

哐噔——哐噔——哐噔,仿佛一首旋律,等待着我去填词。

二、古村里的创业史

看过《舌尖上的中国》的人,都知道,高家塄村是一夜出名的。信息井喷时代，没有无缘无故的成功，也没有无缘无故的出名。媒体报道带来了改变，但真正带来改变的，是村庄本身蓄积的力量。

一个三年间五次上中央电视台的村子，有着怎样的前世今生？

一群黄土地上的人，在哺育文学巨擘柳青的地方，怎样写就了新时代的创业史？

奔腾的黄河知道，挺立的枣树知道，幽深的沟壑知道，披绿的山峁知道。

我也想知道。

高家塄村，静静地踞守在吴堡县城五十公里外的西北方，因其远，独其韵。在车上，张家山镇的工作人员郭雯告诉我，这村是个福地，一脚踩着绥德、佳县、吴堡三县，西拥文学巨擘柳青出生地，东抱大名鼎鼎的经济学家张维迎故里。

我暗想，一个作家，一个经济学家，就像一页纸的正反两面，将文化和经济，合二为一，一纸锦绣。这个村子以祖传的挂面产业逆袭贫穷的传奇，是不是得了这两个人物的真髓呢。

一路上，黄河激荡，山峁林立，窑洞安详，天空高远。刚峻与苍茫的交融，更撩人猜想高家塄村的神秘。听说，村里没有河，可山塄上有奇泉一眼，祖辈饮用，也得甘霖之奇力。正像棠溪之水赋予干将莫邪剑的至尊，神奇之水也赋予手工空心挂面特别的品质，加上阳光、空气和山风的助力，这蕴含口授心传、匠作之妙的挂面，就成了人与这方天地、山水的会意。

想起《庄子·齐物论》，他将世间之物分为：人籁、天籁、地籁。也许正是这种物我交合，物我俱化之念，方才发酵出两个字：心传。这挂面，便携了祖传秘方的天机，与这方山水意会、相知。

车连续上坡，七拐八绕之后，村委会布满标语的宽敞院落出现在眼前，细看只有三间平房，然而却拥有一面光芒灿灿的荣誉墙：陕西省乡村旅游示范村、中国民俗摄影协会采访基地、西安交通大学社会实践基地……这个村已经是一个明星，光芒四射。

见到的第一位村干部，就是顶着光头、满目含笑的张斌。中央电视台在高家塄村拍摄外国人与村民互动的《小厨师寻面记》《黄河漂流寻香》，都有他的镜头。善谈的张斌向我津津乐道电影《一把挂面》拍摄的趣事。中央电视台《舌尖上的中国》《农民春晚》哪一天来村里拍摄、哪天哪个时段播放,张斌更是如数家珍。

"一共上了五次。"他说。

在张斌绘声绘色的讲述中,那个场面宏大的央视农民春晚拍摄场景,浮现在眼前。我遥想鞭炮声、秧歌舞中锣鼓喧天、全村倾巢而出的欢腾,何尝不是一种过上好日子的宣言呢。

这里的村民,家家的窑洞都住过城里来的导演、明星、摄制人员,接待过新加坡、马来西亚等多国外宾。见过了大世面,对上电视、拍电影,早已褪去当初的好奇,留给来客的,是主人有分寸的热情,贴心的周到。

村子的路灯、墙壁、展牌上,处处可见刘文西先生的题词:"中国挂面第一村。"不愧是黄土画派创始人的书法,竟与这圪梁梁沟壑壑非常和谐。顶着"第一"的桂冠,高家塄村当然不会清闲。几乎天天都有参观者、游客、学者、艺术家到来和离去。

迎接和告别,就像挂面的制作和出售,成为村庄的日常。陈旧、干枯的日子,随着挂面的旅程,丰富和鲜亮起来。

高家塄村的脱贫史,也是挂面的发展史。从个别到普遍,从食品到商品,

万条垂下白丝绦

正在晾晒的手工挂面

从逃离到回归,这个祥和、安宁,又悸动的山村,挂出了一片新天地,直接改变了136户468人的生活方式和精神境界。2016年,村民人均收入1.8万元,居全县前列。有劳动能力、没病没灾的人家,都实现了从脱贫到致富的跨越。

过去方圆有名的贫困村、人去窑孤的空心村,现在扬眉吐气。人气旺盛,挂面畅销,日子殷实。

古村上演着新时代的传奇。

如今,家家户户把老祖宗做挂面的手艺,发挥到极致。挂面宴、挂面游、挂面公司、挂面文化……融入挂面产业链上任何一个环节,都会甩掉贫困的帽子。

民间传说,吴堡人制作手工挂面起源于汉唐时期,距今已有千年传承历史。在那苍茫、寂寥的时间长河里,老祖宗用来果腹的手艺,几度失传,又几度孤单地传承。就像所有的传奇一样,上帝总会给虔诚者以光亮。漫漫长夜的坚守,终于迎来曙光,千年后的今天,小挂面遇上了天时地利人和的大时代,机遇和幸运的垂青,一举扫荡贫困,丰盈精神,成就了今天的财富。

挂面有多长,致富的故事就有多长。

我想,这样的风骨,才配得上这片诞生了柳青的土地,配得上《创业史》的光芒,配得上柳青精神。

高家塄村地貌既逼仄又开阔,坡上坡下,高低相望,极富镜头感,这也是被中央电视台青睐的原因之一吧。每一家都拥坡而居,窑洞一层一层散落在向阳的沟峁上,这儿几孔,那儿几孔。一扇扇挂面齐刷刷地撑在窑前,映着蓝天白云,像一幅幅打开的卷轴。

窑洞人家

站在这坡看那坡，对面就成了风景。

除了家家门前的挂面，我看到最多的，就是崖畔畔上、沟沟坎坎间的枣树。在八月的阳光下，浓绿的叶子闪闪发亮。繁茂的枣儿，低调的静默，欢喜的招摇。树生得越顽强，打枣儿越不易，人就常常冷落它。

对于挂面的得宠，枣树并不羡慕嫉妒恨，而是闻着面香，依旧欢天喜地地扎它的根，结它的果。

枣树知道，它前生就与挂面相识，现在相遇相伴，是沾了人的光。

在枣树眼里，挂面也是一种果实。

沿着红色砖棱铺设的坡路，我走进一孔孔窑洞，感知它们的神秘和庸常。主人凿窑大多是一崖三孔，除了吃住，必留一孔专门做挂面，营造了一个天然的孵化炉。窑洞前挂着一排排三米多高的面帘，静如秀发，动如瀑布。

每每站在面帘前，我总会听到，那一根根挂面的呼吸声。

窑洞里几乎是一样的布局：迎面盘踞着满间大炕，炕上置桌子、放电视机。炕沿的一边连着锅灶，一边摆两把椅子。客人来了坐椅子，主人坐炕沿，开始拉话话。

窑洞外是院子，院子外必定有一块田，种着玉米、土豆、西红柿、开着小紫花的柞檬，装点着山坡的枯荒，满足了主妇的自给自足。田地之外，必是墩实的山峁。黄绿相间，相看不厌。每天面对，就看出了情感。

我站在院子里看山的时候，问这户人家的主人：

这山有名字吗？

家家对面都是，村里人就叫面面山。

面面山，好一个温暖的名字。面朝山峁，上坡下坡，挂面煮面，多么纯粹的生活。

不知是村民让日常生出了诗意，还是我心里的诗意，忽然想起海子的诗，还有他未实现"做一个幸福的人"的梦。而眼前挂着面的村民，却在黄土高坡上，实现了春暖花开的幸福——

从今天起，做一个幸福的人，
挂面、做饭、招待游客，

我有一孔窑洞，面朝大山，春暖花开。

三、幸福敲门之后

没错，就是她。

三年过去了，那一张慈祥的脸，还有笑眯眯的样子，一点儿没变。那年，当挂面爷爷在电视里魔术师般地表演手工挂面制作时，当帮手的她，也在镜头里。挂面爷爷一脸深深的沟壑，她则呼应一额细细的河流。

那个名叫张世新的挂面制作老人，不经意间登上《舌尖上的中国》，人们被他匠心独具的手艺折服，称之为"挂面爷爷"。令人惋惜的是，这个吴堡挂面的代言人，节目播出不久，就撇下他的手艺，去了另一个世界。留下老伴薛守纪，还有三儿两女，以及坚守手工制作挂面的乡亲，猝不及防地迎接挂面的辉煌时代。

2013年冬天，高家塄村张世新老人，正处在最黑的夜里。他得了不好的病，欠了很多的钱。疼痛和贫困，折磨着这颗善良刚强的心。当得知病的名字叫骨癌时，老人坚决拒绝治疗。

疼就疼吧，人生来就是来受疼的。

老人继续做他的挂面，只是做得越来越少。一家人和大多数村民一样，没有可发展的产业，老人守着长不旺庄稼的梯田、坝地，后生们背井离乡打工，贫困而无奈。

幸运的降临，忽如一夜春风来。有一天，张世新老人家里来了个陌生的北京人，由镇上的王德烽书记领着，这个叫陈磊的导演，想拍下他做挂面的过程。

拍就拍吧，毕竟这手艺，伴了咱大半辈子。

这一拍，放大了整个世界。挂面爷爷纯朴沧桑的笑容、娴熟精美如魔术师般的手艺，让无数人惊叹折服。这片因贫瘠而寂寂无闻的地方，从此扬眉吐气，闻名全国。

小挂面，打开了大生活。

三年后的这个夏天，我来到了挂面爷爷的家。迎接我的，是他的老伴薛守

"挂面爷爷"的儿子张建伟

纪、儿子张建伟。

时过境迁,《舌尖上的中国》的火爆带给他们的惊悸,已渐渐平息。猝不及防的热闹繁荣,是幸运,往往也是一种考验,考验则逼出了人的转型。如今,张建伟已经是张世新手工挂面公司的总经理了。

在村支书的带领下,老远就看到了张建伟公司的厂房,背临高坡,刷着淡黄色的墙,厂房中央有几个醒目的大字:舌尖上的手工挂面。

和生产设备相比,张建伟的办公室稍显简陋,由于是平房,燥热难耐,知了起劲地叫着,仿佛也要为挂面添彩。正在厂房忙着的张建伟,赶紧过来给我们开风扇。他并没有暴富后的傲气,穿一件宽松的藏蓝色T恤,棉布质地的七分裤,看上去和挂面爷爷一样淳朴。

2014年前,他是货车司机,已经跑了十几年的运输,疲劳、风险是一年四季的常态。在他眼里,父亲做挂面的程序,就像解方程式,太复杂,又卖不了几个钱。而且还要看天,老天脸色好了,面才能好。

中央电视台来拍"舌尖"片子时,他得帮着布置外景,整理院落,更麻烦的是,老爹做面的程序,要随着面团发酵的过程,贯穿整个晚上。节目组半夜拍一截、凌晨拍一段,他都得起床,当时心里还有点儿怨言。不承想,一夜之间,四面八方的人几乎踏破他家的门槛,来求挂面。

产量有限,一面难求。跑运输的张建伟必须得子承父业,用他驾驶方向盘的手,操纵千丝万缕的面丝,过好父亲离去后的成千上万个日子。

外地一家餐饮公司上门洽谈,意欲签订600万元的供销合同,这个机遇,直接改变了张建伟的人生方向,从小打小闹的个人制作,转型为走品牌化、公司化的发展路子。用挂面爷爷的影响力,引领产业,自我创业,带动一方。张世新的挂面有限公司,应运而生,应时而火。

现在,张建伟不仅拥有占地800平方米的车间和库房,还安置本村劳动力20人,与多家餐饮、食品公司成为长期合作伙伴,与此同时,公司+基地+农户的方式,带动周边150余户生产挂面,签订了空心手工挂面供销合同。

在张建伟办公室的墙上,我看到公司这样的口号:

企业文化:知感恩有孝心守诚信有责任
质量方针:绿色健康传统手工丝丝精细追求卓越

这,也许是手工挂面产业走快、走远的源头活水吧。

如今,张建伟的追求卓越,正在向各个方面渗透。他坚持用最优质的原料——内蒙古的河套面粉制作产品。他把一双儿女送到榆林市上学,接受更好的教育。

张建伟的母亲——薛守纪老人,我权且称她挂面奶奶,如今很少做挂面了,改做饭,做手工,外兼挂面技术指导。

在我走访她的这个黄昏,71岁的挂面奶奶正沉浸在天伦之乐中。孙子们放暑假了,挂面奶奶一直负责给他们做饭。三个从七八岁到十几岁年龄不等的孩子,趴在院子的桌子上,呼噜呼噜地吃着奶奶做的晚饭。土豆切得细而匀,西红柿炒得红灿灿的,脆黄的烙饼,冒着丝丝香气。

挂面奶奶坐在院子的小凳上,喜滋滋地看着狼吞虎咽的孙儿们。花白的短发梳到脑后,亮灿灿的耳环和手上的银镯,充满故事。她18岁嫁过来后,就随丈夫一家做挂面,那时候面粉都是自己推着石磨转圈碾压,一天磨30斤麦,挂20斤挂面,然后挑上担子跑几十里路。

作者与"挂面奶奶"

"现在享福了",挂面奶奶朗朗笑着,额上那些细细的河流一道一道荡漾。

说话间,张建伟抱来两个哈密瓜,透过薄绿的皮,似乎能看到里面鲜黄的瓜瓤。一刀下去,汁液流溢,甜味浓稠,连周围的空气都是甜的。我心里暗暗诧异,他解释说,"是内蒙古的瓜,送面粉的客商专门带过来的。"

几位乡邻过来串门聊天,我借花献佛,把蜜一样的瓜瓣递给他们,却都摇着手说:我们常吃!

有一位邻居手里拿着一把细长的绿色草茎,请挂面奶奶做炕刷。我不知道那草叫啥名字,细长,摸上去韧性极好。挂面奶奶捏紧码齐的草茎,剪去梢部,然后用一根透明塑料绳缠绕码齐的草根,她的手上下翻飞,灵巧有力,像绕挂面条一样,没几分钟,一把小巧精致的小炕刷就出现在眼前。

见我一脸喜爱,挂面奶奶将炕刷递到我手上,说:拿去,我再做一个。

我毫不客气地留下了这个纪念品。它和这里的空心挂面一样,是天地人的相互滋养,是你我的相互馈赠。

细观手里的炕刷,想起远古森林里钻木取火的智慧。这一根根天然草茎,在人的编织下,竟然成了工具,伴在主人的炕头,时时拂去世间的灰尘,让日子鲜亮,让心灵敞亮。

挂面爷爷临终前说,希望挂面上电视后,能卖上好价钱,家里多挣点儿钱来还为他治病借的债。病重到不能吃不能喝的他,像坚守他的挂面手艺一样,一直坚持到电视节目播出,才安详地离世。他一定不会想到,自己的出镜,不仅仅还了债,富了全家,还富了全村、全镇、全县。

这个每次做面前先要"问天"的老人,如今一定在天堂上,看着这一切吧。

四、她们仨

窑洞里,站着三个她。

八十岁的婆婆霍来俊,五十岁的儿媳康莲,二十九岁的孙媳妇郝英。

三个女人,三个母亲,兴盛着一个家族的三生三世。

1938年出生的霍来俊老人，凭着六十五年做挂面的工龄，和带出的几十个徒弟，2012年就成为榆林市非物质文化遗产传承人。

五年后的这个八月，我见到老人的时候，她破例没有做挂面。孙子媳妇生了孩子，另一个孙子出车祸在榆林住院，全家不得不转移了重点，投入到一喜一忧的变故中。这样的心境，是绝不能做挂面的。

前几天传来消息，医院的孙子已无大碍，霍来俊老人才放下心。等孙子出院，她第一件事就是煮一碗面给他吃。"大难不死，必有后福嘛！"老人坚信孙子的平安，是沾她做寿面（挂面）的光。

阳光浓烈，风轻云淡，又是一个做面的好天气。窑洞前的挂面架，却空空如也，老人出出进进，总感觉少了什么。我的到来，恰巧让她浓得化不开的挂面情结，有了释放的出口。她操着浓浓的吴堡口音，讲自己和挂面的事儿，童年的苦、中年的累、老年的乐，都跃动在她的皱纹里。

我能听得懂的，只有两个字：孩儿。两个字黏得很紧，几乎是滑出嗓门的。"孩"字是短促的重音，"儿"字的音上扬，拖长，这是一个母亲特有的韵律，我当然懂，也必须懂。

老人穿一件湖蓝色的针织短袖，一头短而硬的花白头发，让她看上去硬朗、精神。也许她天生就该是挂面大师，除了大师的大，个子大、嗓门大、骨架大，生来就自带陕北女子的质朴和大气。

正对着窑洞的弧形墙，挂着一副牌匾："科普杯"秦晋手工挂面研讨会一等奖。奖牌是2010年吴堡县科技委颁发的。在挂面成为该县的产业之前，高家塄村人的生活是艰难闭塞的，也是空心村。村里仅有七户做挂面，霍来俊家，就是其中的一户。奖牌，无疑是一个人坚持、坚守和坚强的褒奖。

生在祖辈做挂面的冉沟村，在父亲的推磨声、挂面的叫卖声中长大的霍来俊，十四岁就跟着父亲，睡眼惺忪地听着鸡叫做挂面。她常常送父亲到路口，目送他挑着挂面，走街串巷去换麦子。一天走二十里路，能赚回来一天的口粮。十五岁前，她没有见过大米，即使是走亲戚做客，吃得最好的也只是黄色的小米饭。

十八岁出嫁，迎接她的高家塄村，还是一个靠挂面养家的村子。一晃，就做了六十五年挂面。她带大了孩子们，也把挂面的手艺，手把手地教给孩子们。她不识字,却识面,深谙挂面与老天爷之间的私密,分寸拿捏,总是恰到好处。挂面大师张彦兵、挂面产业带头人张斌都是他的徒弟。徒弟把她的手艺传向五湖四海。

"现在的日子,跟天堂一样!"

老人心里的天堂,除了富有,想必还是一个能让挂面飞扬的地方吧。

老人的儿媳康莲,帮我们找来老人的非遗传承人证书,小心翼翼地放在炕头,一番抚摸之后,打开。红色的木头盒子里,躺着一个银色的奖章。拿在手里,沉甸甸地。这个奖章一直由康莲精心保管。

也许康莲天生就是一个管家,她保管着婆婆的荣誉,也管好了自己和家。也许是吴堡的水土好、基因好,五十岁的她,竟然没有一根白发。

说话间,她解开盘在脑后的发髻,一头瀑布般的浓密黑发倾泻而出,直垂腰际,足以与那银丝般的挂面媲美。她随手拿来梳子,一边梳,一边开心地笑着,配合着我的拍摄。很难想象,这样的秀发,是在丈夫赌博、喝酒、欠债,康莲连一瓶洗发水都用不起的情况下,顽强生长、乌黑至今的。

那时候申请贫困户了吗?

没,政府的贫困资助,咋会给赌徒呢。

那你为啥不离开他?

他聪明,脑子活,只是没用到正道上,我等他明白过来的那一天。

康莲终于等到了浪子的回头。挂面火起来后,丈夫觉得有了奔头,戒赌戒酒,和家人一起做挂面,还发挥自己的社交能力,外出跑销售,一心一意还赌债、过日子。

"他还挺有决心的,看到赌桌,就远远走开",提起丈夫的现在,康莲的眼睛看向门口,仿佛要把心里的温情和欣赏,投射到远处,让他感知到。

老人的孙媳叫郝英,2015年嫁过来后就跟奶奶、婆婆学做挂面。虽然也是挂面大军中的一员,但她与奶奶和婆婆不同,说一口标准的普通话,声音脆亮、绵软。本来就长得白净文气,又戴副眼镜,还有一脸甜甜的笑,听她说话,感觉厚重的山梁都酥软起来。

我注意到,作为一个陌生的来访者,我前脚走进霍来俊老人的窑洞,郝英后脚就跟进来探看,有一种保护神的担当。不过这次,她转换了角色,充当了我和她奶奶的翻译。与老人的交流,因了她,顺畅明晰起来。

郝英怀中的孩子睡着了。仔细看这嫩生生的小人儿,额宽耳阔,鼻唇棱角分明,虽然闭着眼睛睡觉,但五官的大气、骨子里的虎虎生气,随着轻轻地呼吸向外荡漾。伶牙俐齿的郝英告诉我,她给孩子取名张子墨,希望他多喝墨水,成为家族最有文化的人。

今天,张子墨刚满两个月,这个襁褓中的婴儿,闻着挂面的香味儿出生,将在三代挂面人的怀抱中长大,他的未来,就是挂面的未来。

想起在高家塄村拍摄的电影《一把挂面》,导演特意将祖孙三代挂面人的命运融入新中国成立前、"文革"、改革开放三个历史时期,讲人与面互相依存、休戚与共的挂面故事,把吴堡人勤劳朴实、坚韧不屈的人性美展现给观众。

不过,电影里的祖孙三代,主角是汉子,而我眼前和笔下的三代,却是清一色的女人,从不同地方嫁到这个村庄、这个家族的女人。正是女人顶了半边天,这里的天空才高远,这里的挂面才绵长。

三代挂面人

做挂面，伴随了霍来俊老人的一生。在手工挂面养不了家的年代，他的三儿子做了石匠。有一天采石时，被山上的滚石砸死，费了九牛二虎之力刚刚娶回来的媳妇也改嫁了。

在那些悲伤得令人窒息的日子里，老人没日没夜地劳作，不是撸起袖子做挂面，就是扛着锄头上地头，每天把自己折腾到极度疲惫，才能入睡。

老人讲这段悲伤往事时，已经很平静。而我的心里，却波涛汹涌。

顺着老人的目光，我发现窑洞靠门那边的墙上，挂着一张放大的老照片，一个英俊的小伙子，正注视着窑洞里的一切。一问，正是老三。他的生命，永远定格在二十三岁。现在，看到亲人再不用炸山挖石头了，再不用担着担子走街串巷换面了，坐在家里就能将挂面卖出去，他的双目，就微微上扬，含着淡淡的笑。

尽管，儿媳和孙媳都没有见过这个早逝的亲人，但，她们早知道他，也在这孔窑洞里，与他对视了一年又一年。

阳光一寸一寸探进窑洞里，我和三代女人的聊天，越发澄澈和温情。

儿媳说：婆婆虽然不识字，但一点儿也不死板，很开明，做事大气，能跟上时代。

孙媳说：奶奶有啥好吃的，就给我拿过来，娘家奶奶死得早，嫁到这边后，我才知道有个奶奶疼着，这么好！

老人说：儿子爱赌博，家又穷，儿媳妇不嫌弃、不离开，硬是靠做挂面撑着，也是我家修来的福。

现在，儿子改邪归正，主管家里的挂面销售，已经有几十家长期合作的批发商，挂面供不应求。老人四世同堂，德高望重，面达天下。

"还是时代好，我们可都是吃了苦，才熬到今天，还是她们有福"。康莲指着儿媳郝英。

郝英轻轻一笑，仰脸看着婆婆，毫不掩饰她的幸福和满足。

都说三个女人一台戏。此时，欣欣向荣的剧情里，有忆不尽的酸苦，更有诉不尽的温情。

这三个女人，分别来自吴堡、佳县、绥德，"不是一家人，不进一家门"，现在，这一家人齐心做挂面，一天的净利润达到一千多元。

我为她们仨拍了一张合影。

眼前的三个她,生在各自的时代,互为映照,互为影子,老、中、青都是一种风景。忽然有一种强烈的感受:人在做,天在看。挂面是上天派下来拯救这个村、这些人的。挂面兴了村,更兴了家。

故事结束了,生活还在继续。

告别时,三个女人目送我下坡,直到走远。我最后一次回头,对着三个身影挥了挥手。

岁月静好,现世安稳的三个她,到最后,都会成为三世一体的"我",一个在时光里一脉相承的我。

五、一帘幽梦

这是一对做挂面的夫妻。

来吴堡前,百度高家塄村的资料,看到张彦兵的名字——一个返乡创业的挂面大师。来之后,才知道,凭着挂面手艺,他成了陕西省劳动模范,媳妇刘艳宁是吴堡县人大代表。

我跟着一个参观团来到这对夫妻家,第一眼看到的是正在缠面的刘艳宁。她坐在面架前,正在给鸳鸯筷子上盘面。一根白绸缎在手里呈8字形上下翻飞,那场景不由得人想起一句诗:谁持彩练当空舞。游客举着相机,对着她"咔嚓、咔嚓"拍照。

张彦兵站在一架架晾晒的挂面前,讲解制作工艺。他穿着白色T恤,端端正正地站着,像一根茎直中通的挂面。作为一个参观基地,这两口子的手艺,显然经过了无数次理论和实践的捶打。

尽管制作挂面最少需要十二道工序,但是在劳作与表演之间,繁复就成了艺术。

刘艳宁是个80后,长发,长腿,细长如一根擀面杖。我知道她不用这工具,她匀称的胳膊,灵巧的双手,就是让面丝起舞的。开始,只对自己表演,孤独而机械。"做面是被逼的",刘艳宁话不多,但没有废话。

2012年,在外打工的丈夫得了严重的胃病,大半年都在家休养,没有了经

精准扶贫工程探访纪实——古村告白

依傍

济来源，两个孩子的学费、耳聋婆婆和全家的生活，无着无落，陷入困境。出去打工吧，家里老的老，小的小，丈夫又有病，离不开。秋天的时候丈夫病有好转，出门打工去了。她常常对着山发呆，有一天，看到窑上人家院子铺天盖地的面帘，心里一动，一朵白云扫去荫翳。

她开始到村上做挂面的人家当帮手，在帮中学，在学中悟，三个月后，她就成了一个面帘里的舞娘。日复一日，起早贪黑，不断磨炼自己的舞技。只是，窑洞顶上的明月，夜夜照着丽人的妆镜台。

2014年，舞娘的独舞，变成了双人舞。

张彦兵回来了。

在外打工的日子，每一次回家，都是久别重逢。与老母亲、妻子、儿子、女儿短暂的相聚，然后又是长长的离别、浓稠的牵挂。他常常对着家的方向，一根接一根地抽烟。然而，世事古难全，养家和恋家，他只能选前者。

那一天，回家的路上，张彦兵并没有意识到，这次，不仅仅是休几天假那么平常。一进村，就看到狭窄的街道涌来很多外地人，外地车牌，舌尖上的中国热播效应，正在村里燃烧。多年打工的历练，让他敏锐地意识到：商机来了。他果断辞职，结束了十多年漂泊的打工生涯，和媳妇一起制作挂面。

"玉户帘中卷不去"的离愁，从此安放在挂面丝织成的一帘幽梦里。

我听着张彦兵夫妇的故事，眼睛却不时瞟向茶几上的一盘水果。浑圆的西红柿、椭圆小巧的圣女果，很诱人。尤其那西红柿，红中带黄，还有暗色的虎皮纹。我想，大概是塑料的，摆在这里好看。仿佛猜透我的心思，张彦兵连忙递给我一个西红柿："这是我嫁接的，刚从院子摘回来。"

一尝，甜汁溢舌，果肉绵密，远远优于惯常的口感。

我注意到，张彦兵家的窑洞，铺设着十字纹的地板砖，摆着一套原木色的组合家具，不但样式美观，又兼具写字台、梳妆台和放音响、看电视的功能，一看就是量身打造的。窑洞外壁，也有石板镶边，宽阔大气。

让我惊奇的是，将窑洞与单元房结合的家居风格，是张彦兵结婚时自己设计的，已经十七年了。

"那时候穷，但我肯动心思，婚房一定要超前，独特"。张彦兵对自己当年的决策甚是满意。

一个连窑洞都打造得这么时尚的人，一定是有眼光和创意的。

如今，张彦兵又把他超前的眼光和创意用在了挂面产业上。

他不满足于传统的制作。一次到饭店吃饭，看到菜单上的菠菜面几个字，灵光一闪，这种面和蔬菜结合的工艺，也可以用到挂面上呀。他开始了一遍一遍地尝试，琢磨研究，解读日月、黄土、空气、盐水与面之间的秘语。常常辛苦一天，却得到一堆碎断的废面。

张彦兵不气馁，反复调整水、盐、蔬菜汁的比例、温度，当一排排绿色的面帘也可以抻到三米，不掉也不断的时候，他长长吁了一口气：菠菜面，成了！

紧接着，胡萝卜、西红柿、荞麦面、杂粮等多种绿色养生挂面都相继出炉了。

一天，县人大主任送来艾叶粉，嘱张彦兵试做。艾酒的功效，他知道，艾面，颇有创意，更有养生功效。几次试做，都没有达到想要的效果，面丝拉伸不到一米，就断了。张彦兵白天盯着艾叶琢磨，晚上睡在床上琢磨，走路琢磨，吃饭琢磨，在他走火入魔的琢磨中，一点一点接近完美。"浪费了很多的艾粉和面粉"，他笑着告诉我。那微微眯起的眼睛，有歉疚，有责备，但更多的是欣慰，也是对美好生活向往。

张彦兵的蔬菜养生面，使挂面走出了单一的白色，圆了一个个赤橙黄绿青蓝紫的梦。订单纷至，两口子一个月就收入三万余元。2015年10月，在县供销社的推荐下，张彦兵作为挂面之乡的代表，去了深圳表演，捧回中国非物质文化遗产优秀传承人展示奖。被县政府聘为科技特派员，他常常到周围的村庄帮扶救援、培训指导，传播养生挂面制作的技巧，带动乡亲增收。

现在，这对贪得了黑、吃得了苦的夫妻，平均每天能加工一百斤面粉，

挂面夫妻

一年有二十多万元的收入。这个数字,让大多数城里人也望尘莫及,包括我。

我最喜欢看刘艳宁"分面",两手各执一根撑面杆,伸进玉帘般的面丝里,同时外抻,富有弹性的面丝便如橡皮筋一样撑开、分离、归列。她的动作快而娴熟,手里的撑面杆像一根舞动的魔杖。

但我知道,这并没有什么魔力,只是一把致富的钥匙,幸福的密码。

就像面的柔韧与重力合作得恰到好处,就像太阳和空气对挂面的塑造,这对太阳男人、月亮女人,用默契和爱情、智慧和劳作,完成了天作之合。所有的白天黑夜,都成了风景。

"夜月一帘幽梦,春风十里相送"。20世纪80年代,琼瑶用小说《一帘幽梦》诠释了爱情的美好。今天,此地,这对夫妇用双手编织的一帘幽梦,放飞了爱的梦想,就像放飞了一个斑斓的气球,带着他们,仰望天空。

大概张彦兵家的窑洞最时尚、最整洁,我晚上的住宿,村支书特意安排在他家。

夜里十点,我聊天回来,张彦兵和刘艳宁还在忙着称面、封面、贴签、装盒。女儿和老娘,也加入了阵容中。

我独踞窑里的大炕,不舍睡去。炕沿上方挂着面团捏成的鸟儿,一只鸟儿一只干枣,一串一串,横成一排。我把它想象成床幔。窑洞里的床幔,最适合做梦。

早上起来,还不到六点,发现新一天的面已经和好,摊在一张大案板上,盖着湿笼布,在空气里发酵。靠墙的桌上,是这一家人昨晚的成果,三十个大红的礼盒,静默着一肚子的喜庆祥和。旁边,还有三十封未装盒。它们整齐地列队,被主人摆出漂亮的"金字塔"造型。

张彦兵眼眶浮肿,正在帮着媳妇搓大条。

昨晚熬到半夜,我以为今天这一家子会睡个懒觉,张彦兵指了指手机,说,又接了五个订单。

醒、搓、晾、收、切……十二道工序,又将有条不紊地继续。

我走了出来,小心翼翼地踩着雨水冲下坡的黄泥浆,看对面的山,看坡下的田。一个和泥浆一样黄的三孔老窑,出现在早晨的清新里。尽管人去窑空,却留着一副对联:"双手传承绝手活,一心做好空心面,"横批:"传家之宝。"红纸已经褪去当初的喜庆,字却表白着心意。

老窑虚空,却并不破败,沧桑里自有一种慑人的气势,刚韧又长情。猛然想起,张彦兵曾说,要将这窑重新收拾一下,改成挂面展室和民宿。

老窑知道,这是自己修来的福。它憋了一肚子的话,要说给子孙,和远方的客人。

告别的时候,两口子都出来相送。走到大门口,我担心刘艳宁正在盘条的面,坚决让她止步。她便倚在门框上,目送。我上车时,再回头,她已隐入一排排洁白细密的面帘里。

张彦兵拎着两个红红的挂面大礼盒,一直将我送到村委会院子。我上车时,他将两盒面,往我手里塞。白吃还白拿的事儿,历来让我心虚,急忙摇手,一番你推我让之后,答应只带一盒。

电影《一把挂面》取景地

张彦兵家的老窑,未来的挂面展示厅和民宿

谁知张彦兵固执地将两盒一齐放到车上,脱口而出:
"双双对对,祖祖辈辈!"
我一愣,顺从地接受了他的心意。
这个让天下所有人心动的礼物,我能拒绝吗?

六、挂面的好时代

1

挂面妆成一树高,万条垂下白丝绦。
不知细丝谁裁出,二月春风似剪刀。

都说,张家山镇党委书记王德烽,就是这把似剪刀的春风。吹了一年又一年,融冰化霜,终于迎来了张家山镇的春天,让空心挂面在阳春里舒筋展骨,扬眉吐气,迎接好日子。

我没有见到这位挂面书记,却听了不少他的故事。见与不见,挂面就在那里,不言不语,却又怀着一肚子千言万语。

我从当地一个叫王伟的作家的文章里,细细品读王德烽书记让挂面"重生"的故事。王德烽刚调来镇上工作,正在苦苦寻找脱贫致富的抓手,遇见一家农户做挂面,一院子白白的面帘垂在阳光下,如梦如幻,煞是好看。心里一动,当下就觉得这事可以做大,做成产业。他跑断腿,磨破嘴,燎原了挂面的星星之火,后来又像"嫁女儿"一样,把挂面推向大江南北,直到推上中央一套。

这篇文章我看了好几遍,挂面书记"为面痴、为面狂"的形象,跃然于纸上。作者那充盈在骨子里的深情、洋溢在字里行间的挚爱,还有那份对乡村的亲切和熟稔,是我这走马观花的外来者所不及的。

想起一句话:"做官一阵子,做人一辈子。"正是这"一阵子""一辈子"的风采,成就了王德烽,也成就了张家山镇、成就了这里的乡亲。

一个村民告诉我,以前村里人把挂面叫咸面,只知道是咸的,没有销路,循着古法做点,换点面粉或者自己家吃,没有想着它能变钱,能发家致富,村民大多出门打工挣钱。没人关注挂面，更没人注意到挂面是空心的。而王书记，刚调来就"相中"了挂面，而且是第一个发现我们的挂面是空心的人。

我想象着王书记捏起一根面，像看自己的孩子一样，细细观察，无意间发现"空心"这个秘密时，比中了头奖还激动的样子。就是这个独具慧眼的发现，小小的挂面一下子神奇、神秘起来！

"围绕空心，大有文章可作！"

王德烽的文章，无疑是精彩的。他懂得一个产业要发展壮大，就必须做大规模，形成气候。为了让更多的村民加入到挂面制作队伍中来，张家山镇筹备召开了首届挂面研讨会。以五万元销售额为一个台阶，分层次进行奖励；现场品鉴，评出产品质量奖。在有能力的挂面的人家院落，免费安装了挂面钢架，家家配备包干的技术指导员。

随着张家山镇挂面产业的风生水起，吴堡县也出台挂面产业扶持政策，燃起了挂面创业的热潮。高家塄村、张家山村、冉沟村，打工的村民纷纷归来，投入到挂面创业中来。

对外造势，无疑是让挂面走出山村的东风。挂面产业交流会、西洽会上的宣传，现场制作工艺表演，组建挂面秧歌队……各种宣传形式的并用，终于让挂面登入大雅之堂。2011年张家山手工挂面制作技艺列入陕西省第三批非物质文化遗产保护名录。在媒体的传播下，在全国唱响，飞向五湖四海，吸引了一双寻觅的眼睛——中央电视台《舌尖上的中国》导演陈磊的注意，寻面而来。

节目组与王德烽的相遇，在今天看来，不是偶然，而是必然。是上天对双方的犒劳，更是对几代坚守祖传手艺的乡亲的回报，对逝去的挂面爷爷的回馈。

张家山镇，就这样走向挂面时代。

挂面产业的兴起，辐射、带动了旅游产业，文化产业，这个村庄又将步入挂面主打、多元发展的新时代。

中国有句古话，名如其人。放在王德烽身上，还真是非常贴切。王，王者；德，品德；烽，烽火。一个有德行、胸中燃着一团火的开路人，难怪会煨出一片激情燃烧的土地。

燃烧，是从星星之火燎原的。从王德烽发现村里人的挂面手艺开始，到今天，已经过去了整整十年。

十年前，王德烽就认定了挂面的未来，胸怀"兴盛挂面"产业的雄心壮志，咬定青山不放松。

十年里，有过无人问津的打击，有过不被信任的怀疑，有过一点一滴开拓的踏实。

十年后，这一切，验证了成功的两个关键词：信心、坚持。正像一句广告所说，成功就是："十年如一日，坚守一颗执着的心。"

一把把空心挂面，挽救了一个个空壳村。如今，张家山镇这几个幸运的挂面村，氤氲着满满的关心、爱心、匠心，以及人与面的天作之合。

这是一个乡镇的传奇，也是一个人的传奇。

2

"黄土高坡出能人，高家塄村数张斌"。

这是在中组部、农业部举办的农村实用人才带头人培训会上，一位学员给张斌的评价。

张斌的"能"，是可追溯到出处的。十六岁初中毕业后种地、推磨、刨土豆、扛麻袋，生活的负重像四周的山一样，压迫着他稚嫩的肩，尝遍了农活的艰辛。十八岁时，看不到生活出路的他外出打工，他没有和村里大多数人一样，去挖煤、运煤，而是走向了大城市，先去西安，后去北京。一晃二十多年。他的前半生，一直与贫苦、漂泊相连。

然而，张斌是幸运的，这个先后在西安、北京两个皇城闯荡多年的人，一回村，就赶上了村庄的新生和崛起。

2011年下半年，回村不到一年的他被选为村支书，有见识、有能力的他意识到，村庄要走出困境，必须"设施+产业"两条腿走路。他从整治村里的基础设施入手，两年时间，村庄就完成了硬化、亮化，又红又"砖"的道路、照亮高坡的路灯，使村庄旧貌换新颜。同时争取电力扩容、人畜饮水改造、排洪渠维修，等到中央电视台闻着挂面之香来踩点、拍摄时，村里的基础设施、挂面产业，都具备了拍摄条件。

仿佛张斌的回归，就是为了来迎接这一场轰动全国的挂面盛事。

张斌的经历中，并不缺少盛事，命中注定，他天生是一个盛事追随者。20世纪90年代在北京打工期间，他曾骑着自行车走遍大街巷、小胡同，亲历过中国足球进世界杯、北京申奥成功等大事件，一回村，又开启了高家塄村一连串的大事件。拍电视、拍电影的、采风的、旅游的、交流的、洽谈合作的……

回归，是宿命，更是使命。

大概是见识广，接触的行业、名人多了，刚刚五十岁的张斌，除了气质迥然于村民外，更有一副明星的脸孔。光头、爱笑，眼大、眉浓的他，形象可塑性极强。我看到他很多照片，和市长合影，西装革履的他俨然一副领导、老总的派头；和影视明星合影，形、神、气丝毫不逊明星；穿起白色的厨师服，又成为一个正宗的大厨形象，让人无比信任他的手艺。

这个颇"上镜"、能hold住各行各业名人的张斌，并没有变身术，镜头外的他，干啥像啥，干啥成啥，多种角色集于一身。记得张家镇干部郭雯给我介绍张斌的时候，说："张书记故事可多了，民歌唱得可好了。"

张斌的民歌，我没有机会听，也不好意思提出来。但挂面创业、挂面产业的领军企业、领军人物，有一沓火红的荣誉证作证。他精于挂面制作技术，又擅长挂面社交，属于那种既低头拉车，又抬头看路的人物。

2011年，他认识到单打独斗的生产势单力薄，就和自己的弟兄联手，成立了挂面加工厂，唱响"老张家"品牌，精心设计包装，让挂面脱颖而出，在商场、超市上架，销量大增。

张斌尝到了甜头，群众看到了奔头。很快，八十多户人家涌进了挂面制作队伍。张斌趁热打铁，成立农产品专业合作社，指导、包销，带动乡亲共同致富。随后，他取妻子名字里的"金"、儿子名字里的"震"，成立了金震农产品有限公司，与二十三户贫困户签订销售合同。"合作社+公司+农户"三位一体，让他带领脱贫致富的道路更宽阔。

"手中无把米，唤鸡都不理"的高家塄村村委会，如今成为一个一呼百应的大家庭，也挂满了县级文明村、产业发展先进村，陕西省一村一品示范村等"高大上"的牌匾。荣誉之光有多亮，张斌带领群众致富的路就有多长。作为吴堡县劳动模范、基层党支部书记模范创业带头人、榆林市党代会代表，张斌永远是村头那一盏最明亮的指路灯。

挂面产业要做长远,还有很多路要走。张斌目前的方向,是借吴堡县全域旅游的东风,依托挂面产业,谱写"观光、体验、美食、民俗展"一体的大旅游文章,将高家塄村打造成美丽乡村旅游示范村,既要为吴堡的沿黄旅游增色,又要平分秋色。

带着我走访的张斌,总感觉头晕,一量血压,高压已到200毫米汞柱,不得不挂上吊瓶。挂了吊瓶的他,又怕怠慢了我,就让她八十五岁的老母亲给我讲过去的事,让她的媳妇操心我。

正在封装挂面的金肖

张斌的媳妇叫金肖,有一张俊秀、线条柔和的脸,微卷的头发扎在脑后,系着一条红白方格子图案的围裙。她边和我说话,边忙活着挂面的包装。和村里的大多数妇女一样,她一刻不停地劳作,不是在做挂面,就是忙着做挂面宴。白天见她如此,晚上见她也如此。

那天,挂面宴的客人走后,院子墙角几个装垃圾的大篮子,满满当当。金肖清理完厨房,立即过来处理垃圾。只见她拿起一根扁担,两头各挑一篮,伸出手,又再提上一笼,晃晃悠悠地向坡下的垃圾回收地走去。

我的眼前出现了一个词:"肩扛手提",原来就是这个姿势——一种柔中有刚的担当。

中午的阳光刺得眼睛睁不开,她晃着扁担的影子投在地上,只是一道斜斜的黑杠,和两个不规则的方圆。

看着她的背影,我莫名地想起一句话:高山愈高,流水愈长。

3

挂面有多少种吃法?

这个问题，之前从没有想过。当我听说有挂面宴的时候，充满了好奇和遐想。饺子宴、豆腐宴、鱼肉宴，常常会别出心裁，吃出惊喜，这挂面宴，还会玩出什么花样呢。

幸运的是，第二天，高家塄村接待三桌客人，点明要吃挂面宴，我心窃喜。用餐地点就在村支书张斌家。我早早就去现场观摩。大厨是四十七岁的村主任张建停，还有三位村里的妇女给他当助手。在宽敞的厨房里，他们煮、烹、炸、炒、煎、烙，十八般武艺，让挂面一次次张扬了它的美好。

中国人的饮食智慧，在这间热气腾腾的厨房里，让我又一次惊叹。挂面宴，在巧妙创意的搭配里，在水、油的交媾里，在人对火候的把握里，极尽了挂面的千姿百态。

我特意请教了油炸挂面的做法。好客的大厨说：不难，你先看，回去慢慢试。他一边讲，一边示范。原来是将挂面煮好后捞出，一团一团打成卷，放入冰箱冷冻，待形状固定后，直接氽入油锅，上色后迅速捞出，滤一下油，然后入盘。

洁白的瓷盘里，淡黄酥脆的挂面卷丝丝缕缕团在一起，像一朵朵盛开的金菊。往嘴里塞的时候，仿佛吃的不是面，而是花。

很快，桌面聚来十几个盘子，五颜六色，每一盘，都呈现着一份创意：肉炒挂面头、清炒菠菜挂面、凉拌苦菜挂面、铁锅焖挂面、酸汤淹挂面……吃法既家常，又奇葩。

谁知盘中餐，丝丝皆辛苦。无论十八变，还是七十二变，有新意，更有心意。

我最馋的是那盘酥脆的挂面烤饼，挂面裹在吹弹即破的一层酥皮里，被切成精致的菱形小块，远看像糕点，走近了就会看到嵌在酥皮下的葱圈和火腿丁，粉红和翠绿相映，方圆相形，似露非露。还没入口，舌尖已湿润，牙齿似乎已经与那层酥面碰出了咀嚼的脆响。

舌尖跳动，味蕾开花。

挂面是产品，挂面宴便是极品，极尽了挂面的价值和风情。

一起吃挂面宴的几桌客人，来自天南海北。他们走过了千山万水，却像我一样，不可避免地恋上了这普通的挂面。不知谁打头说：我要带些回去。其余人纷纷解囊，你一盒，我一盒。我想，打动他们的，不仅是美味，还有健康长寿、生命长久的寓意吧。

而这样的美好，竟然可以原封不动带走。挂面抵达哪里，这方山水和人的神韵就氤氲在哪里。

采访中，接到吴堡县贺建湘副县长的电话，他叮嘱我，一定要多走访几家村民，一定要吃一吃"活抓"挂面。当"活抓"两字从电话那边传来，我的脑海里一下就跃起一条条活蹦乱跳的鱼。蹦着，跳着，渐渐幻化成一根根有弹性、有活力的面条。酸辣鲜香的美味，涌向舌尖，胃开始蠕动，我饿了。

第二天上午，我早早窜到张斌家，一边看着张斌媳妇盘条、上面，一边期待着吃活抓挂面。终于等到"出面"，只见张斌妻子举着杆子把面条挂出来，抻好，待那千丝万缕的长面丝刚成形，立即抓上一把，丢到沸腾的锅里，翻滚一两分钟，出锅，盛一勺清汤，撒上切碎的葱沫、香菜、西红柿、柞檬，再埋进一个荷包蛋端上桌。只见清亮油汪的汤汁里，面条舒展，红漂绿浮，香气四溢。

这香气，浓烈而又温适，自与别处不同，因为当地土生土长的一种调料——柞檬（吴堡话的音译）。我初识它的时候，不知道那两个字怎么写。后来看到它生长的样子，像一根根孤独的韭菜，中间高擎着韭花一样的茎。茎上顶着伞状的花苞，开着浅紫的小碎花。当地村民告诉我，柞檬不同韭菜，它只有花可食用。

我捏起一朵柞檬花，凑近鼻子，立即闻到一种颤动舌尖的鲜香。这细碎不起眼的花，它的绽放，不是为了美，不是为了结果，只是为接纳这方水土的精华。怪不得，赢得了"挂面伴侣"的美名呢。

仔细品味"活抓"挂面，多了分酥软，却不失筋爽本色。活抓，其实就是晾晒之前的面丝，还没有经过风与光的塑造，抓得就是面丝刚刚形成的初态。看来，真像贺县长说的，离开高家塄这个挂面制作现场，是吃不上的，外面更无法买到。

我吃得满头大汗。想起古人的一句话，食色，性也。此刻，应改上两个字，食面，鲜也。

七、我想和黄河呆一呆

从高家塔村回吴堡县城时,我提议沿着黄河走。吴堡的气势和气质,吴堡的过去和未来,都在这沿黄线上。

我最想看的,是当年毛主席率领红军东渡黄河,乘船离开陕北转战西柏坡的地方。到达渡口,眼前是一个繁忙热闹的工地,我踩着黄沙和水泥,走向黄河。一个挺拔如旗手的告示牌拦住了我,上面写着:东渡纪念公园建设工程,让我明白这些工人劳作的意义。

几个工人正在雕刻当年的东渡场景,我在旁边饶有兴趣地看了一阵子,忽然有一种预感:小县旅游奔小康的大业,必将从这里兴起。

因为施工,原先立着的东渡纪念碑被临时移走,我只能参照河对面山西立的那块纪念碑,辨别具体位置。想到全国解放的胜利就是从这里出发的,不禁肃然。

黄河在这一段,风平浪静,水质似乎也比别处澄明。水面波纹细密,把怀揣的秘密,一道一道晾晒在阳光下,闪闪发亮。河上没有人,也没有船。我静静地站着,渐渐地,眼前幻化出当年人头攒动的场景。

有那么一瞬间,人去河空的空荡,让我怅然。但很快,又被眼前的热闹荡走。

一场"中国·吴堡黄河大峡谷国际漂流公开赛"刚刚举办过,黄河岸边,时不时遇到这场盛事的巨幅宣传展板。启动仪式嘉宾阵容中,以陕北民歌成名的王二妮在前列最中间位置,很醒目。我想,她高亢嘹亮的嗓音,一定离不开黄河涛声的滋养、黄土高坡的助威。

昨天刚下过一场暴雨,黄河漂流暂停

贾平凹手书的"黄河二碛"

了。一排橙黄的皮艇，静默在岸边，等待着下一次的冲浪。我看着时而平缓、时而湍急的河水，想象着水激皮艇，一浪一漾、一颠一簸的惊险，心，莫名地扑腾、扑腾起来。

看来，吴堡旅游兴县的号角，也让黄河热血沸腾。它不甘只做一条历史的河流、做时代的看客，它要让游客感受力量，感受胸怀，它要吸引更多的人来看自己。

继续沿着黄河向前，远远看到一块矗立的巨石，石身有文豪贾平凹先生题写的四个红色大字：黄河二碛。我特意从这个题词的岸口下去，一直下到水的身边。

我想和黄河呆一呆。

黄河并不因为我的依傍，有任何迟疑和停顿，依旧裹挟一切，滚滚向前。黄河在二碛段，开始以咆哮的姿势发威。远眺，银浪滔滔，无边无界，无穷无尽，忽然就理解了李白"黄河之水天上来"的慨叹。近观，湍急的浪花，以耸峙的山峰形象，浩荡奔跃，起伏追越，势不可挡。

我第一次发现，奔涌的浪，凝聚起来，也可以排成山的姿势。

想用目光锁定一朵浪花，却总是看到一群。渐渐地，那浪，幻化成一个个冲锋的士兵，奔向胜利，奔向小康，奔向未来。

离我不远处，有一个老太太，独自在黄河边歌唱。声音被涛声卷走，我一句也听不清。但见她扬臂抬腿，一招一式，铿锵有力。那临河高歌，宠辱皆忘的豪气，瞬间打动了我。一时多少豪杰，多少故事，都融进了她的唱词里。

探访手记

暮 色

走访结束的时候，无意间听说陕西邮政公司的定点扶贫村也在吴堡县，距县城不远的宋家川镇南王家山村。央企在地方扶贫这一块，在我的书里还是空白，就想去看看。司机小郝欣然答应，但因时间太紧，只能在送我去火车站的路上，顺道拐过去。

去南王家山村的路，全是弯道，不但弯，还连续爬坡，耳边便一直萦绕着油门的轰鸣。我抓紧车把，把头伸出窗外，一边是山坡，一边是深不见底的沟壑。稍有一点平处，都被人利用，建成房屋，或开垦成田地。

这个季节，我只能看到两种颜色，黄土高原的黄，坡道、田野的绿。

车转了很多道弯后，南王家山村的村委会，才出现在一小片平地上。九间平房，静默在大山的怀抱。门牌上，有扶贫互助协会、邮政电商便民服务站、卫生室等。院子里，陕西邮政捐助的路灯，像站岗的卫士，俯视着四周，怀揣一肚子的故事。

一位穿着背心的老人，正蹲在墙墩上，大口嚼着刚刚出锅的饼子，空气里弥漫着葱花饼的酥香。面前还摆着一碗绿豆小米稀饭，一碟凉拌黄瓜。我上前拉话，才知道他是独居的低保户，因房屋危漏，在村委会暂住。

老人每说一句话都笑，脸上的皱纹像池塘的涟漪，一圈一圈荡漾。那种坦荡、纯粹的笑容，泉水一样漫进我的心里。

这个以天地为幕席，墙墩当餐桌，吹着山风的老人，如此寂寞，却又如此诗意，如此快乐。仿佛不是他守着大山，而是大山守着他。

说话间，天就黑了。

抬头看向远处，一排排的枣树站在坡顶，像暮色里的旗帜，也像黄土坡上一根根竖着的头发。路灯亮了，大山睁开了一双双明亮的眼睛，山峁和沟壑在这双眼睛的注视下，顿时温情起来。老人进屋洗了碗筷，取出烟袋，蹲在房门前，就着星星，沐着月光，吐起了烟圈。

屋里亮着灯，透过纱帘，清楚地看到里面的锅灶，还有电视、冰箱、洗衣

大山深处的晚餐

机。看来，老人的生活还不错。揭开纱帘，一眼看到墙上贴着贫困户明白卡，收入来源一栏显示：低保3 015元，养老1 440元，耕地355元。我问：你的低保和养老费，够用么？

够！够！好得很，吃共产党的，花共产党的，有靠山。

他说着，又荡开了一脸涟漪。

想起报纸上那条邮政扶贫的新闻，便问，邮政扶持的那个养殖肉驴的合作社，在哪儿？

老人顺手一指：在下头，亮灯那儿就是。

顺着老人手指的方向，我看到远处山坳里，夹着几间房子。

这里有邮政的驻村扶贫干部吗？

有嘛，朱亚东，电话在墙上公布着。

老人说完，掏出一款老式手机，要给我拨朱亚东的电话，我摆了摆手。

他又说：那我去给你叫村支书。我说来不及了，要赶火车。

自始至终，老人没有问我从哪里来，要到哪里去，也不知我是什么人，来这里做什么。他把他的心，他的生活，敞开给所有的人。坦然、坦诚、坦荡。

暮色四合，黄土地的黄和大山的绿，融为黑幽幽的剪影，不分彼此，装饰着夜。

车开了。我下意识地回过头，路灯下，村委会工作人员姓名公告牌，11185邮递服务电话、扶贫互助协会的牌子，还有老人嘴里一明一灭的烟头，在黑夜里闪着独特的光芒。

（探访时间：2017年8月8日）

中部

关中之中

在周秦汉唐的地盘,每一座村庄,都是有气质的

第三站 周至道德

道生之，德蓄之，物形之，势成之。

是以万物莫不尊道，而贵德。

——《道德经》

有一种穿越，脚步铿锵。

有一种抵达，奔向小康。

小康没有捷径，只有路径。

村庄，就是一条一条通往小康的路径，在山川沟壑间绵延。国脉有多长，村庄就有多长。

山高水长的周至县，有近400个这样随国脉律动的村庄，镶嵌在大秦岭的褶皱里。它们的深处，盘着祖先的根，长着当下的日子。如今，24 818户人家，88 748个村民的日子，还残留着这样一个标签：贫困。

在周至县县委书记杨向喜心里，这个国家级秦巴山集中连片贫困县，要弥合贫富之间的差距，最关键的，就是用"两山理论"构建和谐，重拾勤劳致富的信心，重建干部与村民之间的信任，重塑乡村文化的形态，铸就物质和精神共富的新家园。

在这个老子传道说经的地方，从来不缺宏大的世界观和细致的执行力。从政策动力到内生潜力，从全员发力到倾情倾力，是物质和精神两种力量的合二为一。一生二，二生三，三生万物。

在这个诞生《道德经》的福地上，也从来不缺精神的超拔和仰望星空的目光。即使结草为庐，也是为了观望天象。在紫气东来的天空，每一座村庄都厚植着道和德，每一座村庄都是有气质的。

一、苍峪气质

如果说"苍"指苍翠，"仓"指粮仓，那么，古时苍、仓的通用，显然让周至县这个叫"苍峪"的地方，占尽风情，且不同凡响。

传说，文字始祖仓颉曾在这里的上人院一带活动，古时建有庙宇"仓颉庙"。而历史又让伟大人物、伟大事件轮番在此交集：周文王在这片文脉盛地推算八卦、演兵布阵，姜子牙在此点将封神，占卜天象，周武王在此领兵伐纣，建设行宫。而北周明帝时期，干脆在这里设"苍城县"。

三千年的葱郁苍翠，让如今的苍峪，成为周至县竹峪镇一座美丽而富饶的村庄。

"苍苍峪，莽莽川，云雾静寂，不见终南"。

这是西安建筑科技大学教授、著名艺术家傅强先生在苍峪写生时，灵感涌动，给自己拍摄照片题写的配文。吸引艺术大师的苍峪，除了有千古文脉，有传奇故事，还一定要有气质。

盛夏的一天，我也追随一个村庄的气质而来。

沿着107省道路牌指引，走进苍峪村，沟壑纵横，满目染绿，绿树村边合，草木路边秀。有工程队在地里打井，挖出的新土散发着黄土地特有的清香。正逢庄稼地里的猕猴桃挂果，一嘟噜又一嘟噜掩映在枝桠间，让人感到乡村生活的丰美踏实。

农家也有文化墙

而我，需拨开这丰美的画面，走到村庄深处，寻访那些致富路上掉队的人，他们，可也踏实？

在路边村民的指引下，拐了两道弯，来到绿色深处的苍峪村村委会。宽敞的院子静寂无人，文化墙、宣传牌匾和大红标语在正午的骄阳下愈发灿烂。走进大门，精准扶贫宣传政策的展板、村情民情图、产业发展图整齐排列，像一个个无声的讲解员。

一组数据赫然在目：村庄共285户人家，1 176人，2016年人均纯收入6 890元。从产业发展图上看，耕地面积1 992亩，猕猴桃种植面积就达1394亩。想起进村时看到地里的"绿蛋蛋"，原来就是这儿的富村之果。

民情图上显示，村庄里有7户贫困户，这个比例，就像猕猴桃林几棵授粉不佳的树，渴望细心的呵护、更多的关爱。

抬头，墙上居然有一幅幅书画作品，山水、花鸟、人物，在墨色里生香。从贺词上看，这里在重阳节时举办了一场老年书画展。如今，热闹已落幕，墨香依然充盈着脱贫攻坚作战指挥部，氤氲着一种"晓看红湿处，花重锦宫城"的春意。

二楼人声嘈杂，仔细一听，一群人正在讨论的，是贫困户的帮扶方案。七嘴八舌，热闹而有序。打印机吱吱——吱吱地拖着长音，穿过此起彼伏的说话声，回荡在一楼的书画作品上，仿佛如泣如诉的小提琴曲。

有人下楼来了。先是一个小伙子，我一眼认出，就是大门口公示牌上的第一书记：姚红卫。小姚向我介绍了紧跟在后面的一位短发女士，周至县考核办侯淑艳主任。趁着今天周末，侯主任带领"全家"来到对口包扶点，刚研究完方案，正要去看望贫困户。

我便一路同行，一窥帮扶组在这个村庄的"收成"。

二、收成

要美牙的老邓

"一人吃饱，全家不饿"，这句话正是61岁五保户邓随随的真实写照。哥哥一家在外地做生意，他就住在哥哥家里帮着他守门。后院两间厦房，是他的地盘。掀开门帘一看，灶房和卧室挤在一间屋子，另一间屋里却住着杂物和蜘蛛网。看来，无妻无儿无女，这个老光棍的生活一贯散漫松懈。

老邓穿一件黑色背心，瘦小但精神，两只手的皮肤有类似白癜风的片状白斑，半张的嘴里，上牙严重缺失，荒芜的牙床上，却有一只斜长的大门牙顽强生存着，并且雄起起气昂昂地龇出唇外，给人一种没看到人，先看到牙的感觉。这张有特征的脸，让我一下就记住了他。

侯淑艳主任在房前屋后实地看了看，建议说，把灶房与卧室分开，再铺一条砖路，从前院直接通向后院厦房，老邓进出就不用走他哥的正房了，这样更方便。老邓很高兴，但说搬灶房就得改造一下线路，他没有灯和开关，也不会接线。帮扶责任人何亚龙立即说：这些，你都不用管，包在我身上。一会儿就去买，下午搬完灶房就重新走线。

门前贴着的精准脱贫明白卡，显示着老邓的现状：听力四级残疾，劳动能力弱，1.7亩猕猴桃地转让给他人租种，每年收入4 300元。目前在村里就业，做保洁工作每月500元。我想，加上国家的五保户补贴金，还有帮扶队的关爱，他的日子应该越来越好。

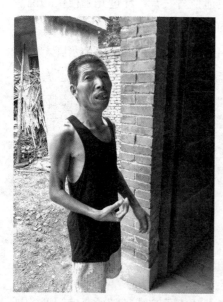

我要美牙！

老邓屋子里有一件最洋气的物品：一张十二寸全家福照片，镶在宽边镜框里，擦得很干净，摆在桌上最醒目的位置。看到我注意这张全家福，老邓把镜框拿到房间门口，眯着眼睛，一个一个给我指照片上的人：这是大哥，这是嫂子、侄子。照片上，老邓站在最左边，露着他的龇牙，有些胆怯地盯着镜头。

"现在，我啥也不愁了，得去美个牙，电视广告上说，我这牙能整好。"老邓缓缓放下照片，不紧不慢地说。

"给牙美容，很贵的，若不符合报销条件，咋办？"我半开玩笑地问他。

"我有新农合,有大病保险,看病不花钱。这个就是不报销,我也要去!"

老邓很坚定。看来,他痛下决心要整修伴随了几十年的龇牙。

"就是因为我听力不好,牙长得丑,又穷,才没找下媳妇。"

"如果牙修好了,还找媳妇不?"

"有人能看上我,还是找个好。"

离开的时候,有人告诉我,三年前,邓随随还喝农药自杀过,被人发现,抢救了过来。我心里一沉,回头再看老邓,他定定地站在门口,向我们的方向张望着,像一棵枝干遒劲的老树。我不由得想起一个词:枯木逢春。

老谭父子

年迈父亲和智障儿子的家庭组合,这日子显然就要落后了。

老谭的老伴过世早,一直和智障儿子谭双喜一起生活。现在,一个进入暮年,一个变成中年。父子俩同住一个大院,共用灶房和后院的茅坑,一人住后屋,一个住院子的厦房,各自做饭吃,亲密又疏离。

老谭的家

正在生火烧水的小谭

老谭的家虽是20世纪的泥胚房，倒也宽敞，屋内摞着粮食袋、吊着长长的蒜辫，炕头上，被褥和杂物混在一起，四周纸糊的炕围发黄破损，主人的衣服随意搭在屋中间的一根铁丝上，人走过时，衣服不时撞着人头，在眼前晃。

屋内颜色最亮的，就是墙上贴的明白卡、健康包和资料袋。侯淑艳主任在屋内仔细看了看，说：得给你准备个衣柜，把衣服放进去干净些。

老谭说，不要，啥都好，甭操心。

把家里整理好，你住着舒心。

我差两岁就八十了，弄那么好的干啥！

老人皱着眉头，一副无所谓的样子。

老谭早早安顿好了自己：低保金供日常生活，四亩地，交给表侄打理，国家帮扶的农机工具，都给了表侄。看到表侄对自己还不错，顺带着把身后事（死后埋葬），也交给他了。

谭双喜手上捏了两包方便面回来了，径直进了院子的灶房，将一把麦草塞进灶膛，便生火烧水。他拉风箱与塞柴草的时机没有掌握好，弄了一屋子的浓烟，熏得人泪眼朦胧。侯主任提醒他给锅里添些水，别干烧。谭双喜憨憨地笑了笑。他看上去还不老，只是头发和胡子有些长，背驼。

我问他年龄，居然张口就答：四十八。再问他咋不结婚，就不吭声了。

姚红卫告诉我，谭双喜买了一辆二手摩托车，骑到半路上没油了，在路边捡了半瓶喝剩的啤酒，咕咚咚灌进油箱，居然还发动了，骑了十几米。他那会儿还挺"能"的，知道啤酒能把箱底的油浮上来。

在谭双喜的屋子，我看到那辆因喝了啤酒瘫痪的摩托车，油箱被拆开了，旁边一张简易桌上，摆着工具和沾满油污的零件。现在，谭双喜不出门，整日待在屋里"修"摩托。

老谭说小谭：花钱买了废品，比地球都难修。

发现他喜欢摆弄物件，工作队安排他在村里做一些与修理相关的零工，他挺乐意，随叫随到。

第二天上午，老谭家门口"突突突"驶来一辆红色的三轮车，县考核办侯淑艳主任带着帮扶队，拉了一个大衣柜来了。大伙儿小心地抬着衣柜，齐心协力将这大家伙安放在屋内一角,县考核办副主任寇鹏携带工具,亲自安装拉手。崭新的衣柜往屋内一站,老谭的家,瞬间"高大上"。侯主任还送来烧水壶,结束了老谭家用柴草烧开水的历史。硬件到位,大伙儿又开始整治环境,杀蚊虫,清死角,再扯掉墙上熏得乌黑的报纸。姚红卫舀一勺面粉,自制糨糊,大家七手八脚帮忙,给老谭重新糊了炕围,铺了干净的床单,换了舒适的新被褥。

几个小时忙下来,屋内瞬间窗明几净,炕头干净温馨。大伙的热情感染了老谭,看着焕然一新的家,一贯紧锁眉头、不大说话的他不停地发烟,招呼大伙喝水:"今天屋里像过喜事,比我当年结婚的时候还洋火!"。

一定要好好保持卫生,不愁吃不愁穿了,要活得精神些!侯主任叮嘱。

老谭连连点头:屋里一亮堂,心情都好了。

三轮车开动了,大伙挤在车厢上,唱着歌儿返回村委会。

穿戴一新的老谭站在门口,目送着三轮车远去。他的身影依然孤单,然而从今天起,他的日子都是新的。

一个好汉三个帮

这几天,贫困户任长社成了中心人物,村里的人,包括久不走动的哥哥和弟弟,都围绕着他的家忙活着。

任长社因智障,一直打光棍,收养了一个侄女,但因为家里脏乱差,无法正常生活,侄女回到了自己家。孑然一身的他守着祖辈盖的老屋,过着和老屋一样老的日子。

前院的灶房是四十八年前建的,在风雨和烟熏中,墙面斑驳,墙体裂缝,土泥坯的灶台乌黑发亮,杂物都笼罩在厚厚的黑秽里,结满蜘蛛网的灯泡发着昏黄的光。从外面咋一进去,黑咕隆咚,半天才能适应屋里的光线。

周至县考评办主任侯淑艳查看任长社危房改造施工情况

老任做饭唯一的调料，就是一个玻璃瓶盐罐。姚红卫给灶房拍了照片，我看到在盐罐的特写镜头上，除了老任两指常捏的地方，其余全覆盖了一层厚厚的污秽。县考核办侯淑艳主任第一次来走访时，十分惊讶：还有这样脏乱的家，这样过日子的人！

灶房不美观不说，还占据了整个院子，人要进后面的正屋，只能通过前房旁边的窄道儿。不熟悉的人乍一看，准以为是废弃的屋子。

工作队经过考察和讨论，一致决定：拆！由于危房鉴定时，任长社联系不上，无法整体查看，错过了机会。随后县考核办干部积极捐款、同时申请危房补助、民政救助等渠道筹集资金，帮助老任进行围墙圈建，修缮后房，铺设地面，新修厕所，添新灶具、家具，誓让老屋换新颜。

我们刚一到工地，就看到了任长社。大个子，穿着考核办侯主任送的新衣新裤，只可惜，上面全是汗渍和泥浆。我踩着院子的泥沙和土块，来到正在修缮的后屋，看到地面已经铺了一层沙子，打了线，后院的围墙也开始砌砖了。

里里外外的工人忙碌着，还不忘和任长社打趣：

"你小子烧了高香，做梦都没想到，这辈子还能修房！"

"住了新房，就差一个花姑娘啰！"

任长社六十二岁的哥哥给我们介绍着进度，弟弟也匆匆而来。听说这弟兄三人，几年都没有聚到一起了，哥哥和弟弟都盖了自己的房子，各自忙着地里的苗木和猕猴桃，无暇顾及智障的老二。这次修缮房屋前，姚红卫上门提前给老任的哥哥和弟弟做工作：当哥的要坐镇，当弟要多劳神，给老二把这件大事办好。速度要快、质量要高，工匠要巧，人心要齐！

从昨天挖掘机进门，到今天铺地圈墙，任长社的哥哥一直都守在现场。弟弟也放下十亩地的庄稼，来这里操心。大概想解释以前来看二弟少的原因，大哥说：庄稼人，得不停在地里刨，刨了就有食吃，不刨就停食了。

一个好汉三个帮，任长社弟兄三人目送帮扶干部

不是光庄稼人,各行各业的人都一样,劳动致富嘛。姚红卫说。

上车时,老任的哥哥像对亲人一样叮嘱我们:开慢些!

车子开动了,透过车窗,我看到弟兄三个齐刷刷地站在路边,指着正在修缮的房屋,商议着什么。这三个臭皮匠,顶得一个诸葛亮,今后的老任,该是另一种模样了。

三、向日葵的初心

一棵从乡村田地长出来的向日葵,如果再植回乡村,会怎样呢?

每一棵向日葵,都有自己的答案。

姚红卫就是这样一棵向日葵。生在秦岭深处的一个峪,凭一张录取通知书从山村走了出来。如今,在县城工作了十几年的他,又走了回去,成为周至县考核办派驻到苍峪村的帮扶干部。

三十六岁的姚红卫,阔额宽眉,一双满含笑意的眼睛,整个人散发着乐观开朗的气息,宝石蓝的T恤扎在浅色的休闲裤里,走到哪里亮到哪里。

在苍峪村快一年了,初来乍到的五味杂陈,已发酵成满满一腔热情,和讲不完的故事。每天工作结束,他似乎还意犹未尽,加班加点推送微信,制作图文故事,自然生成工作日志和影像资料。

我翻了翻姚红卫推送的微信和美篇,图文并茂,文字精短,或机智风趣,或真诚素朴,困和难,辛和苦,皆化作举重若轻的表达。心中有阳光的人,字里行间都散发着阳光的味道。

如果,向着阳光,扎根、长高、结果,是向日葵的使命,那么,不忘初心,就是他的宿命。姚红卫带着自己特有的光芒,灿烂在村庄深处。

战前教育

2016年9月12日,姚红卫开始了他的驻村生活,挑起了第一书记、驻村队长的双重担子。在苍峪村委会放下简单的行李,和老村支部书记邓锋涛打了招呼,姚红卫就一个人沿着村间小路步行,早就听说了苍峪村的任家城烈士陵园，他要去看看。

秋风送来了微雨，园内游人稀少，青柏肃立，鸟儿鸣唱，营造了一个瞻仰、缅怀革命先烈的氛围。姚红卫仔细读着一位位英雄的碑文，在风声、雨声中，独自与这些灵魂对话，那一个个黑色的墓碑，仿若一只只眼睛。此刻，他感到自己离这些英魂如此的近，离当年的解放之战如此的近，"我会常来看你们的"，他在心里默默地说。

雨点越来越密，被雨水淋湿的肩头沉甸甸的，风雨中似乎传来当年的集结号，高昂而绵长。姚红卫忽然意识到，自己也是一名战士，不同的是，今天是为小康而战，攻坚拔寨，共同富裕，不见子弹，只见新貌。"自己能完成好任务，拔穷根，建新貌吗？"小姚有几分自信，又有几分忐忑。想起刚才见到的有三十多年工作经验的邓锋涛书记，心里有了底：这不是现成的师傅嘛！

远远地，就看到了村委会的楼顶，"苍峪村社区服务中心"几个红字的大字，被雨水淋刷后，更加醒目。老支书和工作组的成员，一定在等着自己呢。

他加快了步伐。

特技镜头

提起那场高跷式的高空"杂技"，姚红卫至今还心有余悸。

工作队帮助贫困户任长社家拆灶房，重新布置院落的时候，遇到了拦路虎：一棵枯死了好几年的大树，站在院子中间，挡住了挖掘机。要顺利施工，必须得伐掉它。老屋颓败了，然而这棵大树站得笔直，即使死去，也依然伟岸高大。它的主枝不偏不倚擎在电线上面。显然，老树倒下的时候，势必打断通村的电线。当务之急，就是得有一个人上去，把高出电线部分的枝丫截去。

可是，谁上去操作呢？

树下，一群人仰头看，和着一片嘈杂声。大树不言，静静地看着树下的人。工人、主人、邻里，在嘈杂声中仰头叹息，九米的高度，可不是闹着玩。树和人，似乎要打一场僵持战。忽然，有一个坚定的声音穿透喧哗：我上！

众人随声看去，是驻村的姚红卫。此刻，请缨领命的他紧了紧鞋带，再次仰头看了看树，拿了一把锋利的刀锯，上了挖掘机。在司机的配合下，长长的挖掘机臂,将他送到了老树的高度。树下人一声喊:好了!姚红卫慢慢睁开眼睛,第一反应,头晕,紧接着,恶心,眉心突突跳动,浑身冒汗,恐高症的梦魇,像一条蛇,将他紧紧缠住。

他小心地蹲下,闭了眼,缓了缓,再慢慢站起,树身,如此近地横在眼前。他一只手紧紧扶住树枝,呼出一口气,右手握紧锯刀,开始小心翼翼拉伸。随着拉锯的力度,脚下挖掘机长臂随之摇晃,他的腿控制不住地发抖,忽然后悔自己的"逞能",这要是摔下去……

就在这时,地上不知谁喊了一声:姚书记,加油!接着传来一片喊声:姚书记,加油!他稳了稳神,告诉自己,没有退路,必须完成!刀锯,又一下一下来回切割,姚红卫咬紧牙齿,将目光死死锁定在树身上,始终不朝下看。

38℃的高温,毒辣辣的阳光,并不因姚红卫的善举降低自己的威力,炙烤、干渴、汗液流进了眼睛……有一瞬间,他感到自己是一条晾在河滩上的鱼。

树虽死去,但质地坚硬,姚红卫在空中站了半个多小时,足足锯了百十下,才听得"咔嚓"一声,高出电线的枝丫轰然坠地。

重新回到地面,姚红卫的牛仔裤、T恤衫上,沾满黑漆漆的机油。仰头再看那电线高处,真不知恐高症的自己是如何完成"高空特技"的,脑子居然冒出一句诗:高处不胜寒,何似在人间。

那天收工后,挖掘机司机给姚红卫发来一张照片,显然是在地上仰拍的,只见他头顶蓝蓝的天空,脚踩黄黄的挖掘机长臂,抓着一棵黑黑的老树,活脱脱一个电影里的特技镜头。随照片发来的,还有几句像诗一样的话:

第一书记姚红卫,
身先士卒有干劲,
登高涉险全不怕,
消除隐患心安稳。

姚红卫不知这四句话是谁配上去的,但他珍藏在手机中。

这事办得还行

在农村，村干部最头疼的事儿，莫过于调解邻里纠纷，尤其是庄基、盖房、地界，被称为三大"黏牙"事。在帮扶贫困户邓乃屯建房时，小姚既领教了其中的错综复杂，又感受到村民的淳朴和仁义。我在姚红卫的三条微信里，追踪到贫困户老邓建房的三个关键节点，也是帮扶故事的三个重要情节。

亲们，求助了哦，我任职第一书记的村里，竹峪镇苍峪村特困户邓乃屯，房屋危漏，难以安居，计划帮其重建房屋，正在募集善款，敬请亲们慷慨解囊，不胜感激，也欢迎各位善士考察支持！募集方式：微信红包，定然公开账目，接受各位监督。

这是姚红卫2016年10月31日发出的一条微信。随信附了照片，让人直观地看得到老邓家的房屋裂缝、残漏和破旧细节，还有姚红卫和老邓站在老宅前的合影。老邓已年过半百，身体孱弱，妻子残疾，床上还有高龄多病的老母。虽然多年勤奋努力，但无文化无技术，日子总过得艰难，眼看着比自己年龄还大的祖传老宅危漏不堪，却无力重建，一直是一桩无法了却的心事。

现在，邓乃屯遇上了国家扶贫攻坚的大好机遇，终于有机会了却多年的心愿。他想尽快启动新房建设，但按照D级房屋重建政策，他家庄基面积超标，申请危房维修补助款又不够，邓乃屯又愁又急。这急，很快转嫁到姚红卫心头。几次走访后，和工作队一商量，干脆先动工，边建设边筹款。民政救助、爱心捐款补余缺，紧急关头，姚红卫发动了亲朋好友的力量。

很快，小姚微信提示音一声接一声。第一个是小姚的爱人，红包上留言：支持老公！下来是远在北京的邻居大哥、单位的同事……

然而，老邓家的房屋，并不是单单缺资金那么简单。

老邓左邻空宅两间，不足两丈，空间狭小，虽有急需，难以利用，意欲出售，却无人问津，多年闲置。

右邻两户，同为多年老宅，且均为两间，门小户窄，难以施展，总想别寻新址，然而一直无果。

这个问题，一直是老邓左右邻的心事。双委会一商量，决定趁老邓建房，一并解决四家问题。

姚红卫和老支书邓锋涛上门,准备做老邓的工作,将老宅左移两间,左邻右舍的问题都解决了。谁知把来意刚一说,平日并不果断的老邓一口应到:行!没问题!他俩正疑惑,老邓说,咱不动,四家就扛死了,让人一马,一河水就开了,也是给自家积德嘛,就跟你们一个样!

于是,老邓家的建房工程,牵一发而动全身,四家人连锁反应。在两委会的协调下,结果皆大欢喜。姚红卫在日记中写下了这件事——

2016年11月8日

建一处安心居,了四家烦心事!今天这事办得还行!

今,老邓深明大义,主动与村组及左右邻商议,左移老宅两间,解决左邻宅基出路!腾出两间让与右邻两户各一间!

左邻热心厚道,低价转让老邓,右邻诚意善良,主动出资资助!不为一墙所扰,尽显宽厚友好,实为苍城人杰,堪为乡邻楷模!

至此,大功圆满!各得其所!向苍城乡亲致敬!

淳朴的民风和仁义的美德总是相互感染,不久,姚红卫的筹款也有了结果。他特意选了一个特殊的日子,完成了这项使命——

12月17日

老邓今日喜庆封顶,感谢亲们关心支持!我将微友爱心款项亲手交付老邓,祝愿老邓:新居新气象,开创新生活!

照片上,姚红卫将红色的清单和5 000元人民币现金交付老邓。我看到清单的特写:一笔一笔记录着每个人的姓名、捐款金额。合计一栏注明:亲友团

姚红卫将亲友团捐款送到贫困户老邓手中

爱心捐款4 425元，姚红卫自捐575元，共计5 000元整。

房屋封顶那日，老邓不知从哪儿弄来一面五星红旗，爬上梯子，郑重地将旗帜插在大门的门楣上，插得端端正正。空中适时起了微风，那面小红旗，和着清脆热烈的鞭炮声，在风中高高飘扬。

微合作模式

富裕的家庭都是一样的，贫困的家庭各有各的贫困。

苍峪村虽然只有七户建档立卡的贫困户，然而，每家致贫原因和情况各不相同。苍峪本不是贫穷之地，猕猴桃产业和苗木让世代生活在这里的村民富甲一方。很显然，这些掉队的贫困户，不是天灾人祸，就是患有贫困"顽疾"。

姚红卫到来不久，就迎来一个难题：如何对劳动能力差或失去劳动能力，不能独立发展产业的贫困户，拿出帮扶措施？如果纯粹一兜了事，起不到帮扶的作用，贫困户也没有面子。

生活的理想，在于理想的生活。这些无劳力贫困户，理想的生活方式，是什么？姚红卫苦苦思考着。

有一天，他沿着村间小路，走到田间地头，看着满目的猕猴桃果林、正在人工传授花粉的村民，忽然想到，村子贫困户有一个共同的资本：田地。但是大都劳作不了，国家补助的旋耕机等工具也发挥不了作用，造成资源浪费。不如将他们的资源融入到村中的大产业中去，大树下面好乘凉，采取村民之间互助合作的帮扶模式，让快车带慢车，富裕带穷困，携手致富。

姚红卫把自己破题的办法和工作队成员一商量，大家都认为，这种点对点的小合作模式灵活、好操作，且有可控性，村民各得所需，非常容易实现。

姚红卫为这个最理想的"微合作模式"感到兴奋，顾不上吃饭和休息，逐一走访村子四户没有劳动能力的贫困户，告诉他们，如果你劳作不了，工作队找人帮你种，你也可以自己找信任的兄弟、亲戚或邻里，双委会见证和监督，填写三方协议，明确地租、设备、分红等合作事项。

"我有土地，但我经营不了，你会经营但苦于地少，那我把生产资料给你，咱俩合作"。四户无种植能力的贫困户，用这样的"话术"，很有面子地给自己的地找到了"婆家"。

贫困户老任是第一个点对点"微合作模式"的受益者。他有四亩地，却无能力也无心好好耕种，长满了凄凄荒草。后来弟弟接管过去种了苗木，但弟弟种了好几年，却从没给过他钱，也没提过如何分配收益，这个家务事也一直没有人去"断案"。姚红卫当起黑脸包公，主动上门给老任的弟弟做工作，要求"亲兄弟，明算账"，肉不能都让一个人吃了，而要一起合作致富，共享土地红利。

老任的弟弟未置可否，姚红卫天天上门，人不在家，就寻到地里。几番找寻，对方大概也觉得理亏，终于答应了。在姚红卫和工作队的见证下，老任和弟弟，在三方协议上一笔一画填上了自己的名字，按上了红红的指印。

点对点的微合作模式，就这样一组一组地推行开来。

我走访要离开的那一天，两位贫困户冒雨来到村委会，一手打伞，一手吃力地提着沉甸甸的塑料袋。我在楼梯口遇到他们，以为是来反映问题或办事，一问，是给姚红卫和干部们送桃来的，自家地里的新鲜油桃。

姚红卫告诉我，贫困户老记着我们，啥果子下来了就送啥，拦都拦不住。

我知道，村民不习惯说谢谢，行动是最踏实的表达。

我回头，眼前这些个大、色艳的油桃，挤在塑料袋里，被雨一淋，更加翠绿鲜红。

四、富根

精准扶贫奔小康，需要攻坚拔寨，更需要春风化雨。在周至县苍峪村，有一个特殊的编外"驻村"干部，以自己的方式，守护着村庄的过去，热爱着村庄的现在，培育着村庄的未来。

村庄里的民俗馆

7月8日，是周末，早上八点，驻村队长姚红卫收到一条短信："兄弟，今天有空不，来吃饭，看你辛苦，给你改善一下伙食。"这个发短信的人，就是苍峪村"把根留住"民俗博物馆馆长刘祎。

刘祎是公务员，也曾是一个不大不小的官员。撇开职务，他还是个文化人、艺术家，在收藏、书画、文学、建筑方面颇有建树。如今提前卸甲归田，隐居故里，在老祖宗生活过的地方，守根，守心。他整整花了三年时间，在自家宅基地上建起一座乡村民俗博物馆。

也许是有缘，也许是两个年龄相差十来岁的人，骨子里有相同的气质，姚红卫来苍峪驻村后，和刘祎成了朋友，两人常就扶贫话题和一些难题进行切磋，讨论一些村里的现象，久而久之，刘祎在他心中，亦哥亦友，还是工作队的一员。

我来时，在电话里向姚红卫打听民俗馆位置，他告诉我，进村随便问，都知道，馆名叫"把根留住"。

我暗自为这个名字叫好，一个失根的乡村，空心的乡村，显然是空虚的。空虚，何尝不是一种贫瘠呢？

走访完贫困户，我和县考核办侯淑艳主任跟着小姚，前去参观刘祎的民俗馆。几年前，我就听周至县人大常委会原主任张长怀先生说过刘祎的民俗馆，却一直未能成行。今天沾小姚的光，居然实现心愿，算是意外收获。

姚红卫和刘祎在村委会会议室商讨苍峪村扶贫措施

说话间,一座青黛灰瓦、坡顶式的宅院矗立眼前,一簇老槐树枝丫探出墙来,那砖缝便翠生生,瓦棱也绿苍苍的。门楣一幅"耕读传家"四字隶书,檐下两只标有"根"字的大红灯笼,墙外一溜默然肃立的拴马桩,让典雅厚朴、超拔之气扑面而来。

穿过大院进门,目不暇接,纺车、辘轳、碾盘、胡基,让我一头扎进时光深处,农耕文化的朦胧记忆,瞬间苏醒。带着先辈体温的衣物、手稿、用品、影像,以及院中那棵爷爷植下的树,都让人唏嘘。这是家族的根,又何尝不是一个村庄的来处呢?

祠堂正中有一副对联:"心田存一点子种孙耕,世事让三分天高海阔。"对联内容是刘祎亲自拟的。细细品味,忽然意识到,这个村与生俱来的高贵气质,全在这谆谆教导和瓦舍老物之中。一个家族的博物馆,像一根定海神针,把一个村庄的格局撑得天高海阔。

馆内移步换景,繁而不密。让人身处怀旧和现代之间、怀念和现实之中。超大的书画桌、骏马奔腾的根雕、鱼儿游弋的池塘、两棵对望的石榴树,以及刘祎专意让儿子制作的家族故事短片,每一处,都是文化符号,都有家族故事,诉说着乡村耕读传家的完整文脉。

把过去告诉现在,把今天告诉未来。这,也许正是刘祎的传奇。

苍峪村"把根留住"民俗博物馆

刘祎和他的民俗博物馆

刘祎的妻子在单位定点的村子扶贫,好几周没回家了,今天领导特许一天假。她从县城带回排骨,炖了满满一锅,配上黄花木耳、酥脆喷香的烤饼,既家常又非同寻常。

吃得热烈,话题更热烈。贫困户、村干部,猕猴桃地,无论是故事还是纠纷,都像碗中的排骨汤一样馨香鲜美。后来,不知谁提到馆里的留守儿童画展,便引出一连串的回顾:乡村主题文化论坛、书画家过年送春联、端午节包粽子比赛……

我停下了筷子,环顾四周,想象着当时的场景。一物一什都静静地守在它们的位置上,不言不语,我却听到了千言万语。空气里,储藏着激情的气息,回荡着快乐的余韵。

一种静寂的繁华,一种古朴的崇高,瞬间折服了我。那些生活的精神,和精神的生活,都在这里繁衍,并且借了时光的酒缸,发酵着与时俱进的梦想。

谁能说,这座吸附了魂魄的建筑,不是古村的心脏、游子的精神坐标?

刘祎正在"把根留住"民俗博物馆讲述老井的故事

留守儿童的画展

周文王时期的苍峪村，是幸运的，三千年后的苍峪村，依然是幸运的。

这种幸运，自民俗馆建起来后，渐渐渗透到村人的日常生活中。村里的孩子，寒暑假聚在馆里写生，惹得四邻八乡的老师也带孩子来，把这里作为教育课堂。田间地头的村民，常常遇到陌生人，不是文化学者，就是书画家、收藏家。

馆长刘祎每天坐镇，往来有白丁，谈笑更有鸿儒，一拨又一拨文化人接踵而来。其中，省城的一位艺术家，来的次数最多，不是支个架子画画儿，就是背个黑家伙照相，把村里的沟沟壑壑走了个遍。村民不知这整天在村里晃荡的人，是赫赫有名的艺术大师，也不知他是大学教授，只跟着自家的孩子，叫他傅老师。

傅强先爱上了民俗博物馆，然后爱上这里的一切。这里给了他艺术的滋养，还有灵感。他要反哺这方厚土。

2017年1月23日上午，快要过年了，天气干冷依旧，空气中却氤氲着喜气。"把根留住"民俗馆门口、院墙上，贴满一排排彩色的画作，风一吹，像一只只欲飞的风筝。屋檐挂上红色的横幅，印着一行白色的字："苍峪村留守儿童首届画展"。刘祎和傅强，邀请了村里的小朋友，还有大彩公司的艺术家看画评画，搅热了这个原本寂寞的寒冬。

那天正逢村里有人家过事，是娶媳妇的大喜事，锣鼓喧天，鞭炮声声，彩条布搭起的待客大棚，已摆满桌凳，极其诱人。有的孩子禁不住诱惑，跑去看了看热闹，待口袋装满糖果，又气喘吁吁地跑了回来，一会儿在前院看画，一会儿去民俗馆后院的池塘看鱼。

这是一个寂静的画展，村领导没有来，爸爸妈妈没有来，然而，却有很多外地的艺术家、企业家在场。几个女孩子偷偷地在墙角排练节目，想用她们的舞蹈来表达谢意。而更多的知心话，却在她们的画里。有美人鱼、机器人，有大树、房子，有骑牛的孩童，有秘密花园，有海底世界。

展览的开场语上，写着他们喜爱画画儿的初衷。

"我爸和我妈离婚后,我爸常年在西安上班,我婆经常督促我给我爸打电话,我就不想打,我心里头想说的话,慢慢用彩笔画出来。"——菲儿

"我爸和我妈常年在南方挣钱,我和妹妹瑶瑶想他们,我就给瑶瑶画动物园里的动物,画个老虎她就不敢哭了,画个小鸟她就能当飞机坐。"——刘歌

艺术家赵海涛让娃娃把村里垃圾堆的旧瓦端来,倒了一碟子墨,提起毛笔教孩子们在瓦上作画。孩子们的小脑袋挤在一起,瞪大了眼睛,瞅着瓦片上渐次出现的鱼、猫头鹰……

艺术家傅强一个一个给孩子们签名了速写本,不管来参加画展的,还是去坐席的,都发了文具盒和一筒彩笔,期待她们明年画得更好。

户县龙窝酒厂厂长赵明理鼓励孩子们,给每人发红包买文具。

孩子们并不知道这些艺术家、企业家的影响力,也不知道,他们对自己未来人生的影响。只知道,他们是省城来村里采风的大画家,抑或,民俗馆的客人。

八岁的邓乐乐去坐席了,昨天他流着清鼻布置自己的画作,一口气贴了五六张,今天早早就跑来参加画展。他妈找上门说,咱把五十块的礼给人家搭了,你不去坐席,钱等于白搭了。

不过,坐席回来,邓乐乐还是赶上了幸福时刻——得到傅强老师的拥抱和签了名的速写本。明年,还会举行第二次画展,孩子们充满期待,这是一件比过年还兴奋的事情。

画画儿,让留守的孩子们不再孤单。梦想,就这样种在时光里。

农民与文化论坛

2016年3月26日,是一个平平常常的日子,也是一个好日子。苍峪村呼啦啦一下子开进来许多辆小汽车。来了百余人,阵势很大,车牌除了本县,还有西安、宝鸡、咸阳,以及长安、蓝田的。下了车,这些好汉靓女齐齐奔向民俗馆。

坡间地头,门前屋后的桃花,在三月的阳光下,开得愈发热烈,用最美的

绽放迎接宾客。

村民岁雄一大早从兰梅塬买农药回来，看到环山路村名牌上立了一个醒目的标志，"苍峪主题文化论坛 由此向北"，他摇了摇头：又整了个啥玩意儿。到了家门口，给摩托熄了火，岁雄看见傅强老师正在往民俗馆大门上写着什么。

他问傅强老师：你们今儿干啥？

傅强说：文化人在咱村子办论坛呢。

岁雄皱了皱眉，不明白论坛是啥，不再问。

傅强顺便问他：那你今儿干啥？

他说：我给桃树打药。

村民们大都到地里干活去了，被邀请来帮忙的村民，一边摆椅子和水果，一边看热闹。"我们的家园——周至·苍峪主题文化"论坛的横幅，像一双双眼睛，注视他们。他们不看横幅，也丝毫不关心，论坛在论什么，反正没有看到带来的坛坛罐罐。

大厅里的发言，精彩而热烈，不时响起一阵阵掌声。从主持人"呦呦鹿鸣，食野之苹，我有嘉宾，鼓瑟吹笙"的欢迎辞，到一个一个颇有见地的发言，每个人都回归了精神的原乡，在传统与现代乡村生态文化的对话中，寻找乡愁落脚的地方。论坛从上午十点一直持续到一点。

有孩子来民俗馆门口看热闹，他婆过来说：快进去，里面有瓜子、水果，给口袋装满。

大厅外，一位老人一边看手机上周至在线网直播，一边剥瓜子，旁边喝水缸里，接了满满一杯铁锅熬的茯苓茶。

岁雄打药回来，刚赶上民俗馆臊子面出锅，文人们都是小碗，地里干活回来的他，端的是大老碗，吃得吸溜吸溜。

第二天一大早，刘祎和傅强老师在岁雄的桃花地里照相，他还在给桃树打药。

他又问傅强老师：你们昨天都干啥呢？

傅强笑着说：外地人都跑到咱村子，看你给桃花打药呢。

甭笑话我，看农民多可怜，起早贪黑的，你们把国家的工资拿上，光高兴地给桃花照相，我还发愁今年能不能卖个好价钱呢。

他相信土地，却对变幻莫测的市场，诚惶诚恐。

太阳渐渐升起，照着打药的岁雄，还有那一树一树的桃花。刘祎看到绽放的桃花枝里有个鸟窝，正沐浴在朝阳下，形成了诗一样的画面。他毫不犹豫地闪动快门，将阳光和鸟窝摄入镜头。

论坛结束的第二天，民俗馆来了一位不速之客。哑柏镇附近一个叫杨春城的农民，骑着摩托车找到民俗馆。他直接从毛桃地里过来，鞋子和裤腿都沾着黄褐色的泥巴。他大大方方地进来，把角角落落都看了一遍。

刘祎给他发烟，他一摸口袋说："一着急，把烟火都遗到地里头了。"吸完一根烟，他该回了，走时说，好得很，我回去写首诗。刘祎不以为意，或者说，不相信他的实诚。

晚上，这杨春城果真发来刚刚写好的诗，用了一个大气经典的词牌名：沁园春。诗词造诣之高，让刘祎惊叹，发到朋友圈，纷纷赞叹"高人"！县文联主席留言说：农民都这么厉害，真是好风水啊！

我听到这些故事的时候，桃花早已变成了桃子，猕猴桃即将成熟，论坛的发言在微信里已被千万次的浏览。我们在民俗馆喝着茶，从村民聊到论坛，从画展又聊到扶贫。见过大世面，如今安心驻守老宅的刘祎，总是有独特的发现和思考。他一边娴熟地煮茶，一边说，"农民眼里的文化和开发，和理性的长远开发，还有差距。脱贫致富要从文化抓起，根植文化，春风化雨式帮扶，富裕才能生根，根扎深了，才是真正的小康。"

这，不正是扶志、扶智的另一种解读嘛。就像一个鸡蛋，从外打破，是食物，从内打破，则是生命。这个从内打破的力量，来自羽毛的温暖，更源于内部的成长。

此刻，空气里弥漫着一股淡淡的幽香，有些熟悉，但肯定不是杯中的茶香。临走时才发现院门后，码放着一堆艾草，香味正是由此散发的。刘祎坐在小板凳上，将艾叶剪碎分成很多小包，装进一个黑色的民俗馆礼品专用袋里，送给我们。

"这是我开车专门去张载墓附近割的。"他说。我这才想起，苍峪村与眉县相邻，离大儒张载的墓地，不过二十来分钟的车程，顿时觉得这艾草的香气更加醇厚。

挥手告别时,脑中灵感一闪,忽然发现,先贤圣哲的道德之光,无不是从村庄起源并冉冉升起,与日月相知,与山水辉映。

天地人和,不正是永远的富裕之根么。

五、普通与普照

2017年7月9日,我来到周至青山脚下,一个叫农林村的地方。想找一位当了十几年村支书的老朋友,让他给我讲讲扶贫的故事。

这是一座园林式设计和自然山光交融的村庄。很多年没来过,路上的风景已由庄稼地变成了庄园。沿着山路蜿蜒而上的文化墙,素雅别致,土黄色的墙面,顶部设计成屋脊式,铺着灰色仿古瓦,呈波浪式绵延,让静物的建筑流淌着律动感。墙面点缀着扇形文化标语,像一扇扇窗。墙根下一排紫红的花开得正灿,辉映着墙壁和远处的绿树。

路口的标识牌,也是一个小建筑,整个造型素朴典雅,和谐厚重,顶部设计了一对飞翘的小角檐,似乎要飞向梦想。"农林村"三个字下面,竖立一行白色楷体字:"北眺渭水数千里,南望青山第一村",朗朗上口的两句话,将村庄的地理环境,交代得如此巧妙和诗意,让我对这个村庄高看一眼。

更让我高看一眼的,还有这里的人。

四十七岁的乔普,是西安市财政局驻村帮扶干部。2017年5月25日,乔普顶着第一书记的头衔,来到周至县翠峰镇农林村,才干了一个多月,就赢得了贫困户集体点赞。

支书朋友一项一项给我晒乔普的功绩:协调一百二十万资金,给村里打了四眼井,灌溉、吃水不愁,润泽了一方土地。

我并不心动:他不是财政局的嘛,协调资金打个井,有优势,比别的帮扶干部容易多了。

支书朋友又告诉我:贫困户田小练给他下跪的事儿,坊间人人皆知。

有这事?!我抬起了头。

见我有兴趣,他燃起一根烟,细细道来。

农林村九组五十二岁的田小练,无儿无女、孤身一人生活。5月的一天,他在地里帮亲戚点玉米种子，忽然浑身发软，眼冒金星，天旋地转，他捂着眼睛，蹲在地上休息了一会儿，挣扎着回到家。被村干部送到县医院，一检查，身患七种疾病，最为严重的，肾衰竭、丙肝。丙肝病人做血液透析，传染率极高，县医院硬件设备达不到，建议转市上。

可是，偌大的省城，人生地不熟，给哪个医院转？咋去？押金从何而来……一连串难题，让老田失去生活的信心，只好回家躺着，等待老天爷的判决。

就在这节骨眼儿上，乔普被派到农林村驻队帮扶。知道老田的情况后，立即上门探望。

看到老田的脸蜡黄，还有些浮肿，说话有气无力，情况的确不好，乔普宽慰他："没什么大不了的，振作起来，咱一起努力，把病吓跑！"他的气度和信心，让老田感到些许安慰。

乔普当场联系医院，高喉咙大嗓门儿的他，连打了十几个电话，终于在单位领导的支持下，联系到西安市第四医院，又通过县医院，解决了救护车的问题，至于前期优惠至三千元的住院起付费，他准备申请民政临时求助，款暂时下不来，本来想自己先垫上，结果单位领导特批：可用机关特殊党费垫付。

乔普的到来，乔普的承诺，像一道光，照亮了老田前行的道路。眼前这个热心人，简直就是活菩萨下凡，他感到黑漆漆的人生一下有了光亮，病恹恹的身体也有了劲儿。想起亲戚的冷漠，想起自己的孤苦无依，情不自禁地，老田拉住乔普的手，双膝一曲，跪在地上，眼圈濡湿，口中不停地说：你是大好人，活菩萨，谢谢你，谢谢你！

乔普连忙上前，扶起老田，朗朗地说：老田，你这就不对了，是男子汉，就不要屈膝！再说，这是国家的政策好，你感谢的不是我，是党恩！

老田起来了。一脸感激，可神情并不舒展。从没上过省城，更没到过那里的大医院，他在想象那个世界，希望中带着惶恐。

乔普猜到他的心思，拍拍他的肩说，"别担心，我跟你去，把你安顿好了，我再走。"

老田放了心，又是洗头擦身剪指甲，又是翻箱倒柜找衣服。乔普说："这就对了,治病要有信心,活着要有志气,穷困就是纸老虎。"

第二天,救护车一大早就开到老田家门口,按照安排,乔普护送着老田到了西安。协调病床、缴费、买生活用品,和主治医生沟通治疗方案,跑上跑下,T恤衫背后都湿透了。医生和护士都以为他是老田的儿子。

支书朋友正要讲第三个故事,乔普满头大汗地走了进来。中等个子,平头,戴近视眼镜,乍一看,文质彬彬,细一看,机智风趣,一脸的英雄气概。

他并不知道我们在谈他,我也不想给他思考的时间,直截了当地问:听说贫困户很信你,有啥魔法?

他朗朗一笑,声如洪钟:"给贫困户去讲大道理没用,就是一个字:做,用做的事赢得他们的信任。他们信你了,一切就成了。"

看着眼前的这个极具亲和力的人,我想起一句话:名字是一个人的宿命。乔普,名字颇有深意,普,本是普通、普遍,可一旦与普照、普度、普济沾上边,就充满了神性之光。

一个普通而自带光芒的人,

走到哪,就照亮哪,温暖哪。

探访手记

听来的故事

一个西瓜

有一个县工商所干部去村上扶贫,见天气太热,自费买了十个西瓜,给村委会工作人员放了两个,八户贫困户每家送去一个。其中有一户家中无人,但门开着,屋里非常乱,工作队人员瞅了瞅,将西瓜放在灶房的案板上,然后离开。傍晚六点,单位领导给扶贫领队打电话,说有贫困户告状,大家心头一紧,仔细一听,原来是那家贫困户质问:"给别的贫困户都发了西瓜,为啥我家没有。"工作人员说了放的地点,并做了解释,贫困户在案板上找到西瓜,才了事。

一个西瓜是小事,"一个都不能少,为啥少了我家"却是大事。

我深入各个村庄采访,有一种强烈的感觉:贫困户是懂得感恩的,但这是一个异常敏感的群体。贫困让他们活得麻木、无奈,精准扶贫又让他们斤斤计较,平等意识膨大,他们关注的焦点,往往是蛋糕切得公不公,只瞅着自己的碗,管它天翻与地覆。

贫困的原因有千万条,我想,狭隘的眼光和心胸、大锅饭式的思维,无疑是小康路上的绊脚石。

面 子

有一个村子扶贫时,给一位年老归乡的贫困户,安排了保洁员工作,打扫村子的主要街道。有了这份简单的工作,可轻松脱贫。

有一天,此人扫地时,路过的村民说:"国家下势帮扶,这下你就不愁了。"谁知贫困户一脸不高兴,把扫帚往地上一扔,气赳赳地说:"不从根子上解决,光知道照相填表按指纹,折腾人!"

仔细一问,才知道此贫困户当年是村里的民办教师,后来外出打工,年龄大了便回了村。家里拖累太大,日子过得恓惶。从昔日的教师沦落成贫困户,心里一直不爽。打扫卫生的营生,也是不得已而为之。但个别村里人还在背后咬舌头,说他占国家便宜,勒着脚面都不知道疼。

听到这些议论的他,每抡起扫帚扫地,就气不打一处来。

我想,深度扶贫,不仅仅指深度贫困地区的扶贫,而是深化扶贫,用人性化的关爱,给贫困户尊严、精神动力和人格的尊重。贫困户需要面子,得先把里子弄舒畅了。

常常听到,工作队扶贫倾情倾力,帮助贫困户打扫卫生,自掏腰包捐款,善心爱意固然值得称赞,但这种搭礼式扶贫、苦肉计式的扶贫,治标不治本,只能"扶",不能"脱"。

从扶贫到脱贫,除了捷径,还需要遵循心灵的路径。

女儿变媳妇

有一个五十岁的贫困户，几年前在路上遇到一个二十多岁的智障女，领回了家，给吃给喝，起初以女儿名义养着，对外声称是父女关系。这贫困户是光棍，过着过着，便与这个智障女成了事实夫妻。

一晃几年过去了，村上来了驻村帮扶干部，这贫困户提出一个要求：把父女关系变成夫妻关系，要上户口，不给办的话，就不填表，不照相，不按指印，也不理你。

帮扶干部费了很大的劲，才争取特事特办政策，帮贫困户办成了这件事。贫困户态度180度大转弯，特别配合，五十岁的人了，在帮扶干部面前，像个听话的孩子。帮扶干部说，让他理发，二话不说就去了理发店；帮扶干部给送了两个猪娃，贫困户当宝贝一样精心照料，每天晚上都要起夜看几次。

讲故事的人说完后，哈哈一笑，我却笑不起来。农村的事儿形形色色，是产生故事的地方，也是历练干部的地方。然而所有的故事只有一个结局：满足愿望和诉求，才会赢得信任。

这是精准扶贫工作的最难，也是最易。

（探访时间：2017年7月8日）

第四站 淳化魅力

淳朴、淳厚、淳良；
绿化、净化、文化。
三"淳"三"化"，谓之"淳化魅力"。

一、淳德化民

淳如诗，美如化。

如果说，这是淳化县今天人文和旅游的自信，那么，它的自信，无疑从中华始祖黄帝曾经在甘泉山筑明廷、在荆山铸鼎就开始了。在历史的风云中，这个曾经以"云阳"两字，在周秦汉唐的舞台上尽展风流的地方，一直是个宠儿。到了北宋，宋太宗干脆将年号赐给这块风水宝地——"淳化"，淳德教化天下。

今天，这个县城的名字，本身就是一张名片。

中国古代第一条高速路"秦直道"在这里的绵延，让淳化人把秦人开拓创新的精神一直传承到今天，渗透到骨子里。在全民奔小康的大道上，不断拓展着新世纪的"秦直道"。

2016年9月、2017年4月，我曾在收获的秋天、播种的春天，两次来到这个二十五万人口，两万余贫困人口的县城，探寻它的厚重与丰沃，感受脱贫攻坚的热烈与合力。

好风凭借力，送我上青云。淳化县精准扶贫最重要的东风，就是借力扶贫，演绎"请进来，走出去"的精彩。招商引资、万企帮万村的模式，先后引来了白马庄园、华晨嘉信、广东温氏集团等几十家知名企业入驻，激活一池精准扶贫的春水。

一边引路，一边修路，淳化精准扶贫的路子，越走越宽。

二、庄子村与白马庄园

庄子村、白马庄园，这两个名字乍听起来极富诗意，但庄子和白马，似乎又风马牛不相及。然而，精准扶贫的春风，使它们相遇相识并紧紧拥抱在一起。

庄子村位于淳化县十里塬镇。初秋时节，我随陕西作家采风团走访精准扶贫和新农村建设情况，与这个村庄结缘。记得那天车至庄子村时，一直阴雨的天气忽然放晴。下了车，秋阳灿烂得令人猝不及防，满眼晃动着轻透的光晕，余光处还溢满望不到边的果园。

一垛垛黄底红墙辉映着静立的宅第院落。墙面是淡黄色，墙根和墙顶刷成红褐色，像一幅幅画框，有的写着乡规民约，有的干脆用砖木垒成别致造型，匠心独具，有欧式的风情，又具中式的素朴。那墙不再是墙，而是艺术的使者，不言不语却散发着雅致、文艺的气息。走在这样的村头，一墙一风景，一步一造型。有那么一瞬间的恍惚，忘记身在何处。

庄子村，虽然与古人庄子没有任何干系，却深得了庄子《逍遥游》闲适自得的灵魂和生存观。这个300多户村民的村子，人均拥有耕地近三亩，2015年以来政府仅旧村改造就投资270万元。建设文化长廊、修水泥路、栽油松、种红叶李、培植苹果园……美化和致富，两轮驱动，一步一步地向着好日子前进。

庄子村最爱煞人的，是一树一树的红苹果。正赶上苹果成熟时节，又红又大的苹果像一个个调皮的孩子，在树枝上挤着闹着，有的垂成挨挨挤挤的长辫子，有的横成密密实实的果帘洞。一树一树风景，一树一树丰收，连村子里的空气，都是红的。

美总是具有难以抵抗的诱惑力，尤其是天生对美好事物敏感的艺术家们。记得曾看到《淳化快讯》报纸的合订本，连续两年的封底，都是摄影师武剑拍摄的淳化苹果。画面是精心构图的特写：两个红富士并肩相依，凝香带露，红翠欲滴。今天采风的作家们，更是欢呼着"仙果！仙果"，争相在苹果树下合影。

我注意到：所有苹果树下都铺着一层银白色的地膜，反射着耀眼的太阳，让生长在底部弱光处的苹果也充分享受阳光，从而色红味甜地成长。看着盛满阳光的地膜，我暗暗赞叹果农的智慧，也幸福着苹果的幸福。无论处在什么位置，生长在何方，都能照耀上公平的阳光，而今天党中央的精准扶贫，不正是让关爱、公平的阳光，照耀在每一片天空、每一寸土地上吗？

春风吹绿庄子村，也让爱心企业乘风而来。咸旬高速的开通，招商引资的呼唤吸引了白马庄园，加入到"万企帮万村"工程的行列。白马庄园的进驻，激活一池春水，为庄子村带来了白龙马的神话。村民不出远门，在自家门口赚钱，顾家、养家两全其美。白马庄园张开怀抱欢迎村民，做零活，每天可得80元到100元的报酬，签订长期打工合同的，则每月可挣到2 000~3 000元。村子里无劳动能力的老弱病残，每月还会领到白马庄园200元爱心补助。

这样的庄园，想必养的马也不一般吧。远远地，看见了栅栏里的马群，这些供人驰骋的家伙都是精选的良种，个个挺拔威武。马看到人来，似乎也兴奋起来，纷纷走向栅栏口。一匹马将头伸向栅栏外的我，不时扇动着鼻翼，似乎想对我说什么。看着马温驯、友好的眼神，我壮着胆子，伸出手轻轻抚摸马的脸庞，皮毛与皮肤相触的刹那，手指间迅即掠过一种毛茸茸的柔滑。

我捕捉着马的目光。很多年没有与一匹马对视过。在马的眼睛里，我看到了自己，看到了城堡式庄园，还看到了天空中的一朵云。

十里塬镇的镇长汪凤娟带着我们参观白马庄园，一边讲一边指，如数家珍。我注意看了看这位口齿伶俐的女镇长，短发，着一件浅色西装，热情中透出一股女汉子的干练。她滔滔不绝地介绍着村子的情况，嘴里迸出的四个词深深地砸进了我的心里："净化、绿化；文明、文化。"看来，新农村的新，不仅在于形，更在于神。有新更有心，内外兼修啊。

当汪镇长听说身边和她一样纤瘦的女子就是大作家冷梦时，十分激动，一下子拉住了冷梦的手："孩子今年刚考上西安交大，他最爱看你的《黄河大移民》，写得好！"不知谁打的头，采风团一行人纷纷与女镇长合影。我默默地看着她，对眼前这位能干的女同胞充满赞赏和信任：自己不但成了优秀的镇长，还培养出了优秀的孩子，这个村、这个镇、这个县，还愁不富裕吗？

从庄子村回到淳化县城，在宾馆会议室召开座谈会的时候，我见到了十里塬镇庄子村的村主任，他叫任洛民，五十岁的样子，与紫外线长期接触的肤色见证着劳作的风雨和彩虹，额头、眼角密布的皱纹里，深埋着辛劳，也舒展着欣慰。

采风团有人问道：旧村拆迁改造一定很辛苦，群众的工作不好做吧？他憨厚一笑，并不正面回答，说："百姓百姓，百人百性，只要摸准性情，猜准想法，还是能说得通的。"

不难想象，性情不一，逐个击破的攻心暖心法，打消了多少村民的顾虑，又给了多少个家庭以希望。群众工作的乐趣和辛劳，不言而喻就在这朴实的体悟中。

淳化之行，遇见的每一位县、乡、村级干部，嘴里都不离脱贫、扶贫这样的词。他们说在口头，更在心头。"扶贫不是纸上谈兵"，而是解民情，知民意、暖民心，是急群众所急，需群众所需，是"才下眉头，又上心头"的牵挂。

坐在从淳化回西安的车上，两旁是一片敦实的山坡，高高低低的绿树起伏蜿蜒。两天的采访结束了，那些乡镇干部、村民的喜怒哀乐静默在我的笔记本上，更活跃在我的心里，提笔成文的时候，不由得又一次想起那四个字：淳德化民。

三、咀头村的葡萄熟了

再去一次淳化县咀头村，去看看华晨嘉信公司葡萄产业扶贫，是因为念念不忘"旧情"。

一年前，我赴咸阳采风，来到咀头村，与华晨嘉信农业园首次谋面，葡萄的甜和扶贫的诚，给我留下了深深的印象。

当时是九月中旬，我们参观完园区后集中一起，边品尝一种叫作红巴拉多的葡萄，边听负责人介绍园区采取"公司+贫困户"的扶贫模式情况。那就是，订单栽植、合同收购，同时，安排周围贫困群众在公司园区务工，确保人均纯收入达3 000元以上。达不到的贫困户，华晨嘉信用企业分红的5%补助到人均3 000元。贫困户摘植葡萄，企业保底收购。

每公斤三元保底，若市场价高于三元，则企业收购价就高不就低。这意味着不但旱涝保收，还可以水涨船高，正像作家冷梦所做的比喻：贫困户种的葡萄是"期货"。

离开时，有位工作人员不无遗憾地说：你们咋不早来十天，我们刚刚开展了葡萄采摘活动，现在园里大都剩下空枝了。采风团有位作家高声说：没事，枝空心甜！

当时陪伴我们的石桥镇咀头村主任连连点头：作家就是会说话，村里人确实都沾了葡萄的光，葡萄甜，日子就甜。

2017年4月21日，我再次去咀头村寻"甜"。百度地图搜索，发现驾车只需1小时20分钟，而且这个地儿海拔高达1 808米。暗暗佩服这个华晨嘉信公司颇有眼光，既占据了离省城交通的便利，又拥有淳化县海拔高、温差大、果肉甜的优势。

导航图标显示，离华晨嘉信公司越来越近。路慢慢变成上坡，两边的田地里都种着葡萄，藤架芽儿绿森森的，但尚未形成浓荫。一块块地头都立着交错成菱形的栅栏，美观而实用。

上了坡，进到一个叫邓家俭的村子。两边是整齐的房屋，家家都有式样统一的门楼。进村遇见一位老大娘，向她打听华晨嘉信公司，老大娘想都没想，用手往前方一指说，不远了，一直往前走，就有路牌。

我没有立即走，而是下了车，借讨口水喝的由头，和大娘拉话。大娘72岁了，和老伴刚从葡萄地里打芽回来。因为有一亩多葡萄，老两口一直下地劳动。

看着老人风吹日晒的脸，我随口说，把地承包出去，就不这样辛苦了。

不行，人要动弹呢，一动弹血脉就活了。

你有没有贫困补贴？

如今政策好，看病能报，老人有高龄补贴，种葡萄还保收购，国家又不收啥税，这不就是补贴嘛。

我不由得对眼前这个乡村老人高看一眼。

交谈中得知，老人跟大儿子一家一起生活，二儿子一家是贫困户。因为儿媳妇有精神病，无法正常劳动，抱养了一个女儿，现在外地上职业学校，花销大。二儿子在华晨嘉信打零工，农闲时打工，农忙时务农。

那你大儿子在不在公司打工？

不是贫困户，人家不要。

为啥呀？

跟一家子一样，生病的娃娃，当然得偏吃另喝。

到华晨嘉信公司大楼的时候，正是下工吃饭时间，四周静悄悄地，仿佛能听见葡萄苗在春阳里生长的声音。远处，不时有戴着遮阳帽的村民走向地里，现在是葡萄打芽的季节，那一双双手，要去平衡芽儿的间距。我想，这里面一定有邓家俭村那位大娘的二儿子。

路边的宣传牌迎着阳光，像踏实的卫士，履行着自己的职责。仔细读上面的文字，得知该公司2012年扎根淳化县地盘后，立即撑起了精准扶贫的龙头，带动咀头村及周边群众建成葡萄种植基地1.02万亩。

去年来此，知道贫困户种的葡萄是"期货"，此时还发现，贫困村民可以零投入，"白手起家"。一位高个、戴眼镜的小伙子带我到档案室，随意打开一盒资料，我看到一份公司与贫困户李建辉签订的订单栽植及合同收购油用牡丹籽协议，第四条苗木费用支付内容为：

"乙方自愿栽植的油用牡丹苗木费用，先由甲方垫付，待乙方油用牡丹结果有经济收入后，从收购乙方的油用牡丹籽款中扣回。"

也就是说，贫困户能赊账领苗，在从种植到结籽的生长期里，公司还提供全程技术培训、现场指导和上门服务，管看病，管营养，贫困户只要肯付出辛劳，就可享受丰收果实。

我翻到合同的最后一页，居然看到四方联合的签名，除企业、贫困户外，镇政府的角色是监证机关，而村委会主任，则承担着监督栽植责任人的职责。红红的四方印章，是四颗火热的心，跳动着共同的诺言，共同的希冀。

华晨嘉信公司精准扶贫寄语中有这样一句话：

"多给种子少给米。"

如果说，播种是自然之道，劳动是生存之本，那么，老大娘所说"人动弹血脉就活"的朴素乡村理论，无疑是指造血。健康之体所必需的内生动力，贫困顽疾的康复之源，其实，农民早就意识到了。

小伙子告诉我，公司承担着石桥、胡家庙两镇约三千人的精准扶贫责任，对这些贫困家庭，他们和镇政府联手，和村干部一起，按照名单逐户进行走访，面对面沟通，针对贫困户致贫原因出台扶贫之策。

"我走访过一些家庭，贫困的原因各种各样，但因病因残致贫占比例最大，扶贫的过程得长一些。"小伙子边说，边把我带到一排文件柜前，一个一个介绍。我看到，2016年已经脱贫的资料，未脱贫的资料，新增的，都分门别类摆放。更难得的是，数字已经更新到眼下的4月份。

葡萄产业扶贫企业——淳化华晨嘉信公司

"我们的做法和资料完备程度都受到淳化县政府的表扬。前几天，还有单位来参观呢。"小伙子的语气和神情，颇有几分自豪。

看来，产业扶贫之路，在这里走得扎实，扎下根了。

至今还记得，去年华晨嘉信负责人发言时说的精准扶贫的三条路径：

——招收贫困户在葡萄园区、牡丹基地务工，也可推荐到外地就业，让农民变员工；

——对有土地、有劳力的，鼓励种植，免费供苗，保价回收；

——公司为每户申请三万元扶贫贷款参股，每万元付1 000元现分红。

无论哪一条路，都通向致富。

而今，精准扶贫的流程、方式和丰富的内容，更有了新的内涵，华晨嘉信公司已将其提炼浓缩为七行朗朗上口的短句，如今，这短句成了公司全员、村民人人耳熟能详的扶贫致富"四字经"：

调查摸底，建档立卡；
土地流转，示范引导；
企业+农户，产业联营；
岗位开发，转移就业；
培训扶智，提升技能；
资金帮扶，圆梦学子；
节庆会展，电商促销。

逐句读着这些四字经，我又一次想到去年在这里品尝的那些颗粒饱满、甜汁溢香的葡萄。曾几何时，葡萄的收成，不再是企业的事、农民自己的事，而是政府、企业、个人共同的事，成为与你、我、他息息相关的事。是事情、事业、事迹。

葡萄在健康成长，葡萄园里的故事还将再继续。

四、石桥有"桥"

1

路过石桥镇街道，禁不住路两边饭店招牌的吸引，停车，要了一大碗油汪汪的饸饹，配上店主精心捣碎的蒜泥，再撒几片绿莹莹的香菜叶，吃得畅快淋漓。

冷不防耳边响起一句话:你们是从哪儿来的?我抬头一看,旁边桌上坐着一个壮实的小伙子,肤色黝黑,也在吃饸饹,于是攀谈起来。

我不忘此行目的,总是刻意把话题向扶贫上引,想从每一个偶然相遇的人口中,听到最真实的心声。

你们村有贫困户吗?

有,村里整天都在扶贫,干部一拨拨上门。

去你家了吗?

前几天去了,家家都要填表,说是摸底,还要按手印。

村里人关心扶贫政策不?

那是政府给五保户和老弱病残的施舍,和多数人无关。我是跑车的,也够养家。哎,我的车就在那里。他顺手一指。

我透过店里的玻璃门看出去,一辆油漆斑驳的红色大卡车停在门外的路边,车厢里摞着满满当当的猪饲料,印着品牌标识的袋子码得整整齐齐。

美味的淳化饸饹

蓦然想起,去年来时,参观过广东温氏集团在淳化落地的生猪养殖项目,当地人称"温氏模式"家庭农场,统一送猪苗、送饲料、送技术,保护价回购。

小伙子呼噜呼噜两下吃完,出门向大卡车走去。看着他的背影,我想,年富力强的他虽然不屑于与贫困户相提并论,但实际上,也是温氏模式产业链上的一环。温氏产业搭了一座隐形的致富桥,让贫者走向富裕,让富者走向小康。

一个产业对一个地方的辐射和带动,已经随风潜入夜了。

2

向前走了不到百米,看到石桥镇政府大门,信步走了进去,迎头看见一个醒目的标牌：石桥镇脱贫攻坚指挥所。掀开印有石桥镇政府字样的白色门帘，里面无人，一幅扶贫的图表默默欢迎了我。

从这幅石桥镇精准脱贫规划图上看到，全镇贫困人口1 963人，2017年底，产业扶贫占到85%。看着蓝色饼形图上那个只有15%的红色保障兜底区域，我暗自算了算，完全靠政府生活的，仅68人。其余近1 900人，都轰轰烈烈忙活去了。

隔壁一位工作人员进来告诉我："指挥所的人都在走村访户。"看来，眼下，精准扶贫的工作阵地彻底转移了。

3

出了门，发现镇政府对面，有一排规模不小的房屋，仔细一看，是石桥镇石桥村的村委会所在地。已经是中午12点半了，办公室门还开着，一个短发女子值班。一问才知道，目前村干部正在大走访、大排查、大清洗，确保扶贫对象精准，严守"九条红线"。为了确保5月15日前完成摸底排查，天天加班加点，今天她值班，其他人一早就走村入户摸底子去了。

女子快言快语告诉我，前两年，她也是贫困户。问及致贫的原因，她眼圈一下子红了。原来，眼前这位干练的女性，在短短的几年间，遭遇了人生重大变故。2013年，正当盛年的丈夫突然脑溢血离世，三个多月后，公公伤心过度，也离世了。留给她的是70岁的婆婆和一双儿女，还有挽救丈夫生命时欠下的巨额医疗费。婆婆耳聋多病，儿女都在上学，她一下子感到天塌下来了。

天灾人祸，方显大爱。她家的事，成了镇上和村里的头等大事，栽树补助、粮食直补、低保相继发到手里，还不时有乡邻劝慰，县级包扶干部上门谈心。她现在还记得当时县人大常委会郭社会副主任的一席话：困难是暂时的，振作起来，天大的事，有政府，有我们！

她终于意识到：走的人走了，日子得往下过。"我若倒下去，家就垮了。这个世界上，又将多出几个流浪的人。"

走出心结的她，把自己忙成了陀螺。不仅要照料地里的果木，照顾婆婆，同时还要就近打工，供养儿女继续上学。她心里生出一股狠劲，政府给咱保底了,咱就要把日子过好!2016年,女儿和儿子相继找到了工作,家里八亩地收成也不错,一举摘掉了沉重的贫困帽。

今年,身为党员的她被村民推选为村小组长,每天来村委会,给乡亲服务,为扶贫尽力,尽管前几年打工时被轧面机轧伤了,右手中指指肚残缺,也无指甲,但她努力向善向美,热爱生活。

眼前的她,一头微微烫染的卷发,一件九分袖的浅蓝色西装外套,整个人看上去干练得体。我注意到外套袖口是外翻边的样式,印着彩色的碎花。

她的心里,也一定有鲜花盛开。

两句诗忽然浮现心头:你若安好,便是晴天。

扶贫扶志,原本相辅相成。当天灾人祸不期而至之时,比物质贫困更可怕的,往往是精神的贫困。只有架起关爱之桥,才会让心灵越过泥泞和沼泽,看到希望,看到远方。

太阳每一天都会是新的。

探访手记

抵 达

在淳化县的走访,因为距离近,就抱着看一看,先踩踩点的想法,没有告诉任何人,自行开车前往。遇到镇政府、村支部就进去看,遇见群众就拉话,行动比较随意。但我深挖最接地气素材的心太迫切,不顾环境和场合,结果碰了一鼻子灰。

在石桥镇时,路过一个村支部,信步走进去闲谈。几个工作人员很谨慎,不怎么说话。幸好有满满一墙的资料和图表,供我仰着头慢慢看。不久,走村访户的工作人员回来了,集体整理资料。一个黑瘦的中年男子拿着厚厚一沓登记表,边和工作人员核对,边在上面签名。

我得知他是村支书,便站在旁边,装着随意的样子,问东问西,他开始还答几句,后来只管低头签字,不理我。但我还死乞白赖地盯在那,一副打破砂锅问到底的架势。

他终于烦了，忽然把手中的笔一摔，吼出惊雷般的两字：出去！大概觉得气势还不足以慑人，他干脆站了起来，声音再高八度：再干扰工作，按假记者处置！

这才想起，省作协盖着大红印章的介绍信，忘在了车里。我盯着暴怒的村支书，准备说几句狠话，忽然发现那双盛怒的眼睛里，布满血丝，鼓胀的眼袋，兜着沉甸甸的疲惫。涌到嘴边的话，最终砸回自己心里。

我默默转身，在一屋子人的注目中，一步一步向停车场走去。外面没有一丝风，四月的阳光善解人意地抚慰着脸庞，我却感觉自己像一只灰老鼠，在光天化日里逃窜。

泪水一直在眼眶打转。幸亏他吼了两字，"出去"！要再加上一个字，变成"滚出去"，我真不知道自己能否承受得住。

几天后，渐渐释然。在大走访、大清洗、大排查，数据重新洗牌的关键时刻，村干部逐家逐户走访，没黑没夜地完善资料，精神之弦正紧绷着，忙碌加疲惫，哪儿有心思应付一个没完没了，咄咄逼人，还端着架子的作家。

现在想想，真该感谢那个村支书，以不客气的方式，直戳戳地给我上了一课。让我明白，采访，不仅仅是身体的到达，更是情感的交融、心灵的抵达。

（探访时间：2016年9月，2017年4月）

第五站 白水温度

有水曰白　有村曰圣

一、朝圣

有人告诉我，如果将陕西的地图对折一下，白水县，就在那道折痕上，不偏不倚，位于三秦大地的最中间。而且，它的地域面积是986平方公里，恰巧是国土面积的万分之一。一个具有这样独特地理优势的县，立即挤进了我的探访日程。

两年前，我去过一趟白水，是随经商的朋友考察农业项目，朋友准备投资，我纯粹是游玩，对农业示范园并不上心，心思在人文始祖仓颉庙上，遗憾的是，因时间紧未去成。印象最深的是林皋湖边的风，县城的剪刀面，开在果园里的农家乐，还有回来时车后备厢里萦绕的苹果香气。

而这次去，再也不能没肝没肺空耗白水人的盛情。这个国家级贫困县，并没有因为是渭南地区唯一的山区县，怨天尤人，领导班子挖掘整合人文资源，打出"四圣故里，魅力果乡"的金字招牌，让人对2 300多年的古县肃然起敬。

出发那天，感觉自己不是去采访，而是去朝圣。字圣仓颉、酒圣杜康、陶圣雷公、纸圣蔡伦，哪一个不是人类文明的凿启者、缔造者？一路上，我都在想，这片土地究竟有何魅力，诞生了三圣，还滋生了脆甜的苹果？就连东汉时出生在湖南的蔡伦，也是跑到白水的槐沟河，才艳遇了造纸的灵感，成就了

"造纸鼻祖"的千古美誉。

陕西能源集团在白水县挂职的副县长孙李军与我同行。他告诉我：白水县厚植区域优势，正在大干"四五六"。不等追问，孙李军一口气为我解读了这组数字的内涵："四"即打造华夏四圣文明传承区、中国现代苹果产业示范区、陕西食品工业成长区、渭北绿色生态旅游区四个区；"五"是绘就创新、人文、开放、美丽、幸福五新蓝图；"六"指实施畅通工程、兴业工程、脱贫工程、人文工程、秀美工程、党建工程六大工程。

我心里暗暗点赞，顶层设计的科学与美好，不也是路标嘛。

车沿着西禹高速，一口气就跑过高陵、阎良、富平、蒲城四个县（区）。而白水，丝毫不设防，敞开了怀在路口迎接来宾，一下高速就可直入县城的繁华。而那关中平原与黄土高原交接的广袤土地，则沟壑纵横地林立在县城之北。

正是华灯初上时分，仓颉高大的雕塑阵守在县城中心，手握刻刀，神态昂扬，看不到传说中的四眉四目，也看不清文字始祖的眼神，但我看清了绿化带里、街道两边仓颉创造的28个鸟迹字。如今，这些字带了电，穿上了霓虹彩衣，一下子接通了远古和现代。

想起刚刚经过的白水河的桥，也穿着这样的霓虹衣，霓虹由无数个黄色的小灯串起来，像两条黄色的项链。我看不见河水，但走在上面时，心里忽然生出一句诗意的话：静静的白水河，脉脉的仓颉庙。

中国有两千多个文化风俗各异的县。每个县，都有自己的身世档案。生长在"中国字都"的白水人更懂得在史典中求索，从《雍·大纪》中，找到了自己的源头："秦置白水县，以县临白水也。"白水县，就从这条发源于云梦山南麓、底部多白色石头的河而得名。

不知道这条河见没见过仓颉，也不知道，仓颉传播文字四处奔走时，有没有经过这条河。但是，这分明是一条文明之河，源远流长之功，天地可鉴。

晚饭后，我漫步在白水县城的仓颉公园，遥望白水河的方向，想着清澈见底的河水，滑过沉静的石头，哗哗地流向远方、流向时光深处的情景。公元前350年开始设县名的秦孝公，想必也是一位喜爱青山绿水、深谙道法自然的生态学家吧。

他知道，仓颉和篆书、杜康和杜康泉、雷公和陶瓷，却不知道，"何以解忧,唯有杜康"的慨叹,不知道,纸上传书的绵韧和轻巧,更不知道,当今的小康和文化自信。

但是,这位秦国奠基人的励精图治,带领赳赳老秦携手奋进、开创伟业的纵横捭阖,不正是强国富民的自信吗?

白水县城的仓颉公园

夜越来越深,休闲的人渐次离开。空阔的公园深沉成一方远古的碑石。我抬头望向无边的宇宙,想借星星之眼,探寻那2 300多年的时光秘密。星星不言,任我久久凝视。看久了,天幕上的星光,幻化成地上的脚印。脚印渐渐汇成一句话:有水就有文明,有梦就有未来。

夜凉如水,我抱着双臂,走向那个叫绿洲的酒店。忽然觉得,自己也成了星星;不过,只是白水天地间的一颗流星。

二、古村告白

从杨武到阳武

山不在高,有仙则名;水不在深,有龙则灵。

那村呢?

在北塬镇的杨武村,我找到了答案:村不在富,有圣则名。

这个"圣",便是文字的创造者仓颉。尽管距县城三十六公里,位置偏僻，沟壑山峁纵横还常年缺水，人均年收入只有2 300元，但杨武村以仓颉出生地这束照亮天宇的文明之光，反复出现在各种史典、现当代专家的文章中。

我也循着文明之光而来。

在白水县副县长办公室讨论采访方案时，我从资料上知道，这个叫杨武的古村，是白水苹果的优质产区，目前还没有甩掉贫困村的帽子，但却是大名鼎鼎的省级传统古村，正在申报国家级古村。

从地图上看，它坐落白水县城北部稍偏东，放大视界，又处于陕西版图最中心位置。黄帝部落在此繁衍生息，中国五千年文明从这里源起，一定有它的必然。

进村的路上，果然古风悠悠，老屋肃然，树木龙钟。沉默的瓦舍残墙，将一个个传说，蓄养在岁月的烟火中。横亘眼前的坡地都特意造了型，被推成一层一层的台阶，庄稼便在各自的台阶上一级一级铺展，像条条绿腰带缠在山坡上。如果上下移目，那腰带又成了通往天空的梯子。

远远看到一个崭新的村牌名——阳武村，上面还标注着一行字：仓颉出生地。心里疑惑，司机适时地递过来一张白水旅游图，赶紧展开来，上面居然出现了双重标识：杨武村（阳武村）。

杨武？阳武？一个村庄两名字，不能不引人猜想。我走到村牌前，静静地与阳武两字对视。忽然想起昨晚看到的资料，上古时期，仓颉出生在阳武国仓圣梁，那时阳武是国名（部落）。很显然，阳武的叫法应该在先，杨武一定是后来改的。可什么时候改的，为啥改，我得问问。

在村头的仓颉文化广场，遇到一位老人。他告诉我："村里四百多户人家，几百年都没有出个大人物，日子穷，是仓颉把我们的文脉都拔光了！'文革'的时候，就把村名改了，成了杨树的杨"。老人虽然老，思维却很清晰。

我环顾村子四周，除了柿树、香椿、苹果树、梨树，并没有白杨。便问：

村里有姓杨的人吗？

没有。

那现在的路牌，咋又改回太阳的阳了？

仓颉出生地阳武村

精准扶贫来了，这次动真格的，修了路，打了井，盖了房，不就是太阳嘛。

老人说完，自己先笑了，沟壑般的皱纹一道一道地舒展开来。

微笑的老人，皱纹如画，神情如佛。我品着他的话，竟想起圣经里的句子："神说，要有光，便有了光。"

不必追究老人说法的对错，先去"追光"吧。

北塬第一井

2017年，对三秦大地上的农民来说，是不平凡的一年，先大旱，再大涝，一颗颗焦急的心为之悸动。北塬镇杨武村村民，更是悲喜交集。

这个紧挨陕北黄土高原的关中村子，沟壑里夹满封闭、贫穷。土地上的苹果，鲜红了荒秃秃的日子，然而祖祖辈辈缺水，人和树，都得看老天爷的脸色。后来大多数人不看"脸"了，抛下苹果地，告别亲人，远走他乡打工。

这个酷暑七月，气温连续二十多天接近40度，卷成麻绳的玉米叶，几乎冒起青烟，苹果树地面也裂开道道伤口。村民白天叹息，夜晚无眠。能想的办法都想了，望向天空的目光，一天一天黯淡，一寸一寸失望。

并没有人号召，村民们却自发跑到村庙乞起雨来。我不知道，这个沉寂多年的仪式，会有多少繁文缛节的程式。但是，我知道，杨武村村民祈雨不是乞求龙王，而是乞求他们的祖先"仓颉爷"显灵，他们信这个本土的神圣。

村子里一直流传着一个美好的故事：仓颉发明文字以后，上苍奖给他一个金人。但是，他不要金人，要五谷丰登，要天下人都有吃的。第二天，老天便下了一场密密麻麻的谷雨，以后年年如此，就有了谷雨这个节气。

杨武村妇孺皆知，清明祭黄帝，谷雨祭仓颉，这两个时节，都会下雨。可是，老天的恩赐一年只有两次，眼下救急的水，从哪里来呀。

在村里当过几十年干部的张进合老人并不热衷祈雨，他每天都要去村委会前边的空地看看。那儿，西部信托公司援建的打井工程正在地里施工。那机器那架子颇有阵势，现场指挥的专家也信心满满，可是，他心里并没有谱。

在他的记忆里，祖祖辈辈都没有从这地里打出一口井。前些年还不死心，找县上、镇上资助，家家户户捐款，鼓足劲儿又尝试了一回，探下去足足三百米,还是浑厚的黄泥土。

钱花得疼,心更疼。这次,能成吗?

很多天,他戴着一顶草帽,时不时到打井工地"巡视",更多的时候,他站在工地旁的一树荫凉下,远远望着,一边摇头,一边又祈祷奇迹。

也许是人的虔诚,也许是九十万元的巨资投入,也许是不出水不罢休的豪气,感动天地,大地竟然给这里的人赐予了奇迹。当一股清水携着地下七百四十米的沁凉气息喷薄而出时,人们惊呼着、跳跃着,手舞足蹈,奔走相告,整个村庄的空气,都湿润起来。

久旱逢甘霖的村民,一拨一拨拥向村委会,要求举行一个竣工仪式,表示答谢。更重要的,他们要把这北塬镇百年一遇的第一口深井、把西部信托驻村工作队的这一功劳,留下资料,留给后代子孙。

8月9日,杨武村深源机井项目竣工仪式隆重举行,村民倾巢而出,敲锣打鼓,扭秧歌放鞭炮,庆贺第一口深井的诞生。井口的抽水设施上,早已被村民拴上了红绸缎,县上领导、西部信托领导、驻村干部、村支部书记、村主任,个个被戴上了红花。

我从视频资料和白水县新闻里,看到了当天的盛况。主席台背景墙上写着一副对联:"精准扶贫打井润民,信托情系仓颉故里。"尽管骄阳刺得人眼睛都睁不大,个个汗流浃背,但村民全部盛装亮相,挂横幅送锦旗舞扇子,毫不马虎,酣畅淋漓的热情,比气温更高。

一张村民和领导在"打井取水,造福万代"书法作品前的合影,引起了我的注意。驻村干部告诉我,字是七十多岁的张进合老人写的,他头一天挥毫泼墨写好,第二天让老婆用红绸被面挽了一朵花,绑在上面,亲自骑着三轮车送到了竣工现场。

我特意去走访张进合老人。

一进红色的大门,就看到那副书

阳武村老支书张进合和他的书法

法，端端正正挂在他家的院墙上。尽管日晒风吹，大红的纸已经褪色，但雄圆拙朴的线条，起伏着昂扬的气势，"墨言"着那时的欢喜。

其实，竣工仪式的前一天，张老不仅书写了对联，还精心编写了一段快板，悄悄地练熟了，准备在现场自告奋勇表演，添上一道喜。后来看到时间紧，就没有说出这个秘密。

老人创作的快板词，写在一张纸上，他喜滋滋地拿给我看。

> 阳武村，几千年，靠天吃饭没水源。
> 一遇天旱人发慌，有女不嫁阳武庄。
> 习近平，上了台，惠民政策好得太。
> 西部信托来包点，勘察设计找水源。
> 依托投资九十万，成功挖出井一眼。
> 从政府，到乡镇，协调支持齐促进。
> 深源机井随心愿，造福万代美名传。

吃水不忘挖井人。这是中国的古语，更何况是在这片诞生字圣仓颉、开启人类文明的古老土地呢。老人颇具文艺范的表达方式，就不足为奇了。觅得甘泉润旱塬，润泽的不仅是这片古老的土地，还有村民的心。

对于杨武村这件盛大喜事，白水新闻当天用了五分钟时间进行播报。我注意到新闻的标题是："3 500亩果园变成水浇田。"关于这一口井的意义，新闻词的表述更是简洁明快："这第一口深源井，每小时出水量达13立方左右，从根本上解决了制约贫困村发展的瓶颈。"

村民张新福，面对记者现场采访，毫不掩饰自己的激动："几辈子几辈子人，都没有从这块地上打出一口井……"他接连重复了一个词：几辈子。看来，这第一股井水，还真是惊天动地，扭转乾坤。

新闻由井说起，回顾了陕西能源集团西部信托公司联包杨武村扶贫以来，精准发力，硬化村道，修建小型灌溉池，扶持养殖合作社等一系列帮扶举措。画面上，一桩一桩的成果逐一闪过。

想想，这西部信托公司"大格局、大手笔、高规格、真扶贫"的帮扶，还真是像铁肩一样,托起了杨武村的未来。

正在看这些视频资料的时候,杨武村种张荣书记不知从哪里端来一盘苹果,拧开门口的井水龙头仔细冲洗。果色遇水,更是红得诱人。我顾不上问是不是第一口井流出的水,接过苹果就咬了一口,"咔嚓"一声,汁液横流,脆甜满舌,感觉牙缝里也塞满了香味。

旱原上竟然结出如此水灵灵的果子,这树和土地间,究竟有什么样的深情和厚谊?也许专家会从土壤、温差、日照等方面分析得头头是道,我不懂这些,我在想,除了科学,一定还有天机、人意吧。

白水苹果

青石板上的财富

黄褐色的土山里,青色的石头一层一层叠压起来,不知累积了多少年的岁月。在杨武村村民眼里,这些石板祖祖辈辈就待在这里,同脚下的黄土一样,再普通不过了。

四十八岁的种蛇林,从来没有想过,这土山尘嚣的石板,也有价值。他只知道埋头操劳几亩苹果树,树老,还缺水,收成不理想。三个孩子都在上学,老大上大学,老二学技术,老三上小学。学费,成了这个家最大的熬煎。妻子虽然身体不好,也进城当了清洁工,挣钱补贴家用。

有一个人和种蛇林一样着急,这个人,就是西部信托公司驻村工作队队长刘永柏。近日,他忽然打起了石头的主意,动员种蛇林在石头上做文章。

那个阳光明媚的初冬,在种蛇林家院子里,刘永柏邂逅这些被主人随意堆在墙角的石头,只一眼,就不由自主地走近,眼观、手摸,还特意要了一杯水泼上去。他发现,这些古朴天然的石头,长着一身层层叠叠的纹理,看上去既沧桑又雅致。平日爱饮茶的他,脑中忽然灵光一闪:何不将它们稍稍打磨修饰,置入原产地的仓颉文化元素,变成一个文创产品呢。

这个世界上既然能靠山吃山,就能靠石吃石。

在刘永柏的鼓动下，种蛇林带着上六年级的小儿子种武杰，怀着希望走进山峁。父子俩专门拣面光、薄厚均匀的石头，用巧劲将它们从土和石层里拔出来，用手拍掉黄土，一块一块装进麻袋里。

收工了，父亲在前面扛着装石板的麻袋，儿子在后面用手托着袋子底部，为父亲减轻哪怕一丁点儿的重量。

夕阳的余晖，给满山冬眠的枯草镀上了一层诗意，像极了父子俩的梦。

仓颉文化传习馆的王定才老先生被刘永柏请了来，他坐在院子的小凳上，手把手给种武杰教二十八个鸟迹字，除了学会写法，还要知音会意。老人一个字一个字地教，十岁的孩子一笔一画地写，脸蛋和手冻得红扑扑的。两人嘴里呼出的热气，融化着村庄的寒冷。院子里的水管裹在厚厚的海绵被里，仔细听着这苍老和稚嫩的唱和声。

不久，种武杰就“出师”了。父亲种蛇林精心清洗石板，磨平边边角角，儿子用粉笔在上面书写着老祖先的字。父亲再沿着儿子的手迹，用钻头一点一点打凿，叮叮当当的声音，让孤寂的院子成了一个热闹的茶台加工厂。

这些沉默的石板，也许见过仓颉，也许没见过，但是，它们吸收了仓颉当年造字的灵气，吹着仓颉当年造字的熏风，如今竟以身试字，让“鸟迹”附体，大概也是快乐的吧。

种蛇林父子，将财富深深刻在石板上，也种在心里。

如何为这取自天然、出自农民手工打磨、富有文化创意的青石茶板打开销路，刘永柏开始了尝试。他拍了很多照片发到朋友圈，托付西安的、白水县的朋友帮忙联系。“先试试，能卖一块是一块，让老种父子俩尝到甜头，脱贫的勇气足了，致富的门道就多了。”

大概想到我的身份，他又笑着补充一句：“不让贫困地区的孩子输在起跑线上嘛。”

我相信刘永柏的能力。他是我采访中遇到的唯一一位致公党人士，早在我来之前，他发动致公党企业家和爱心人士，为白水县北塬镇中学捐赠图书、桌椅，为智障儿童捐赠助听器，还资助了12名特困学生。

有一次，刘永柏带着致公党爱心人士来北塬中学考察，正值学生在操场跑操，脚下腾起一团团黄尘，学生的身影几乎淹没在尘雾里。爱心人士当场决定捐款对操场进行硬化。现在,刘永柏动员社会各界为学校捐赠已累计30多万元。

而这次,他要让种蛇林和儿子用"文化石板"造富。在村里三年多的帮扶,他比谁都明白,仅仅靠爱心扶贫是不够的,产业致富、智力致富,才能驱逐贫困,让富裕"生根"。

回西安后,常常想起种蛇林父子打造石板的情景。那一点一点靠近梦想的虔诚,让人既欣慰又揪心。我打开刘永柏的微信,询问文化石板的销量,他回复了一个擦汗的表情,紧接着发来一句话:"还望袁老师多留心,帮忙联系买主。"

呵,真会见缝插针。不过,我更加记挂那个刻有鸟迹字的青石板了。

我的仓颉梦

1

我忘不了他的笑容。明净、憨厚,上扬的嘴角托起花白的寿眉,把岁月的波涛平息在善目里。谈笑中,头一偏,眼一眨,手一摆,皱纹就泛起一波调皮的浪来。

作者请教仓颉故事传承人王耀德老先生

白水县副县长孙李军看望王耀德老人

这个人，就是被授予"仓颉之子"荣誉的农民王耀德。八十三岁的老人，龙钟的慈祥里竟携着年少的顽皮，不说话也让人亲近三分。他穿着藏蓝色的中山装，戴一顶黑色瓜皮帽，微驼的背反衬着身材的高大。老人是村委会请来给我讲仓颉传说的。他特意戴上助听器，大概没有调试好，不时用手拨弄着。

我说，不用戴了，您只管讲。

撇开助听器的老人，自如了许多，半眯起双眼，从仓颉的父母讲起，仓颉出生后为何被扔掉，鸟儿用翅膀保护了他，人类的第一个字如何造出来……语气不急不徐，声音不高不低，不朽之盛事被他用特有的乡村语言缓缓道来，所有想象中的神光，渐渐蒸腾成村庄的尘烟。

深秋的阳光，照着坐在小凳上的老人，也照着旁边的我。那样一个下午，仓颉的故事铺陈在农家小院，我如此真实地触摸到人类文明的第一缕光，一种虚渺的博大漫溢心间。

随着王耀德老人悠悠的讲述，我的神思竟穿越到五千年前，那四眉四眼、聪慧过人的仓颉，是不是也这样以天为幕，以地为席，在鸟叫、风吟中传播着他的文字呢？

老人捧出一个沉甸甸的档案袋，里面装着白水县仓颉文化研究会会刊，还有一本《我的仓颉梦》的书。只见作者在扉页上题着："王耀德老先生传承仓颉文化，愿您长命百岁。"老人将档案袋里的书全部赠予我，无疑，希望我把它带到更远的地方。

这位叫王孝文的作者，我并不认识，从简介上看，是土生土长的白水人，国家非物质文化遗产传承人。七十六岁高龄了，还在为仓颉文化研究四处奔走、考证、收集资料，把自己毕生研究仓颉文化的成果出版存世，只为完成"仓颉故里人"的使命，圆自己"弘扬仓颉精神，传承仓圣文化，造福家乡山水"的梦。

追梦,是他们在不断老去的生命里,最自豪的安慰。仿佛这足以抵抗穷苦,喂养心灵。

2

七十二岁的张进合老人小学文化毕业,一生却没有离开过文字。当了几十年村干部,看文件,读报纸,写标语,编快板,退休后又开垦了文字责任田:自办黑板报。

一块黑板报,就在他家窗台边,另一块在村子废弃小卖部的土墙上。黑板是他自己粉刷的,内容一律自编自写自画,还用彩色粉笔勾勒出波浪状的花边,那刚劲的板书,就荡在了浪花上。

"这一期全是老年保健宣传,下一期要换十九大内容,我上午刚看完闭幕式。"

我随老人去看黑板报的时候,村里恰巧开来两辆货车,满载生活用品上门直销,喇叭声震天,赔血本大甩卖的叫卖直勾人心。然而,喇叭闹它的,并无人围观。闲下来的司机,踱步到土墙前,一边抽烟,一边盯着黑板报。

远远看去,黄的墙、黑的板、白的字、默读的人,像一幅褪色的老照片。

张进合老人家的椅子垫上,绣着生动的图案,鸟儿婉转啁啾,动物憨态可掬,让人不忍落座。一问,是他老伴的手艺。椅垫只是冰山一角,里屋还摞着枕头、鞋垫、小孩围垫,全是自己画,自己绣,喜鹊、鸳鸯、牡丹,是大自然的模样,也是老人心里的模样。

老两口比赛似的,把自己活成了文艺老年。

我忍不住问老人:钱够花不?

老了,不花啥钱,苹果收入和老龄补助,够了。

他的表情和语气都淡淡的,远没有讲黑板报、讲仓圣爷劲头儿足。

坐在这群老人中间,想起大唐刘禹锡的两句经典:"谈笑有鸿儒,往来无白丁。"三年前,因为这群老人,《仓颉传说》被录入国家级非物质文化遗产,杨武村也跻身陕西传统古村名单。现在,老人们又整理出两万多字的仓颉传说故事、遗迹图片,申报国家级传统村落,发展古村旅游。

莽莽的仓圣梁上,刚刚落成一座"文字始祖"纪念碑。碑在山峁的制高点,无论是谁,要靠近碑身,都需一步步朝上攀登,仰望,仰视。那龙体缠绕、檐角飞翘的造型,前观后看,都像一个立体的"仓"字。

这座古阳武国的鸟羽山,秘藏着炎黄时代的故事,氤氲着仓颉生命源起的祥瑞之气,在洛河之滨寂寂矗立了五千年,它

仓圣梁上的"文字始祖"纪念碑

一定没想到,被后世改称为"仓圣梁"。仓颉创造的文字,还原了它的前世,村里的老人,留下了它的今世,谁,将留下它的未来呢?

仓圣梁的碑,把村庄的历史烽烟收藏,造碑的老人,何尝不是碑呢?从仓圣梁到仓颉庙,从阳武村到史官村,他们随着仓颉走了一生,也守候了一生,终于把人类的文明转成了一个圆。

张进合老人告诉我,探看仓圣梁、晒书台、石楼沟,是要穿荆棘,走羊道,翻山越沟去拜的。地理环境拒绝了所有的交通工具,只有虔诚、执着的人才能到达。

老人们给一拨一拨的人带路,个个身轻腿健,大概得了仓圣爷的神力吧。

3

我在村口拍照。一位不相识的妇女走过来,我起初并没在意。

"给,尝一下。"话音未落,手里便多了一个橙黄的脆柿子,还没反应上来,妇女就只顾走了。柿子温热,咬一口,脆甜,显然在温水里浸去了涩味,刚刚出炉。

柿子的温甜在口中挥之不去，我百般揣测她的热情。

想起一位本土作家在文章中写道："家乡的人祖祖辈辈敬字惜纸，父辈常常教导孩子，'不要把字和纸踏在脚下，会遭罪的'。这字和纸便渗进了心里，淌进血液里。"这个四十来岁的仓颉后裔，除了敬字惜纸，也懂尊客惜客之道？

妇女已走到村庄深处，我拍了一张她的背影。她一定知道，"白水县仓颉庙中华上古文化园建设"以投资十六亿的大手笔，拉开了建设大幕。仓颉之魂滋养的这个古村，也将迎来大批朝圣者和探秘者。

来的都是客。她做好了准备。

4

杨武村委会不远处，有一棵婆婆多姿的大柿树，远远看去，半树橙黄，半树紫黑，走近了才发现主干上嫁接了软枣树，一树两果，这根，是不是在地下偷着乐呢。

我想起距此二十公里外的仓颉庙景区，有一棵柏抱槐古树，柏槐相依相偎，共生共长，成为一道奇景，朝圣的游人无不惊叹，流连拍照。眼前这棵柿子与软枣共生的树，守在仓颉出生的地方吸碳释氧，寂寂无闻，却泰然自若。也许它的生长，只为完成古老与现代的嫁接。

嫁接是最活跃的细胞交流，不管是在杨武村，还是在仓颉庙，这些嫁接都是成功的。

这令人欣慰，也令时光欣慰。

三、系得住的乡愁

1

离开，回归，再离开，一个人对他的家乡，便有了三种况味，也注定产生三重境界。陕西能源集团在白水县挂职的副县长孙李军，就是在这样的况味中，开拓着生命的宽度。

离开，是兴奋、激情地离开。

当年一纸大学录取通知书，沸腾了整个村子，整个乡镇。从那场欢天喜地的离开开始，二十多年倏忽而过，孙李军从教师、学校办公室主任、副校长，干到陕西能源集团一个监理公司的副总职位。省城安家，事业有成的他，每逢节假日，不由自主地将车驶向去往白水的路上，看看老母，看看村子，呼吸一下仓颉庙散发的空气。他从来没想过，四十六岁的那一年，能够以父母官的身份为这片土地效力。

2012年，省政府"下乡联县扶贫办公室"确定陕西能源集团为驻白水县扶贫团牵头单位，协调督促"两联一包"、强力推进扶贫工作。陕西能源集团精挑细选素质过硬的干部，有序向白水县派出挂职副县长和驻村干部。白水县史官镇出生的孙李军，有幸成为第二任挂职副县长。

回归，是窃喜、忐忑的回归。

我见到平头、戴黑框眼镜的孙李军时，他刚刚给能源集团领导汇报完工作，为白水县生态养殖项目赢得二百万扶持资金。不高、不胖、不帅的他，意气风发，"没想到有这样的机会，为家乡服务找不到抓手，现在找到了。"显然，孙李军珍惜这个良机，更热爱这个用武之地。

我想，从一个监理公司的副总，到白水县副县长，这个跨度有多大，恐怕只有孙李军最清楚。

由企业转型到政府工作，孙李军没有县长的"势"，他不习惯、不好意思用秘书，找人或协调有关事项，总是直接找老同学——县政府办主任，老同学服务多次之后，半开玩笑半认真地告诉他：你"动用"得太大了，这些事安排秘书就行，协调不了的，我再来解决。

跨度有多大，进步就有多大。孙李军在白水的工作，从"泡村"开始。政府办秘书张迪告诉我，"司机、孙县长，我，是泡村三人组"。孙李军为了熟悉民情，一个乡镇一个村子挨个跑，一个基地一个企业亲自看，车天天都是干净锃亮地出发，灰头土脑地回来。

这个因情感而肩扛使命的人，全身心投入县长角色和扶贫工作，他流利地给来宾、游客逐一讲解仓颉的二十八个鸟迹字；他每天早起跑步增强体质,晚饭后泡浓茶给自己的夜班提精神;他甚至跑到一个八十年前由"九省十八县"难民自发形成的移民村,这个叫宽稔的村庄位于白水最东北,在黄龙、澄城、白水三县交界处,只有四十多户人家,孙李军连这个旮旯里的村子都走到了。

他对每个乡镇每个村庄每个企业的了解,就像自己的掌纹一样。

上不能辜负集团,下不能让乡亲失望,孙李军只有做,只争朝夕地做,夙夜在公地做。他在这里的任职时间,只有两年。倒计时的时钟,天天都在心里咣咣地敲着,敲得他吃不好睡不好。每签订一个项目,跑完一个村庄,才会踏实一些。

我在孙李军的办公室,看到两件"宝贝":一个是白水地图。很多村名,被孙李军标上了圆圈,包括他出生的史官村。

另一件是一幅书法作品:"虚心竹有低头叶,傲雪梅无仰面花。"笔力瘦劲秀俊,布白干净疏朗,墨色里浸润着君子文化,线条中氤氲君子之风。落款只有两个字"卧虎"。我不认识这位书家,但他把书写竹梅二君子的作品送给孙李军,想必是有寓意的。我仔细观赏那幅书法,看着看着,眼前就飘来雪的洁白,梅的红心,竹的挺拔。

我想,这也许就是孙李军把它挂在墙上的原因吧。

2

如果说,一个地方的精准扶贫有捷径可走,那么,这个捷径,就一定是借力。而成功的借力,源于干部的人格魅力。

陕西能源集团多年管理工作的历练、白水县土生土长的淳朴,培养了孙李军敏锐的眼光、踏实诚恳的品性。而这些,正是招商引资的敲门砖。他像一道彩虹,很快架起了企业与投资公司之间的桥梁。渭南农业投资公司总经理李晓红快言快语地告诉我:白水人好,尤其是父母官孙县长,我们是先冲着他的人品才关注到白水的农业项目。

这两人的相识,缘于共同的担当——扶贫,往深一点儿说,志同道合吧。

2016年,两个怀有初心的人,有了一次非同一般的初见。孙李军刚刚到白水，正在为白水争取扶持资金，李晓红所在的渭南市现代农业投资发展有限公司刚刚成立，作为总经理的她急于寻找优质项目。一次，李晓红跟随市扶贫检查组来到白水，名义上是检查人员，实质上是暗暗考察投资项目。吃饭间隙，李经理有意将话题引到白水的农资企业，孙李军滔滔不绝而又理性客观地介绍和分析，给李经理留下了良好的印象，当场坦诚地向他表明了自己的来意。

几天后，渭南市现代农业投资发展有限公司迎来了第一个来访者：白水县的孙李军副县长。他带来了一幅白水地图、一厚沓项目策划书、一组《万里挑一说白水》的PPT。

"白水产业的发展，是白+黑、香+臭"。一坐到李晓红的办公室，孙李军就卖了个生动的关子。果然，正埋头看着白水项目策划书的李晓红抬起头，好奇地问：这两个+，咋解读？

白为杜康酒、豆腐；黑为煤炭；香为苹果；臭为养殖。黑白分明，香臭共存！

鲜活的比喻，吸引李晓红再次来到白水县。一系列的调研、分析、评估，却并不表态，只留下几条整改意见。孙李军几乎成了"驻企"员工，和企业领导一条一条研究方案，一次一次协调县工商等相关部门，将整改意见变成整改结果。两个月后，李晓红的农投项目考察结果浮出水面：全市总投放资金八百万，他们就将四百万投放到了白水！

这是白水精准扶贫以来，少有的大手笔。

2017年2月24日，渭南市现代农业投资发展有限公司与白水县政府签订战略合作协议，把白水县确定为重点扶持县，三十五家企业纳入其项目库。孙李军敏锐地意识到，这是一次"吸金"的机遇，他未雨绸缪，提前对这三十五家企业实地考察，用渭南市现代农业投资发展有限公司的标准自检，找短板，补差距，甚至对发展思路"纠偏"。

康惠粮果贸易公司总经理刘红军感受特别深刻："以前只在规范管理，拓展销路上下功夫，现在才知道，股权清晰，规划长远，回馈社会，也是王道。"在孙李军的建议下，刘红军采取订单式收购、流转土地、吸收贫困户就业等一系列举措，带动一百余户贫困户致富，在渭南市现代农业投资发展有限公司火眼金睛的考察中顺利过关。

2017年国庆节刚过，还沉浸在节日欢乐中的白水县又得到了一个重磅利好消息：渭南市现代农业投资发展有限公司1 050万元支持白水的方案获投资委审核通过！全市支持14家拨付2 600万元，而白水独占鳌头，实现了三个最：资金总额最多，入围企业最多，单企金额最大。

好资金投给好地方，更要用给好企业。谈及渭南市现代农业投资发展有限公司对白水的青睐，李晓红边笑边摇头："没办法，人家企业基础好，前景好，还有一个最好的店小二。"店小二，正是孙李军对自己的称呼。企业喜欢，投资公司信任，让这个不凡的店小二像一块磁铁，散发着属于自己的磁场。

他的磁场，吸引来了西安兆隆集团入住高山村、金富源养殖场投资600万元……

3

白水，安放着孙李军的乡愁，也安放着他的梦。他恨不得每一个贫困村，每一个贫困户，都能上演一部逆袭贫穷的传奇。史官镇郭家山村54岁的郭王霞，虽然没有逆袭，但是，感到了父母官为她做主的温暖。

郭王霞是不幸的，五年里先后死了丈夫和大儿子，大儿媳撇下女儿跑了，杳无音信。二儿子因穷娶不上媳妇，在外村当了上门女婿。原本热闹齐全的一家人，只留下她和一个孙女。后来，邻村一个年龄相当的男子上门，和这婆孙俩组成三口之家，日子过得煎熬，贫困之境，有目共睹。但丈夫有一辆铃本昌河北斗星小汽车，被排除在贫困户名单之外。丈夫舍不得卖，郭王霞也没办法，得知经常来村上的孙县长是邻村人，她找上门来。

如何在贫困的实情和九条标准间平衡？送走妇女后，孙李军陷入了思索。

他最担心的是，那个十岁的小女孩，成长路上人格的塑造，以后看这个世界的眼光。他在村民中了解实情，与村干部探讨，参照有关政策，决定从扶弱扶幼入手，将父亡母失踪的小女孩暂时认定为孤儿，享受教育补偿和相关政策，让全社会的爱心来温暖这颗幼小的心灵，使她健康成长，也解除郭王霞作为奶奶的后顾之忧。

人性化的综合研判帮扶方案公示后，服民心、顺民意，也会改变一个儿童的未来。

我想，真正的帮扶，大概就是这种扶志扶智，和触及未来的温暖吧。

在郭王霞家的大门口，我看到了那辆铃木昌河北斗星小汽车。它并不知道自己是阻碍主人成为贫困户的"罪魁祸首"，无辜地停在黄皮斑驳的院墙外，身上落满树叶和尘土，看上去不到五成新，值不了多少钱。招呼我们进门后，郭王霞坐在大儿子生前结婚时添置的沙发上，眼圈红红地诉说着，说往事的悲，说欠下的债，说好心人的暖。

孙李军，就是她心中的好人。他每次上门看望孩子的时间，她都记得清清楚楚。

提起孙女，郭王霞的表情一下子活泛了：娃爱跳舞，我让她好好跳，跳出名堂了，我死的时候也安心。

你现在就安下心，娃有啥事，就找我。

瑟瑟的秋风，吹着门口核桃树的叶子，哗啦哗啦作响，却并不见凋落。

我从门口收回目光，却见郭王霞已起身走到墙角，从蛇皮袋里抓来一把干核桃，夹开，递给孙县长。

回县城的路上，我问孙李军：融入当地的决策层，难吗？

从来就没有离开，不存在融入。孙李军脱口而出。

只有两年的挂职副县长，在别人眼里，纯粹就是来"镀金"的，待够时间就走。说白了，人家没指望你，那么拼干吗？

不拼不安啊，得在任期内给乡党多创点儿实惠，压根儿顾不上想别的。为家乡做事，不是差事，是使命。

孙李军扶着方向盘，目光看着前方，继续说：越做越投入，越做越有意思。

4

晚上在宾馆看完白水县的扶贫资料，随手拧开电视，中央一套正在热播一部叫《青恋》的电视剧，村民对放弃大上海事业、甘当村委会主任的林深，这样评价：小伙脑瓜子多灵光，有主意又实诚，带领咱村子致富，哪件事没成？

电视机前的我，听到这句台词，顿时想到了孙李军。林深是青恋，孙李军呢，无疑是乡恋！他们，用爱反哺家乡，系住了乡愁。

每个人身上，都流着永远不可改变的DNA。这个DNA，是血脉，是家风，是乡音，更是乡情。一个个的人，是一个个村子的化身。他们即使走出很远，也不会迷路，更不会把故乡走失。

乡土情怀，使命担当，未来意识，注定了孙李军是一个有远方的人。

四、八块五

八块五是一个数字，更确切地说，是一个钱数。

这钱数，早已刻在尧禾镇北盖村五组村民樊军伟的心里。这个三十一岁的小伙子，刚刚从苹果地摘果子回来，张口就向我报出了这个钱数。钱是花给他女儿的，一个十岁的患先天性心脏病的女孩。

五年前，这个叫樊佳琦的女孩子不知道母亲为何要弃她而去，只知道爸爸"倒插门"到一个很远的村子重新成家。爷爷奶奶疼着她，叔叔在外面打零工，爸爸也常回来，小佳琦眼里的天空，依然晴朗。

一天，她随奶奶到苹果地，奶奶劳作，她在一边玩儿。不远处，一地红艳艳的圣女果吸引了她，忍不住摘食了一把。回家后，恶心，不想吃饭，趴在奶奶背上，一步路也不肯走，奶奶要做饭，把她往地上一放，发现孩子软塌塌地倒下了。奶奶吓坏了，赶紧送到镇医院，吃了药没管用，又转到县医院，一检查，农药中毒，还好，没有生命危险。奶奶刚刚舒了一口气，医生又说：

孩子心脏有杂音，得进一步检查。

很快，诊断结果出来了，上面白纸黑字写着：先天性房间隔缺损。

"必须做手术，否则有生命危险。"医生的话，像一块石头，狠狠地砸进奶奶的心里，也夺走了奶奶的睡眠。

奶奶把这个秘密埋在心里，天天往苹果地里跑，对着一棵棵苹果树说话："多结些，结大点儿，卖个好价钱，给琦琦看病。"

这位六十岁的奶奶慈眉善眼，法令纹的褶皱，积在两个嘴角，随着表情时开时聚。她看上去很单薄，走起路来却步步沉重。一问，她患上了股骨头坏死，腰椎间盘突出，整日与疼痛对抗。在疼痛中劳作，已成了常态。

我连忙让她坐在炕沿上拉话，一抬头，视线碰到墙上的精准脱贫明白卡，我看到这位奶奶叫马胜云，她和老伴、小儿子、孙女一家四口人，年人均纯收入一栏写着：2 980元。

说到收成，她心里有一本清清楚楚的账：去年苹果卖了不到两万元，七七八八的花销一除，不够给娃看病了。今年天旱，肯定还不如往年，八亩玉米，死了一地，只收了一百来斤。

"年年说给孩子治病，年年钱紧，今年国家给治了，真真除了全家的熬煎，还是国家政策好。"老人说着，眼圈一红，哽咽起来。

屋里有一张小桌，放着全家人早上吃过的早餐，用竹箅盖着。桌子矮旧，漆皮斑驳，但馍白菜绿。我仔细一看，绿嫩的辣椒切成碎圈，配上蒜末，用油泼了，让人不由得想到它夹到馍馍里的醇烈。茄子去了紫皮，切成细段，撒上鲜红的辣椒圈，红白相映。细长的土豆丝舒展在旧瓷碟子里，一根一根均匀苗条，展示着主人的刀功和耐心。

饭是老奶奶做的，看来，依傍着劳作和土地，她尽量让全家过得不潦草，活得也不马虎。

黑瘦老成的樊军伟拿来女儿的医药费清单，用手指着几个数字说："十三天住院和手术花了三万多元，除去新农合报销、大病医疗保险，还有高新医院的爱心基金报销，我们只掏了八块五毛钱。"

看得出，樊军胜对这个数字的准确记忆，源于心里的愧疚和感激。瘦弱的肩给不了女儿更好的生活，倒插门的选择更少了对亲人的照顾，他能做到的，就是隔时间回来看看，果熟时节帮父母摘苹果。这次女儿在省城做心脏手术，他全程陪同。出院后，马上给县计卫局制了一张锦旗："健康扶贫、造福百姓。"

8月4日，他不顾骄阳炙烤，辗转几十里将锦旗直接送到县政府大院，一挂热烈的鞭炮，炸响了八块五毛钱的故事。

樊佳琦上学去了。家里一面

樊佳琦的爸爸和奶奶

墙上贴满了她的奖状。听到我夸女儿，樊军伟笑了，摆着手说："不行，成绩又下降了！"声音不高，却听得出恨铁不成钢的期望。

樊军伟不爱照相，却生了一个爱照相的女儿。樊佳琦做完心脏手术后，迷上了摄影。用奶奶的手机拍自己，拍奶奶，拍花拍草，聪明的她利用手机软件，给人像换上各种造型。奶奶的手机里，存着小姑娘各种自拍造型，有翘着兔子耳朵的，唇边长三根毛胡须的，有公主装、护士装造型的，竟然还给自己P了一张婚纱照。奶奶也有很多造型，印象最深的那张，老人身穿古装，头戴钗凤，俨然一个明清老皇后。

这些，都是樊佳琦在心脏手术恢复期制作的。

今年暑假，她第一次进省城大西安。奶奶先说是让她去城里逛逛，奶奶腿疼，说爷爷、爸爸会陪着她。这是破天荒的事。小姑娘兴奋之余，隐隐意识到不寻常。因为，县上来了两个陌生人来接她们。车上还有其他村的人，说是去医院。她扭身下了车，哭着说：奶奶骗人！

白水县计卫局扶贫股股长党宇涛对那一幕，至今记忆犹新。那天，他们雇了一辆顺风车，将几家符合大病医治条件的贫困户送到西安集中救治，樊佳琦就是其中的一位。小姑娘被奶奶劝上车后，开始一直在抽泣，不说话，车进了西安城就兴奋起来，睁大眼睛望着车窗外的高楼大厦、人潮车流，直到进了医院，看见医生，才回过神来。

两天后，听到手术成功的消息，党宇涛才放下心。樊佳琦患先天性心脏病的情况，是县卫计局在对贫困户逐一走访，进行疾病统计中知晓的。考虑到孩子的学业，他在暑假之前，就积极联系11类大病定点救治的西安高新医院，沟通好住院日期。又向樊佳琦家人详细解释了新农合报销、大病保险报销、医疗救助兜底、民政救助的四重保障，消除了一家人的顾虑。

樊佳琦家的门框上，贴着一张健康扶贫（医疗救助）政策宣传单，压在过年时贴着的"福"字上。"健康就是福嘛"，党宇涛快言快语地说，健康扶贫这些政策、报销流程，我们进村宣传，还印成日历年画，户户张贴。

我想，樊佳琦一家将这健康扶贫年画专门贴在门框上，天天进进出出，与之对视，大概心里踏实吧。

现在，樊佳琦胸口的伤疤一天一天地弥合。晚上睡觉，她忍不住用手摸那道疤，白天常常对着镜子照，噘着嘴巴嘟囔：难看死了！奶奶说：瓜娃，拾了一条命还弹嫌！等你长大了，疤也就长好了。

十岁的樊佳琦当然不会意识到，这道伤疤，修复了一颗残缺的心脏，更缝合了未来的伤痛。

樊佳琦家的院子很长，两孔矮小沧桑的窑洞缩在最里头。土色院墙、土色灶炉、土色的农具，一院子黄土的本色。厦房的屋檐下，挂着鲜红碧嫩的辣椒，这儿一串，那儿一辫，煞是好看，映红了土院，映红了心。

走时，樊佳琦奶奶穿过长长的院落，一直把我送到门口。门上刷了一身红色的薄漆，向着盛绿的田野敞开。老人边向外挪步，边告诉我，移民搬迁申请已经报上去了，那房得留给小儿子结婚，她还想住这，离苹果地近些。

"共产党再好，日子还得自己过。太阳再暖和，苹果树还得自己长，自己结果子哟。"

阳光照着老人深邃的川字纹，仿佛要晒透经年的幸福和忧愁。

站在村口，我发现，这条巷子并排有七八户人家，已经看不清颜色的木门，都落了锁，和泥皮脱落、胡基松动的土墙一起，默然成一幅老照片。房前屋后的老树，成了最忠实的守卫者，绿里生长，黄里守候。

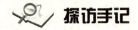 探访手记

健康与小康

幸福的家庭都是相似的，不幸的家庭各有各的不幸。而最大的不幸，莫过于与疾病狭路相逢了。

白水县侯家塬村的高月生就是不幸的。九年前，在私人煤矿打工时遭遇事故，当年只有三十八岁的他，成了坐轮椅、插导尿管的残疾人。

然而他又是幸运的，低保救助保证了他的生活。今年，他又有了自己的家庭签约医生，城关卫生院一个叫高亚军的小伙子，从此走进了他的家。换药、清理褥疮渗液、定期回访，专业护理让他一天比一天神清气爽。

在一个落雨的深秋,我跟着家庭签约医生随访高月生。走进一扇大红的铁门,只见院落井井有条,干干净净,一边盖着厦屋,一边是菜园子。高月生正在厦屋看电视,对医生的到来并没有感到惊讶。

厦屋正对着门的一面墙上,张贴着陕西省农村贫困人口医疗报销救助明白卡、白水县农村低保明白卡、扶贫政策宣传单、贫困户精准脱贫明白卡。这些明白卡,让高月生的轮椅生活过得明明白白。

我在众多的明白卡中间,看到了家庭医生温馨提示牌,天空蓝的底色上,醒目写着家庭医生高亚军的姓名、联系电话。牌子底部还有一行字:"如有不适,请与我联系,我们随叫随到。"

两个月前,高月生就切身感受到随叫随到的便利。一天清晨,他的导尿管陷在体内拔不出来,当时天还没亮,但他憋得慌,拨通了家庭医生的电话。尽管离县城有三十多里路,高亚军很快赶来了,随他来的,是一辆救护车,还有县医院擅长泌尿治疗的外科医生。两人查看病情后,当即就在救护车上进行了导尿管置换术。

眼前高月生贴在墙上的这张蓝卡,正是白水县健康扶贫一人一卡,一人一档管理的标识。红黄蓝绿四种颜色,分别代表大病、重病、慢性病、常见病。白水县贫困户6 536户,22 223人,因病致贫户就有2 359户,8 215人,占到1/3。健康扶贫担负着最得实惠、最赢口碑的脱贫重任。

白水县在合疗报销、大病保险、医疗救助、政府专项救助基金四重保障的同时,以党建为引领,开展千名医生包联因病致贫户,在全县组建108个党员先锋战地医疗队,队长由党员担任,实行一名内科医生、一名护士、一名健康扶贫政策宣传员的标配,红黄卡患者由县级战地医疗队救助;蓝绿卡患者由镇卫生院全科医生团队进行健康管理,村卫生室负责人担任团队通讯员,形成县、镇、村三级医疗救助网络,对全县贫困户患者包联全覆盖。

家庭医生高亚军服务到家

编织这张全民健康的绿色之网,功夫在平时。白水县不仅用这张网兜底,更做到了预防,体检、健康义诊、爱国卫生运动、居室环境整治,统统被"网"了进去。变单一的事后帮扶到事前预防、全过程帮助。让健康生活方式和生活习惯深入人心,普惠的阳光洒满村庄。

　　以疾病为中心向以健康为中心转变、由"扶贫"向"防贫"转变,这是白水县的探索,更是健康扶贫的必由之路。

　　"没有全民健康,就没有全面小康"。

　　健康扶贫,最得人心。

　　康健中国,最富活力。

(探访时间:2017年10月23日)

下部

陕南之南
秦巴山里的深情与厚谊

第六站　佛坪溯源

有一种境界，叫佛境。
有一种力量，叫普度。

一、佛坪有佛

云横秦岭，水映草木，涵养着属于大山的自然秘境。

一座深藏秦岭腹地，汲取了天地精华的山城，因为国宝大熊猫的眷顾和栖息，名扬天下，一股脑儿把它的绿、它的净、它的厚重、它的安宁完全亮了出来。

"佛坪"这两个字，从此在中国版图上熠熠生辉。这个陕西汉中的东门神，神秘而厚朴。秦汉时期，风尘仆仆、羽书飞驰的傥骆古道、子午古道，从这里漫境而过。民国十五年，因匪事猖獗，山城的行政权力中心从厚畛子迁至秦岭南坡的袁家庄，留下了老县城的故事，更开辟了一方安宁祥和、天人合一的生活净土。

所以，佛坪有一句底气十足的宣传

佛坪县城的熊猫雕塑

语：古道明珠,静美佛坪。

佛坪除了青山、绿水、珍稀动物、农村民俗"四宝"以外,还有佛。

佛坪有佛。不仅仅指佛光寺、仙果寺等朝圣之地,更因为佛坪人的通达谦和,北方秦梁文化的质朴阳刚,南方楚蜀文化的灵秀温柔,在山城人身上兼容并济。

然而,这3.5万通达谦和的人群中,有1300多户人家,一度困于没有工业、交通不便的山地里,生活贫困,手头拮据。

与此同时,还有一小部分人,突破山城思维,铺开摊子大胆干,探索着,前进着,走出了各自的致富之路。

佛坪有佛,不仅是参悟和向善,更有引领和普度。能人示范、产业引领,给了群众寄托和希望。撸起袖子加油干,你帮我扶树风范。山城像当年发现大熊猫一样,又一鸣惊人,在全省第一个摘掉了贫困的帽子。阳光普照下的脱贫故事,像一块磁铁打造的叹号,散发着强大磁场。

4月8日下午,我们一行五人驱车出发,向佛地而去。

不到两小时,一座翘檐雕画的高大牌坊远远耸立,仔细一瞧,牌楼正中匾

佛境牌楼

三教殿牌楼

额题写着两个金色的行楷大字：佛境，标志着我们即将进入佛坪县境。一行人肃然起敬，整整衣冠，下车留影。

我绕到牌楼的另一面，发现大作家叶广芩的匾额题字：三教殿，与佛境两字相背呼应。看来，无论是来，还是去，佛坪，都横亘着禅意。

过了牌楼，路边不时有标语映入眼帘："奋力冲刺实现整县脱贫，巩固提升迈入小康社会。"标语背景图是苍茫的秦岭山水、抱着竹子的大熊猫。山城的清新和纯净，蓬勃与激昂，随着空气里温润的风，迎面扑来。

远远看到即将通行的西成高速铁路，在秦岭之腹给南来北往的旅客留了一个憩息地，站台造型像一架飞机，又像张开翅膀的鸟儿，正中央标注醒目的红色大字：佛坪站。

临行前，在佛坪官网上看到发展战略：生态立县，林药兴县，旅游强县。仔细想想，无论是生态、林药，还是旅游，无不围绕着因地致富的思路，让一方水土养一方人，让绿水青山真正成为金山银山。

我想，在生态保护、农业增收、全民旅游统统遇上互联网+的时代，传统的靠山吃山，靠水吃水，一定有着新的内涵和模式。

二、鸡鸣长坝

教场坝村四组村民钱占钭的家，坐落在路边的半坡上，几间土木结构的房子面山靠坡，门前开满了油菜花，不远处还有一行行护着中药的白色大棚。我们下坡，沿着湿滑的小路拐了一道弯，就看到一位老人从窄长的小院蹒跚走来，腿弯成了O型，迈步时，一脚高一脚低。

"鸡苗送来了？"他问走在前面的肖世春。

"今天下雨，太滑，路干了，就送。"

钱占钭穿着老式的蓝色中山装，下身是一条分不清颜色的牛仔裤，一条裤有些空，里面仿佛撑着一根细棍。一问才知道，老人家已经七十岁了，因车祸落下腿部残疾，唯一的儿子患肾病，在河南灵宝金矿边打工，边治病。儿媳带小孙女，出不了门。

他家门口，张贴着一张汉中市精准扶贫"连心连亲"结对帮扶卡，上面显

教场坝养鸡户钱占钭

示：一家四口人，收入来源有产业扶持、一人务工工资、低保、残疾补助。

2016年，土鸡养殖合作社理事长肖世春上门给老人"支招"，动员出不了家门的他"坐家"养鸡。鸡苗、鸡饲料送上门，鸡病有人医，售鸡有人管，所有这些先不收钱，等年底在收成里面扣除就行，等于是"白手起家"。

老人抱着试试看的态度，分两次领了一百只鸡。每天喂鸡，收鸡蛋，听着鸡咯咯叫的声音，忙碌而快乐。儿子一家移民搬走后，鸡们让他独居的日子也有了生机。最让他高兴的是，最后一算账，鸡们给他增收两千多元。现在，老人特意留下的几只鸡天天都给他供蛋，吃不完每月还能卖几十块钱。

今年，他早早地告诉肖世春，最少给他送一百只。他把卧室隔壁的一间房腾出来，生上火炉，专门养鸡。他告诉我，鸡苗送来先在这里养，等大点儿了，他就移到外面的那间柴房，里面大，鸡们能跑开，能晒太阳，还避雨。

看来，除了"人造温室"外，他还懂得散养的重要。

"这都是他教的。"钱占钭靠在油漆斑驳的门框上，粗糙枯皱的手指向肖世春。

"谁让他的合作社叫'德信'呢，这不刚好名副其实了嘛！"旁边有人笑着说。

肖世春的土鸡养殖专业合作社叫德信，2014年注册商标的时候，加了两字，成为"绿源德信"，足见其创产品、树德信、赢市场的气魄。

肖世春不善言谈，赶往养鸡示范园的路上，他给我们介绍的不是他的合作社、养鸡示范园，而是沿途的古树、瀑布、屋舍的主人。

尤其对这些屋舍的主人，谁家几口人，经济如何，他如数家珍。我心里暗自诧异，往后听才知道，2016年政府精准扶贫动员会召开后，他走访了全县100多户贫困户，宣讲动员，确定了86户有养鸡意愿的人家，逐户指导鸡舍选址和搭建，并将低于市场价的脱温鸡苗赊账给贫困户送上门,仅这一项垫资10.8万元。

我开玩笑问他:肖总产业这么大,为啥不买辆名牌小轿车,开个七座宝骏,不相称嘛!

这车好呀,空间大,送鸡苗、送饲料都方便。

那你耗上汽油,赔上时间,再垫付鸡苗钱,这不是倒贴的生意吗?

脸庞黑黑的肖世春呵呵一笑,依然不紧不慢操着陕南腔说:

"咱是合作社负责人,得负责到底。为自己也好,为别人也好,有价值,就可以啰。"

不到20分钟,远远看到佛坪县绿源德信散养乌鸡养殖基地的牌子,一路寂静的耳朵,开始传来咕咕咕的混杂音。四处一看,路边的樱桃林、荒地里、前山后山上,全跑着乌鸡。那树树草草都成了琴弦,任群鸡在群山众沟里合奏共鸣。公鸡领唱,母鸡短吟,刚刚下了蛋的,则亮起了女高音,咯咯嗒、咯咯嗒,歌词和旋律明快高亢,大有母鸡一唱天下富的气派。

一树树花开,一丛丛草绿,一眼眼山泉,滋养着这一群一群乌鸡,它们在沟沟壑壑间啄食,或散步溜达,或追逐嬉戏,不时呼朋唤友。风儿拂过,空气中飘来山茱萸的花香,并没有我想象中的鸡粪味。看着这些吃虫子喝山泉的鸡,想起著名作家叶广芩在《老县城》书中所写的一句话:

自由的鸡,下着幸福的蛋。

利用林地资源,使荒山变银行的梦想,肖世春十年前就想到了。利用林地资源散养乌鸡,以牧促林,以林护牧的生态养殖模式,将会产生经济、社会和生态效益,可以一举三得。现在,他的梦想已经结出了果实:基地培育出了适合本地的乌鸡品种,带动1 100户发展乌鸡十万只,户均增收三千多元,养千只以上户均增收12 000元。

当然,所有的探索都不是一帆风顺的,肖世春的合作社也走过弯路。2014年

肖世春喜获"先进专业合作社"奖励

11月，一些养殖户特别是其中的贫困户卖鸡心切，对客户的需求规格没有搞清楚，合作社也没有仔细沟通。当鸡运送到远在重庆的客户那儿才得知，大部分鸡不符合协议要求。合作社多方协商，客户仍不予收购，整车的鸡被拒之门外。无奈之下，又将鸡全部运回。人和鸡都受折腾不说，往返一天两夜，仅运费和损耗即达8 600元。

满载希望而去，携着失望而归。回来后，社员们连夜开会。有人灰心，有人抱怨，有人不出声，只是一根接一根地抽烟，被拒之门外的场景，还刺激着在场的每一个人。合作社会议室一时烟雾笼罩。

面对挫折，肖世春没有推卸责任，他勇敢地站起来，承认管理上存在漏洞，并当场向社员们保证：由合作社将这些长途出行却被"打回宫"的鸡全部收养，一直饲养到符合规格，再次运往重庆销售。两个多月后，他如约把钱发放给社员，用德信赢得了信任，擦亮了合作社的金牌。

吃一堑长一智，这次教训，促使肖社春开辟了新的合作模式：以培育专业大户带动周边小户，实行四统一，统一品种、统一技术、统一规模、统一销售。在给贫困户服务时，他亲自上门摸底子，传技术，亲自动手给鸡打疫苗。离养殖基地六十公里外的陈家坝三廊沟村的覃培香感受最深。鸡生病、鸡场围网破损、鸡饲料用完了，只要一个电话，合作社负责人都会赶过去，义务帮她解难，现在，养过五百只鸡的她不仅成了养鸡能手，还摘掉了穷帽子。

和覃培香一样的，还有龙草坪村的王石头、曹刚成、李茂惠……

2017年3月，肖世春被佛坪县授予优秀科技示范户称号，他的绿源德信土鸡养殖合作社被长角坝镇评为脱贫攻坚帮扶工作先进专业合作社。见肖世春一直将装着奖金的红色信封装在身上，我特意问了一下奖金，只有一千元，还不够他的油钱和垫资利息，但他一脸欣慰和满足：咱对得起"德信"两个字，对得起跟着咱干的村民！

我注意到肖世春办公室墙上贴着一句话：建一处基地，育一批名牌，富一方百姓。显然，这不仅是创业宗旨，更成了他的座右铭。所有的探索，所有的努力，还有所有的挫折，都是为了圆一个共同富裕的小康梦。

我们将要离开时，同行的书画家颜欣荣先生突然来了创作灵感，他饱蘸浓墨，给肖世春创办的技术合作社、土鸡示范园分别题写了两幅匾额，一幅是"绿源德信"，另一幅颇有诗意："凤舞佛境"。

两幅匾额上的行书雄健丰秀，知白守黑，分别铺展在肖世春的办公桌两头。远远看去，像极了两只张开的翅膀。

三、菇香天下

车行驶在漫漫山路上，过了一道弯又一道弯。一棵棵石楠树随着山路蜿蜒，顶着一头鲜红的叶子，像一面面小旗帜。

二十五岁的王圆圆驾驶技术娴熟，拐弯的时候，并没有明显的减速，方向盘轻轻一摆，就吻合了路的曲线，角度掌握得非常精准，不多一分也不少一寸。他要将我带到自己土生土长的地方——陈家坝镇，现在，他和乡亲们种植的袋料香菇正在那里蓬勃生长。

两年前，王圆圆从杨凌职业技术学院畜牧兽医专业毕业后，没有在外找工作，而是选择回乡，创办了秦山源现代农业开发有限公司，注册"秦农珍品"商标，当起了"香菇哥"。用当下时髦的称呼，叫创客。然而，由于父亲是远近闻名的香菇种植土专家，他就有点子承父业的意思，称为创业，更为恰当。

我想，在大众创业、万众创新的时代，王圆圆的选择无疑是和拍的。

果然，两年里，这位九〇后小伙子迅速成长，接待过汉中市委副书记，参加过创业大赛、领到了佛坪县好青年的荣誉牌。更令人折服的是，2016年，带动群众增收1 140万元，为90位乡亲提供就业岗位……用陈家坝镇人的话说：王家烧了高香，儿子更比老子强。

车到了陈家坝镇，王圆圆没有停，直接开到孔家湾村那个叫大坪组的地方，这里便是香菇种、产、存、销基地。下了车，顿觉天高地阔，山耸云闲。放眼

九〇后王圆圆和父亲的食用菌产业园

远望，绿树四合，一栋栋白墙红瓦的移民楼依山傍绿。近处，黑色的香菇棚仿若大地开出的黑色花朵。也许在村民眼中，更像是绿海中的诺亚方舟吧。

记得新华社记者三月份曾慕名来航拍，我看到过那张照片，从空中鸟瞰的视角，更彰显了两百多个钢管大棚的规模和气势。

王圆圆领着我们参观园区，在这些黑色的房子里，一个个面包般的料棒均匀地排列在一人多高的木架上，身上已经冒出肉乎乎、圆嘟嘟的小伞。它们以纯净的品质和95%的出菌率，撑起一把把致富伞。

站在园区外的大路上，依稀还能看到远处乱石遍地，杂草丛生的河滩。从路边树立的介绍牌中得知，一年前，产业示范园就是在这样的地面上开建的。不难感知，当时的策划者、建设者心中一定燃烧着一团火。各方助力、众人拾柴，这把火，成就了河滩变园区的传奇。

传奇，其实是历经一次次考验的结晶。创业之初，王圆圆一个人四处考察，学习外地种植经验及销售模式。回来后，就计划筹建一个食用菌产业园，改变单打独斗的传统模式，抱团运作，做大做强。

面对儿子的雄心壮志，父亲王继东担忧投资太大，市场不稳定，他不同意。

"你年纪小，不知道这里头水有多深，人算不如天算。"

王圆圆却认准这条公司+合作社+产业+贫困户的经营模式。托朋友向陈家坝镇政府领导谈起，得到了认可，更让他欣慰的是，政府雪中送炭，复垦出一百四十二亩土地，流转给合作社建设食用菌产业园。

现在，走进陈家坝食用菌产业示范园，大门边挂着四块标牌：

佛坪县秦山源现代农业开发公司

佛坪县继东食用菌专业合作社

佛坪县陈家坝镇袋料香菇栽培专业技术协会

中共佛坪县陈家坝镇袋料香菇栽培专业技术协会委员会

王圆圆建立的精准扶贫档案

四块牌子,全家总动员。父亲负责技术协会、合作社,儿子负责公司和产业园运营,母亲负责后勤管理,在镇政府办公室工作的女儿王珊珊,被派驻到合作社,负责协会的党支部建设。

王圆圆建立的精准扶贫档案,与王珊珊的两学一做的党建档案,整齐摆放在会议室里。

在产业发展道路上,父亲觉得儿子冒失,儿子觉得父亲保守。父子俩争得面红耳赤,是常有的事。但每每争执后,都会在一天内和好,"两人谁也离不开谁,我出思想和文案,老爸有技术、有经验,有土专家的人脉,负责实践。"王圆圆说。

现在,通过两年的合作,香菇品牌越打越响,带动了乡亲种植、就业,脱贫致富,父子俩成为你看路,我拉车的黄金搭档。看着在生产现场指导工人,忙前忙后的王继东,我上前笑问:

"对儿子满意吗?"

不善言谈的父亲连连点头,满意!满意!

这位曾被中国科协、财政部评为"全国科普惠农兴村"带头人的父亲,如今成了儿子的粉丝,儿子给了他底气和希望。

宽阔的蒲河从陈家坝镇孔家湾村穿过,河床里静默着数不清的石头。它们目睹了这个"香菇世家"的挫折和精彩,熟知他们扶贫开发道路上的每一道坎,每一步跨越。

京东打造的秦山源电子商务服务站,紧邻产业园办公区。蓝门白墙,辉映着头顶上的蓝天白云。走进去,面积大小适中,疏朗有致,摆放有序。墙上张贴着电商服务项目、规章制度、代售代销流程。做什么,怎么做,一目了然。两侧展柜上,除了王圆圆的香菇产品外,还有乌鸡蛋、魔芋糕、土蜂蜜等。红红绿绿,养眼又馋人。

"这是中央网信办和县政府的功劳,

王圆圆和父亲王继东

帮助我们牵线,与京东合作,利用互联网+,突破了农产品进城难的瓶颈,村民致富多了一根拐杖。"王圆圆说。

对于和电商合作的前景,他并不满足于买卖农产品,更把它看成农业开发的催化剂:电商平台多了一道吆喝,但还是要品牌化、规模化,这样,才能网货化,实现贫困户持续脱贫。

目光落到墙上,看到一句话:"找回土地和汗水应有的价值。"这,无疑是农村电商的使命,也是王圆圆父子的心愿。

在香菇园区,两对同时务工的夫妇引起了我的注意。

陈家坝镇的何佑军夫妇,承包了香菇大棚。2016年,他们一家在食用菌产业示范园种植香菇2.4万袋,年收入6万多元。夫妇俩不出家门,不用劳燕分飞四处打工,管了孩子还致了富,心里乐呵呵,每天都有使不完的劲儿。夫妻两人在大棚劳作的照片,半月前还登上了新华网。

孔家湾的马发琴夫妇,一提起王圆圆,赞不绝口:"小伙子有本事,人也好,让我们在园区务工、种香菇,在家门口就挣两份钱。"仔细一问才知道,她丈夫和两儿子早年遭遇事故落下残疾,马发琴既要养家,又脱不开身外出打工,死守穷日子。一年前,王圆圆主动上门,聘她来园区当炊事员,聘她丈夫焦荣俊做保洁和仓库管理,两人每月仅固定收入就有3 300元,苦日子一下"嚼出了甜味"。

马发琴看到园区种植袋料香菇有技术指导,还包销售,可以旱涝保收,干脆也跟上这股"香风",种植起袋料香菇,加入"菇农"队伍。

他们,是脱贫路上的幸运儿,更是依托产业脱贫的代表。

类似这样的故事,示范园区还有很多。

产业带动乡亲致富,还要以人为本。香菇是劳动密集型企业,工人大都是妇女,家有孩子,工作有拖累,"顾家与务工"两难全,导致人员流动过快。

京东在产业园设置的电子商务服务站

这本是司空见惯的现象，王圆圆却琢磨着，如何从源头寻找破解之道。经过深思熟虑，想出了一个"双全法"。

他指着远处一排白色的楼房对我说：那儿建了一所学校，我已经联系了，让工人的孩子就近入学，上学、放学由园区专人接送，工厂再腾出一间房子作为孩子们的教室，回来安心写作业，条件允许的话，招聘一个老师进行教学辅导，彻底解除工人的后顾之忧。

顺着他所指的方向，我看到学校和那一排移民区，正位于当地人所称的"小牛背梁"山峰下面，心里忽然冒出一句话："骑牛送福"！暗暗佩服这个尚未成家的九〇后，小小年纪就带动本镇发展袋料香菇120万袋，其中50户贫困户种植了30万袋，总收入300万元。更难能可贵的是：设身处地为村民和贫困家庭着想。

眼下，搭乘西成高速铁路佛坪站的东风，佛坪全域旅游的热潮即将辐射到陈家坝镇，王圆圆正在忙着为园区规划香菇采摘体验区、生态观光区、农家乐品尝区，打造特色香菇宴……

一个菇香天下的故事，还在续写。我想，用不了多久，陈家坝镇会有一个活色生香的别名：香菇小镇。

香菇园的工人们

工人们在运送香菇棒

四、"魔王佛心"

在佛坪县，流传着这样一个传说：佛爷坪的佛与妖精潭的魔经常作战。有一天，佛爷砍了妖魔的头，魔头滚落到地上，忽然不动了，地里长出了一种圆圆的像脑袋的植物，这就是魔芋。

这个魔和佛的故事，是佛坪县魔芋协会会长、有"魔王"之称的翟玉军讲给我的。我想，落地成佛，一定是因为热爱脚下的水土，也只有这样的水土，才有了魔的涅槃，才有了苍生的安生。

翟玉军中等个，胖瘦适中，看上去憨厚谦和，谈起魔芋，却让我们刮目相看，满嘴的专业技术词汇，什么草酸钙、生物碱，什么外植体、组织块……听得我们感觉是与生物专家对话。

在袁家庄镇塘湾村，我们走进翟玉军创办的公司——佛坪县康之源农业科技有限公司，我的目光停留在"康之源"三个字上，暗自赞叹：健康之源，小康之源，妙哉！

翟玉军的办公桌上，整齐地摞着与贫困户签订的种植魔芋帮扶合同书、帮扶一览表，以及全县魔芋种植情况汇总资料。我翻看着这些由翟玉军亲笔记录的数字，感受着他的精准、精细、精心。

墙上，挂着两排闪闪发光的奖牌。其中，陕西省扶贫示范合作社、陕西省农民专业合作社杰出人物的荣誉，足以说明这个领头羊的功劳。

"全才教授"翟玉军

翟玉军的"私家实验室"

没啥大功劳,当初建立合作社,就是"做给大家看,领着大家转,带领大家干!干好了,乡亲们自然就跟上了",翟玉军轻描淡写地说。

从研发、种植,到加工、销售的整个闭环运作、一条龙服务,翟玉军一肩挑,工农商建,科研,均有涉猎,且自学成才。同行送他一个外号,"全才教授"。

直到参观了他的"私家实验室",我才真正知道"全才教授"四个字的含金量。一排排的标本架,静置着成百上千的试验瓶,像走进某所高校的科研室。温度明显比室外高,空气中似乎能闻到植物的气息。拇指肚大小的魔芋种子泡在"羊水"里,潜滋暗长。翟玉军疼爱地看着瓶子里的组培体,兴致勃勃地讲解它的生长原理。

这个组培试验室,牵动着许多人的心。湖北恩施州魔芋研究所杨朝住博士,曾来指导魔芋脱毒组织培养技术,市农业综合开发办公室、省扶贫办领导也多次来合作社视察、关心指导魔芋育种情况。

站在厂房的二楼看下去,门口右侧的大锅炉正在熊熊火焰中升温,魔芋里肉眼看不到的虫卵,即将在熔炉里消逝。院子停着一辆敞篷车,工人们两人一组,将一筐筐的魔芋种子装到车上,准备分送到农户家。雨丝随风飘进工棚,我不禁裹紧了衣服,工人却忙得热火朝天。他们中间,有要照顾孩子上学的留守妇女,有从西安返乡的快递员,有从外省回来的铁路工人……

翟玉军的妹夫就是返乡队伍中的一员。他穿一身迷彩服,看到我们后又是递烟又是倒茶,随后就回到工人中间继续干活去了。他原在中铁十六局疏通隧道,干了好多年,因家中有八十岁的老母亲,去年便回来了,跟着姐夫翟玉军干,虽说叫姐夫,其实,翟玉军还比他小一岁。

交谈中得知,他家里有门面房出租,媳妇也有收入,大女儿已经上班了,小日子过得不错。

家里不缺钱,为啥还要打工?

人不能闲着,要学点儿技术,再说,姐夫太忙了,得给他搭把手。

还出去吗?

不去了,在家门口干,心里踏实。

踏实,这个温暖的词落进心里,让我琢磨了好久。想想,不就是安身、安心、安生吧。而所有的"安",是这方山水给予的,是亲情、乡情给予的,我想,最重要的,是因为生态产业带来了希望。

佛坪县县委书记李芳在全县科技创新会上曾强调:破解佛坪农业基础不强、品牌不优、抵御自然灾害能力弱的问题,关键在农业科技创新。这也是推进精准扶贫、促进农民增收的重要抓手。

而翟玉军,就是让"科技之花"结出"产业之果",造福一方的实践者。

为了乡亲们致富,五年前翟玉军由食用菌开始向魔芋转型,他的理由很简单:菌类生长要求高,魔芋可以家家种,房前屋后,很容易扩大规模,形成产业,乡亲共同受益。然而,当种植面积发展到6 000多亩,带动2 000户农户、60户贫困户致富的时候,难题来了:魔芋种性退化,软腐病、白绢病"两病"频现,成了一道横在发展路上的坎。

好种子才是乡亲们的"定心丸"。善于学习和钻研的翟玉军翻阅大量书籍,对发病原因刨根问底,在杨凌请教农业专家后,花大力气改良种子。

有一段时间,他泡在试验室里钻研杂交、组培技术,进行脱毒组织培养,繁殖优良种芋,大胆推广魔芋组织培养快速繁殖技术。

眼下,翟玉军正在开展魔芋杂交育种、组培育种实验示范项目,培育出抗病性强、产量高的魔芋品种,根除魔芋发病源头,降低种植户的风险。

对这个项目,翟玉军心中有一本账,每年提供给农户40万斤良种,可带动150户发展魔芋800亩,每亩可产生4 400元产值。到时候,一亩魔芋十亩粮,十亩魔芋住洋房,就不再是写在纸上、说在嘴上的目标。

"农业来不得半点虚、半点懒,土地不哄人。"

翟玉军心中有衡量自己是否尽责的两杆秤:产品与同类的差异化、农民利益的最大化。

2016年3月,翟玉军怀揣"两化"目标,随团去台湾参观农业,听说今年又要去德国学习。有多少次走出去,就有多少次引进来。用不了几年,山还是那座山,人一定不是那个人了。穷人和富人的差距,不再是贫困和富裕,而是眼界、思维和创新。

去翟玉军的家,要拐上主干道旁的一个坡道。从树立的"路志铭"中看到，这条坡路叫黄狮公路，是汉中公路局在"万名干部下基层送温暖"活动中援建的。翟玉军每天回家，都得加大油门，在"温暖"中铆足劲儿上坡；每天出门，坡道下三只眺望远方的大熊猫雕塑，默默地迎接他。生来注定，他所有的攀登、所有的历练，都离不开山水，都是为了家园。

中午，翟玉军的妻子范明侠亲自下厨，做了一桌丰盛的家宴。用料全是自产的新鲜食材。我想，她最拿手的，无疑是那盘凉拌魔芋了。红的萝卜丝、绿的辣椒圈，簇拥着刀功均匀的魔芋条，在白瓷盘里散发着诱人的光泽。

夹起一根，脆滑、筋道、爽口，酸和辣恰到好处，颠覆了我对魔芋黏腻寡味的印象。一桌人赞不绝口。

翟玉军呵呵笑着，忙着介绍每道菜的食材。他没时间下厨，却深知每道菜的来头。从实验室到土地，从种子到果实，从食材到餐桌，一路走来，沐浴着政策的阳光和专业指导的雨露，翟玉军把自己也炼成了专家。

现在，这个掌握了魔芋基因密码的专家，不让人称呼自己专家、教授、总经理，他常常这样介绍自己：魔芋育种栽培研究项目法定代表人、技术负责人，高级职业农民。

农业和民生，是他的人生价值，奋斗动力。正如他在吃饭时说的那句话：不让乡亲怨，要让乡亲赞。

窗外，是绵延的秦岭，山风呼呼地刮着，树枝却并不摇摆。忽然想起，翟玉军办公室的电脑桌面上，挺拔着一棵蒲公英，毛茸茸的白球球向天高挚，积蓄着奔跑的力量。

春风吹过，它将把种子带向四面八方。

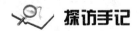

青山妩媚

很巧，佛坪采访回来整理资料的时候，发现遇见的这三个产业致富带头人都有一个共同的指向：源。无论是香菇的秦山源、魔芋的康之源，还是养鸡产业的绿之源，都是食品安全之源、脱贫致富之源，都是这方山水的馈赠。

有人眼里,这方山水是穷山恶水,有人眼里,它是青山秀水。

无疑,我看青山多妩媚的人,得到了大自然的馈赠。

记得在佛坪的第二天清晨,我出了宾馆,在香樟树下溜达。看见一辆标有"西岔河——佛坪"字样的公交车停在车站门口,下来一位卖菜的老大娘,拎起小板凳,挎上两篮子翠绿逼眼的新鲜蔬菜,吃力地往前走。我跟着,看她拐了一道弯,在街头一根电线杆下安营扎寨,摆开一地露珠盈盈的碧绿。

趁没有顾客,我和她攀谈起来,得知菜是她自己种的。

跑这么远卖菜,咋不申请贫困补助呢!

我家不符合政策。

你不遗憾吗?

无所谓,有没有补助,都要靠劳动吃饭。

老大娘一边说,一边熟练地将掉韭菜根上的泥巴。

我心里一热,恨不得全买下她的菜,带回西安。

在佛坪的几天,所到之处,山城人都在热议一件事:在县城设站的西成高速铁路即将通车。秦岭涵养的这颗翡翠,将闪亮登场,融入大西安、大成都经济圈。生活会有多大改变,冲击和商机有多浓烈,都是未知。

但是,可以肯定,这条高铁,畅通了绿水青山变金山银山的幸福路,帮山城人找回了土地与汗水应有的价值。这座城市的后花园,将精彩演绎属于山城的快与慢,闹与静。我想,只要摒弃该摒弃的,坚守该坚守的,"瑞士小镇""静美佛坪"的美誉,将不再是广告词。

这次探访,之所以叫溯源之行,不仅是生态溯源、农业溯源,更是脱贫致富和文化之魂的溯源。

我想从中试图追寻的,就是政府的引领力和合作社的执行力,这个山城人与大自然互动的能力、与互联网时代关联融合的能力、以及,一步一个脚印,靠近梦想的历程。

(探访时间:2017年4月8日)

第七站　岚皋烛光

蜡炬，是山的姿势。
燃烧，是水的温度。

一、蜡烛山下

岚，山中之雾气；皋，水边之高地。

袅袅雾气和巍巍高地相遇的地方，一定是山。

岚皋县的地盘上，就有这样一座奇特的山，主峰突起直指天空，远看，浑圆雄昂，近看，奇秀慑人。因形酷似蜡烛，取名蜡烛山。

大概是一种巧合吧，从西安向南，驶入这个与重庆交界的巴山腹地，我第一眼看到的景物，就是蜡烛山。而随后在岚皋采访中，所有的遇见，所有的感悟，竟然让我时时想到这座山，想到照亮别人，奉献自己，蜡炬成灰泪始干的精神。

短短两三天里，大量的人和事冲击着我，尽管所有的遇见都是有限的，很多的人刚刚认识又匆匆告别，但是，我可以确信，他们，是蜡烛山的烛尖，是燃烧的烛芯，是温暖的火种。

岚皋风景美，巴山故事多。巴山里的人，无疑是故事的主角。

二、四季诗女

我在心里称她"四季诗女",是因为在四季河的蒙蒙烟雨里,她极合情境地脱口吟出一首诗,让我刮目相看。

在四季镇杨家院子短短的接触中,我不得不承认,她的诗词修养,人文素质,在大城市都是拔尖的。

于是跟随着她,享受乡村旅游脱贫示范点的"独家"介绍。

她叫李岚秦,西安财经学院行政管理专业毕业,现在是四季镇办公室的干事,即将在这个叫四季镇的地方,工作第四个季节。

小李穿一件年轻女孩子青睐的粉色风衣,披肩发,清秀文静,落落大方。她面对省城来的文化人侃侃而谈,并没有我想象的忐忑,她的底气,来自一肚子的诗词,还有对旅游建设的参与、对农家乐合作社农户的了解。她告诉我,自己的毕业论文就是以家乡岚皋为例,论陕南文化旅游产业的现状。

"你以家乡为研究对象,不担心留不到城市吗?"我问。

"本来已经签约成都一家企业,还有一次录取宝鸡市国税局的机会,但是,我都放弃了"。

为什么?

话一出口,我就意识到,她可能回答过无数次这个问题了,忽然觉得自己也很庸俗。

小李沉默了一下,轻轻地说:"啥都抵不过我喜欢这里。"她的眼睛看着远方,若有所思。也许,战胜了当初选择困难,现在的坚守,反倒有了一种"放下"的庆幸。古人发明"舍得"一词,不就是一种决断的情怀和智慧吗?年轻的小李,在人生启航之时,就知道自己的方向。

站在四季河的索桥上,看着两岸相

杨家院子的杨继业塑像

偎相依的麻柳群、巴人风情的农家院、玫瑰谷挂珠带露的花瓣,想着方才谢承海镇长描绘的美好蓝图,我想,身旁这个姑娘的选择是对的,自给自足的食物,四面八方的游客,朴实的乡亲,蓬勃的产业,无疑是她成长的天地。

雨丝渐密,一把把花花绿绿的伞,像一朵朵移动的蘑菇,绽开在杨家院子的角角落落。远处,云和山悄然隐身,把风光留给四合院的建筑。我跟着大家,走到一家宽敞的四合院,这里支着一张大桌子,备着本子和笔,小李引导作家们在上面留言。

我一眼看到屋檐下的墙上,挂着一件蓑衣和斗篷,不由得想上前去摸摸。小李微微一笑说,这是一幅画,3D手绘蓑衣,是这家四合院的镇院之宝。我仔细欣赏着栩栩如生的蓑衣画,听雨水轻盈地敲着头顶的花伞,心思就有些飘。

作家正在纪念簿上留言

这时,耳边响起小李的声音:"竹杖芒鞋轻胜马,谁怕?一蓑烟雨任平生……归去,也有风雨也有晴。"是不是跟今天的情境很吻合呢?我点点头,心里暗自为她点赞。这原本是苏轼参悟人生、表达超然之境的诗,却让她灵活运用了。不禁想,来赏景的人,无论晴雨,都有景色可赏,而小李心中的风景,是什么呢?看着她恬淡的笑容,我想,答案一定也是苏轼的诗:心安之处是吾乡。

接下来的行程中,我紧紧跟着小李,听她讲自己走街访户、和群众打交道的感受,讲镇上全国三八红旗手王三翠的故事。每走一处,她都能叫出户主的姓名,说出家庭情况,"这些都是农家乐合作社的社员,我刚好负责这方面的工作"。无疑,这份熟悉,是用脚、用心走出来的。所谓脚踏实地,其实,是心有所属。

我忽然意识到,真正的理想,也许不需要背井离乡,而是落地生根。

我们在四季镇电商服务中心门前告别,小李又将回到她的乡村旅游事业中去。短短两小时的接触,她让我领略了九〇后的风采,纠正了我对九〇后满世界放任青春的偏见。上车前,我扫了小李的微信,让她住在我的朋友圈里,我要时时关注她,关注她的家乡——我曾来过的四季镇。

其实,无论我关注与否,四季镇都进行着它的春夏秋冬,四季河的水都在哗哗流淌,从过去到未来,无畏光阴,无惧险阻,只管向前,且歌且行。

三、担当部长

走在南宫山镇宏大村的路上,我与岚皋县委宣传部副部长陈洪海边走边聊,一个个重要的信息和素材,不时从他嘴里进出,我急忙从包里掏出笔记本,边走边记,生怕漏掉。

抬头瞥见桥头护栏前站着两个人,其中一个看着我,但是,当目光和我相遇后,又很快地快闪开了。我没有在意,走了几百米后,身后突然响起一个声音:"你是记者吧,我要反映问题。"

说话间,一个小伙子横在了我的身前,我恍然明白他刚才躲闪的目光,又一路跟随我的意图。也许,他在犹豫之后,还是鼓足了勇气吧。另一个穿黄色夹克衫的小伙子,推着摩托车站在身边,给他"撑腰"。

陈部长停下脚步,稳稳地站在小伙子面前。

有啥问题,你大胆说。

原来,这位小伙子的二哥腿部残疾,无法劳作,也娶不到媳妇,前几年一直是贫困户,但是,这次重新洗牌时,要跟父母并户,合在一起,全家的年收入超过了扶贫底线,因此被剔除贫困户名单。在小伙子的眼里,村主任的亲戚跟他家的情况差不多,却依然评上了贫困户。

"去反映问题,村主任威胁我,说再告就没好果子吃!我的人身安全都没保障了!"

小伙子声音不高,但语气狠狠地。

"你先别急,慢慢说,我得先了解详细情况。不排除有些村干部工作方法简单,解释不彻底。"陈部长回答。

"他就是威胁我,我有录音,不信你听。"

他说着,举起手机,就往陈部长耳边凑。

陈部长安抚小伙子,等他情绪平静一些,便详细询问他所反映的村主任姓名,小伙子本人的姓名、电话。我急忙递上手中的本子,他仔细记录后,"哧"地一声,从本子上撕下那页纸,朗声说:

"如果你父母和二哥并户后符合贫困户标准,谁也不能把他剔出去,如果不符合呢,找谁也没用。"

我插不上话,就在旁边听着两人对话。

陈部长的神情坦然坚定,并没有推诿,或者因我这个省城来的作家在场,对问题藏着掖着,三言两语把投诉群众打发走。

我还以为他会怕"亮丑",背过我,对上访群众"使眼色",或者告知反映问题者,自己这会儿很忙,这个镇上有扶贫工作组,你先到哪和哪,找谁和谁去。

事实上,他不但停下脚步,还现场办公,一时让我感到自己"皮袍下藏着的小来"。正愧疚间,陈部长又"哧"一声撕下一张纸递给小伙子:这是我的电话和工作单位,你反映的问题,我核实一下,尽快答复,有啥事尽管打我手机。

我注意到,尾随我们反映问题的这个小伙子,二十来岁,穿黑夹克,牛仔裤,理着小平头,干净利索,不像胡搅蛮缠的人,但是,眉眼里填满了愤慨。

陈部长不失时机地说:

你年富力强,就多为家里担当一些,至于政府该担当的,一定不会少!

小伙子点点头,又甩出一句话:我承认国家的政策好,就怕不公平。

有标准、有红线、有严格的程序,公平不公平,还不是由你们说了才算!陈部长拍拍小伙子的肩膀:回去吧,啊,好好干活,村主任那边,我们会去走访调查,很快答复你。小伙子犹豫了一下,跳上伙伴的摩托车后座,临走时丢下一句话:我相信你一回!

陈部长顺着小伙子的背影,看向远处的村子,若有所思。我循着他的目光,也看向远处的农舍。我们心里都明白,让贫困户脱贫,一个都不能少,但是,也不是人人有份,大包大揽。要让普惠政策的暖阳,实实在在地照耀到穷困的阴影和旮旯里,远不是照章办事那么简单。

在这里一耽搁,我们掉队了。走在前头的作家在催促,我急忙向前追。回头一看,陈部长又和另一位村民拉上了话,交谈还挺热烈,刚才撕下的两张纸随着他的手势不时晃动,仿佛扇着翅膀的白色蝴蝶。我看着他,想起大巴山汉子的特点,融北方的刚与江南的柔,不但性格如此,工作方法也如此。

我迅速在笔记本上记下了这样几个词:忠诚、干净、担当。

四、南宫君

在很多人的印象中,大巴山除了青山绿水,大概还有两个字:贫困。然而,在绿水青山就是金山银山的时代,没有人会抱着金碗讨饭吃。南宫山脚下的巴人部落,用美景加美酒的陶醉,民俗加文化的心醉,吊足了驴友的胃口,留住了游客的脚步。

幸运的是,省作家扶贫采风团岚皋县的行程就安排在此。

南宫山镇镇长郭国平,带领我们感受巴人部落的神秘。东道主兼讲解员的他,也是风景中的一景:一米八的个儿,声音洪亮,思维敏捷,知识渊博,说话底气很足,颇有学者"范儿"。毕业于安康师范的他,当过教师,又经过多年基层工作的历练,亲历了巴山部落设计和打造的整个过程,讲解便极富感召力。

采风的作家们围着篝火,一边听,一边感受巴人风情,急切探知着巴山腹地旅游致富的"发家史"。

巴人部落位于南宫山镇的宏大村,是陕西乡村旅游的成功典范,也是岚皋县旅游带动扶贫、

巴人部落一角

文化打响品牌的杰作。景区服务配套设施，直接带动了这个小村落农民的就业和养殖，所有农家乐的食材全部由周围贫困户直供，优先吸收贫困户就业。旅游兴则经济兴，现在，巴人部落所在的宏大村，已经是响当当的小康示范村。

郭镇长说"响当当"这三个字的时候，眼前的篝火"哧"地一声，闪出一束火花。作家的目光在那一瞬间都被吸引到篝火上。火却恢复了常态，不疾不徐地燃着，青烟丝丝袅袅漫上屋顶。抬头看屋檐，一串一串的腊肉，正在烟火和时光的蒸熏中，渗出细腻的油沫，像草叶上的露珠。屋外，旌旗猎猎，马蹄哒哒，呐喊阵阵，忽然就有一种不知今夕何年的恍惚。

如果说，巴人客栈敞开了巴人的热情豪爽，巴人歌舞，展现了古老部族对胜利的礼赞，巴人吊罐肉，醇香了生活和时光，那么，喝摔碗酒，便是巴人忠勇刚烈的象征。摔碗酒，不仅仅可喝，而且可摔，啪啪的碎裂声，是豪情满怀，是肝胆相照，是至爱至恨……那种酣畅淋漓的释放，谁不想试试呢。

借问酒家何处有，巴人部落摔碗酒。

对于这样的文化戏份，郭镇长有自己独到的见解："作为南北分界的巴山地区，一方面让自南边来的、同样深受巴文化影响的重庆游客感觉到诧异，并有认同感；另一方面，也让来自关中等地的北方游客有一种差异感。"

事实证明，正是这种认同感和差异感，让岚皋县接待游客人次年均增长45%左右。

作为旅游重镇，南宫山早就打出文化牌，唱好扶贫戏。

巴人部落吊罐肉　　　　　巴人部落神仙豆腐　　　　巴人部落摔碗酒

南宫山镇镇长郭国平正在给采风作家介绍景区

20世纪90年代，贾平凹就在南宫山住过两天。后来，作家陈忠实、画家刘文西、文化学者肖云儒都来过。当时，山上还没有开发，但这些名人都被巴山的青山绿水吸引而来。大概是受了这些启发吧，郭镇长坦言，自己现在最想做的是结合文化产业，打造南宫书院，再添一道文化风景。

郭镇长告诉我们，现在，山上有一座三间四层的房子，院子很大。目前，镇上正在打报告，想争取政府支持，把它作为艺术家采风、写生基地，吸引艺术家、文化学者进驻。对于运作模式，郭镇长早已考虑成熟：头三年免费经营，后面每年只象征性收取费用，主要为了让艺术家呼吸新鲜空气，贴近大自然，吃生态食品，在休养生息的同时，宣传岚皋，传播文化。

"栽下梧桐树，引来金凤凰"，名人效应、文化脱贫，无疑也是一种小康路径的探索。这种探索，也许就是天人合一的最好状态。

采风归来后，想收集一些资料，微信联系郭镇长，久不回音，仔细翻看，才发现微信名为"南宫君"的他，签名风趣怡人："此君上得少，回得慢，常静默，无反应就是地里活路忙。"

忙吧，有使命的人，哪能整天扒着微信看。

南宫山上，非君即仙，南宫山下，非富即贵。我想，这是南宫山旅游的未来，何尝不是村民、游客、创业者、乡镇干部的未来呢。

五、爱心茶人

龙安茶园是岚皋的骄傲，主事的李峰更是妇孺皆知的名人。在采访的路途上，多次听干部说过这个奇人回乡创业的故事，和他独树一帜的口号：

不做500强，只做500年。

好家伙，这等朴素的豪情，持续发展的自信，可不是一般企业家所具备的。

当我在龙安茶园看到石碑上刻的这句话时，一下子想到一首歌词：向天再借五百年。这是康熙王朝的奢望，而凡人俗胎的李峰，为了梦中的明天，则躬下身子，向地再借五百年，让黄土生黄金，让青山生青茶，愿烟火人间幸福美满。

石碑上的宣言，除了五百年之说的高瞻，还有动人肺腑的暖流：

"有爱才有质量，有德才有未来。"

"我虽然没有出生在富裕的家乡，但我一定努力奋斗，使家乡富裕起来。"

这段话，2012年3月18日就刻在石碑上，红色的字迹舒展在风吹日晒中，远远看上去，像一行行音符，更像一颗跳动的红心。无疑，他是这方福地里老百姓的福音、福人。

我想象着五年前的那个春天，他站在翠色满园的春风里，远望莽莽青山，豪情油然而生：天地在，乡亲在，茶园就在，要做就做500年！为了时时激励自己，不忘初心，他把誓言刻进碑石。从那一天起，赤裸裸地把自己的一生，交给一个责任如山的承诺。

为了这个承诺，李峰回乡创建了岚皋县龙安茶园、山海生态度假山庄，细作山水、人文、产业大文章，让游客进得来，让茶业销得出，让乡亲有工务，让土地有收成。我没有去了解具体扶贫数据，数字在精准扶贫攻坚战的当下，最有说服力。但是，对这样一个誓作500年的企业来说，只是发展史上的一个小顿点而已。

只要企业有爱，就有一切。

办公楼的大门上有一副对联："礼尚往来传真情　峰回路转报故恩。"我想，人生的峰回路转，固然有命运的无常，但最终，还要靠心的方向，情的指引。山高人为峰，再高的山，也挡不住李峰攀登的脚步。

茶园绿波

茶园寂寂，一垄一垄的茶树起伏绵延，像蜿蜒的绿波，荡漾在山之顶、水之滨。眺望远处，云蒸雾绕，层峦叠嶂，心也像一朵云，飘远了。我忽然羡慕起采茶人和田间劳作者，看得见每天的第一缕阳光，摸得着晨起的第一滴露珠，听得懂鸟的婉转，水的吟唱。这样的茶园脱贫之路，安宁康健，丝毫不输于陶公当年的"采菊东篱下，悠然见南山"。

仔细想想，李峰的成功之路，无疑得益于两个关键词，那便是学习、博爱——

学习：当我们笨的时候，征服世界；当我们聪明的时候，征服自己。

博爱：我用一颗爱心，去温暖每一寸土地的寒凉。把每一个陌生的面孔，都换成亲人的模样。

这两个词的理解和诠释，正是李峰的心语。我想，它更应该是李峰走向成功的支撑，是龙安茶园永远的魅力。在这里，贫穷，一节一节后退；富饶，一步一步挺进。

走在曲径通幽的茶园，周围安静得只剩下远山、夕阳和

李峰和他的企业文化

满目的葱绿。徜徉其间，仿若走在一首诗、一阕词里。我用脚步丈量着茶园的角角落落，却没有去敲那间董事长办公室的门，也许他在，也许他不在。只要龙安茶园在，安放心海的度假山庄在，青山和绿水在，就够了。

探访手记

村妇的跨国情缘

走完岚皋，写下这一组人物速写，总感觉意到笔不到。

但是，他们的精气神，他们所展示的乡村图景，让我起敬。不是为了写人物而写人物，而是关注人物的心灵史，寻找行动背后的力量。

文章完成了，又想起一人，南宫山镇一位普普通通的村妇：成国喜。她，把一个美国老太和一所巴山深处的小学联系到了一起，整整二十年。

这位美国老太，叫乔伊·班尼，是美国犹他州盐湖城的教师。这个学校，便是宏大村上溢小学。去南宫山时，我路过了这所幸运的小学，规模并不大，一圈白色的围墙上，整壁都是祖国的山水，小山村的大气概，呼之欲出。我随意地问坐在家门口的村民，皆知成国喜和乔伊·班尼老人的故事。

1993年的早春，乔伊·班尼老人和亲友来南宫山旅游，因体力不支，坐在半山腰等同伴。恰巧成国喜路过，热情邀请老人到家里歇息，做了一顿丰盛的晚餐招待，还带领她在村子里参观。这是美国的乔伊·班尼第一次走进中国农家做客，并且吃到了最地道的农家饭。老太太异常珍惜这漂洋过海的缘分，主动要求留在村里条件很差的上溢小学支教。

此后的二十三年里，老人先后十七次跨越千山万水，回来看望成国喜和学校的孩子，捐资捐物并授课。成国喜总是早早准备礼物，做布鞋，织毛衣，备特产，等待重逢的那一天。

故事传开后，成国喜成了南宫山的一张名片。

我在想，究竟是什么原因，让这个普通的村妇，在20世纪90年代，就有了国际眼光和跨国意识；又是什么力量，让这场偶尔结缘的跨国友谊，如此持久而热烈？

上溢小学教学楼上的两行标语，让我豁然开朗："花儿用绚丽装扮世界，我们用行动建设祖国。"

成国喜的热情、淳朴，乔伊·班尼老人的大爱、仁义，是两朵花的吸引，而最长情的相知，是双方文化背景的魅力，是人类善善相报的心，是对美好生活的共同向往。

每个人都活在她的家国、她的时代里，犹如一条鱼和它的池塘，一棵树和它的森林。

（探访时间：2017年5月10日）

第八站 镇坪浓情

陕西最南的地方，"国心"在这里跳动

一、印象镇坪

处在中国雄鸡版图最中心位置，拥有"自然国心"之誉的镇坪县，自然有不同凡响之处。这个把守陕西南大门，与陕、渝、鄂三省交界的地方，百姓脚踩鸡心，目对奇峰，背靠巴山，越飞渡峡，穿古盐道，在大自然赐予的浓墨重彩里，守望乡村，呵护净土。过着淳朴解百忧，劳作谋幸福的生活。

这个国心之县，怎样跳动着精准扶贫的镇坪节奏？

2017年5月，我跟随陕西作协精准扶贫采风组走进这个大巴山怀抱中的县城。在宾馆放下行李，急急奔去开窗，猝不及防地，与对面房间的人目光相遇。两窗正对，穿过不足十米的间距，我看得清对方和我一样惊愕的眼睛。

想想，这儿的人还是大气，把空间都让给南江河和那块化龙石了，一任滔滔河水霸气地从街道中央穿流而过，化龙石雄踞岸边，默默守护，心里一定感恩着民众给了它腾飞的大天地。

从宾馆步行至镇坪县政府广场，要穿过南江河的拱形桥，然后不断地上台阶，但攀登之后，豁然开朗。一个被鲜花簇拥着的大扇子造型上，"美丽镇坪"几个黄色大字像一双含笑的眼睛，几个圆柱形的花桩，士兵一样默默地站着岗。镇坪县扶贫攻坚指挥部，就在这个广场的一角。

走进这个扶贫"大本营",并没有想象中工作人员穿梭繁忙的景象,只有一把把空椅子。县委常委、副县长吴光荣告诉我们,工作人员都分散在扶贫现场。在大本营里,分门别类的工作实绩档案整齐有序,上墙的各项数据、采取措施、目标成果简洁明晰。我翻着桌头上的扶贫政策宣讲册、问卷调查记录、到户帮扶政策明白卡,暗暗赞叹这里扶贫工作的力度和强度。

在一个叫罗品锋的党员的办公桌上,肃立着一块印着党徽的红色公示牌,个人信息、岗位职责,一清二楚,牌子无语,却像警察,时时监督着主人的行动,提示着慎独、内省的作风。

县文联党组书记刘治安一行给我们做介绍。站在"空椅不见人,但闻人语响"的办公室里,我有一种直观的感觉:这里的扶贫工作扎实、精细,思路清晰,干部把人民的事当事干。

值得一提的是,镇坪县扶贫办为方便我们采访,编印了一本"陕西作家镇坪采风素材"的册子,集中了镇坪扶贫攻坚工作的做法,有代表性的人和事,厚厚的一本,足有一百页。有感于扶贫干部的周到和细心,我像宝贝一样随身携带着,一有空就翻开研读,寻找线索和亮点。

镇坪县城广场一角

镇坪县脱贫攻坚档案墙

县政府和义工协会共同打造的三个精准扶贫项目,吸引了我的目光,借互联网+特色手工业+亲情乡情的"走心"扶贫模式,既有含金量,又有含心量,温情动人,招式新颖,让我心里一亮。让山里的资源走出去,让外面的资金涌进来,多好!世界看见了镇坪的秘境,镇坪也触摸了世界的精彩。

一问才知道,镇坪县义工协会在当地早已如雷贯耳,旗下的公众号"微镇坪"在六万人的县域,粉丝量就达到了五万。协会采用线上和线下的方式,将互联网+全方位渗透到镇坪人生活的角角落落。

用该县民政局办公室主任朱彩萍的话说:"义工协会是我们镇坪做得最成功的协会,尤其是在扶贫和公益事业方面"。

在很多外地人眼里,"镇坪"两个字,只是地理意义上的名词,而一个富有合作意识的政府和创业活力的民间组织,让乡村的浓情和蜜意,走出大山,走向全省、全国,甚至全世界。从此,"镇坪"成为一个鲜香的动词,一份绿色的牵挂。

二、妈妈针线包

慈母手中线,游子身上衣。
临行密密缝,意恐迟迟归。

谁言寸草心，报得三春晖。

孟郊这首赞颂母爱的经典诗作，承载着每个人最亲切的母爱和记忆。

两年前，有一个公益组织将这首诗演绎成了现代版，叫"妈妈的针线包"。用"互联网+特色家庭手工业"的方式，让"母爱去旅行"。从此，巴山人的勤劳淳朴漂洋过海，走向远方，走向世界。留守妈妈生活好了，游子的眉头解开了。

这个浓浓含情量的扶贫项目的酝酿，缘于镇坪县义工协会会长刘恒一次相遇后的思考。

有一天下班后，刘恒在街头匆匆行走，忽然被一个小女孩挡住，怯怯地说：哥哥，买双布鞋吧。定睛一看，一个七八岁的小女孩正满怀期待地看着他，旁边的小板凳上，坐着一个白发苍苍的老奶奶。他停下脚步，边看鞋边问，才知道小女孩的爸妈在深圳打工，奶奶干不动农活了，就做布鞋拿到县城来卖。

刘恒拿起一双布鞋，那密密麻麻的针脚，一针一线里的温暖，一瞬间让他感动。买下鞋继续向前走，他的心却再也不平静：如何帮这些大山深处的留守妈妈？给钱给物，都不是好办法，她们风里来雨里去，卖不出去几双鞋……

第二天，刘恒把这个思考，带到了会议室。义工协会青春驿站的会员们开始了热烈的讨论，一帮年轻人群策群议，交流碰撞，一个新的扶贫模式渐渐形成：集中制作，电商销售，让传统手艺搭上互联网+的快车道，形成一个有情有义的爱心项目。最后，大伙儿开启集体智慧，给项目取了一个温暖的名字：妈妈的针线包。

思路确定，刘恒立即带领团队，开始了对留守妈妈的走访，七十三岁的赵承凤老人、六十二岁的吴储秀老人……有些是年纪大，只能做针线，有的是要照顾孩子，无法外出打工，生活困难。

2015年3月，"妈妈的针线包"项目正式启动了，义工协会免费提供制作布鞋的原材料，县电子商务办公室提供京东电子商务平台，政府、民间组织、电商平台的联袂，让妈妈们无销售后顾之忧、不用采购之辛劳，只管"巧妇喜做有米之炊"。

我从镇坪采访回来后，无意中搜到一个视频短片，看到了"妈妈的针线包"的缘起和酝酿经过。短片通过刘恒的多篇日记串起来的，真切动人。我深深被这个项目背后的故事打动，我想，对于一个有爱心、有思想的年轻人，婆孙俩给刘恒的启发，是偶然，更是必然。

现在，一打开京东网，贫困妈妈家庭情况、千层底布鞋、枕头，都有清晰的照片，开辟了一方个人的展示园地。爱心人士下单，留守妈妈们订单制作，手艺有了用武之地。她们纷纷将农活中的悠闲时间，变成了赚"外快"时间，靠自己的双手，过上好日子。

让刘恒最激动的，是项目运行一个月就拓开了国际市场。他清楚记得2015年4月14日，一名广东女士定制了第一双布鞋，不久，法国的Nathalie女士也定制了一双"妈妈的针线包"布鞋。留守妈妈们听到这个消息后，惊喜地张大嘴巴，她们无法想象：外国人穿上了她做的鞋子？

西班牙帅哥Gerardo Chang收到"妈妈的针线包"布鞋后，拍了照，还用中文、西班牙文写了一行字"中国妈妈，我爱你"，拍成照片寄给刘恒，并且兴奋地说："这双布鞋走在西班牙的街头，将是最亮丽的那双。"

现在，刘恒一直保存着这张照片。

老妈妈们都成了"明星"，互联网上有自己的照片，晒着自己做的鞋，妈妈们更是不懈怠，研究琢磨着新样式、新方法，不时比画着、想象着手中的鞋穿在远方人脚上的样子。

有了"针线包"项目，妈妈们心灵手更巧，日子过得更踏实。

有网友留言说：这一双布鞋是千针万线做出来的，每一道工序都是那么漫长，没有一双布鞋能像它一样，传递着主人无限的深情和心意。

"妈妈的针线包"挽救了即将消失的农村老手艺，唤醒了人们浓浓的乡愁，那一双双布鞋，就是一个个使者，带着民俗文化的气质，带着母亲的情恩，带着乡村的魅力，走向四方。

如今，穿针引线、剪样纳底，不仅是大巴山里妈妈们的生活乐趣，也是她们增加收入的技艺。全县两千余人加入了布鞋制作队伍，一展手艺。网络销售红红火火，千名农村贫困妈妈靠打理自家的"针线包"，走上了增收脱贫之路。

爱与美好，勤劳与纯朴，是致富之道，更是打开人类情感的密码。

网络、手艺、民俗、创意、爱心……众多元素的融合结晶，让妈妈的针线包走红。我想，这走红背后的助力者，是互联网+，更是文化自信。

三、我在镇坪有块田

想象一下吧，在山里租块地，有人帮你种，有人帮你收，有人给你寄，闲时去劳作一把，忙时待在家里，就能收到地里的果蔬，是不是很惬意？

这样惬意的事，在镇坪县义工协会的策划下，又有了新的附加值和社会意义：你租的地，大多是贫困户的，你花的租金不仅仅是资金，还解了困，献了爱。

这是一个崭新的乡村守望精准扶贫项目："我在镇坪有块田。"不仅仅是一句诗意的话，而是真正地回归田园，一处闲情，两处相知。

走近离县城不远的钟宝镇，远远望去，山水之间的一块块田地，高低错落，用篱笆栅栏隔开，造型别致。每一家都立着一扇高高的茅草大门，像不规则的足球场。也许，在这种乡村艺术感觉的冲击下，路过的人会误认为这是一处影视基地。

可是，若走上前，"吱呀"一声推开栅栏，脚下就是你的绿地肥土了。用义工协会人的话说：你就是地主啦。城市人念想的田园生活，成了现实，"乡愁何处寄，绿色生态食品何处有"的发问，有了承载之处；贫困户无力耕种、无钱投资的土地，有了出路，从此，困局打开。

这些集中起来的贫困户田地边，还将建设步道、栅栏、农具房，更多的城里人将奔向这里。

2016年12月，项目启动后，上海的人来了，江苏的人来了，成都的人来了……填完租赁合同和农作物认购卡，这些爱心人士就成了拥有一分地的地主。把爱心带到山里，把健康带回城里。你不再为生计发愁，我不再为食品担忧。

贫困户对自家的土地心中有数，阳河村的村民张聪曾经给陕西日报驻安康记者叶林斌算过一笔账：一分地种庄稼可收入200余元，而上海的一家人给了1 000元，咱得按订单上的要求耕种，不用化肥，不用农药，成熟了给人家寄过去，就行，这多好的事，咱一辈子都种庄稼，种庄稼对咱算个啥！

在以前，城里人无法想到，待在城市的家中，就能收到自家地里种下的带着泥土清香的蔬菜和粮食，坐享绿色生活。上海的徐女士通过来镇坪的旅游和实地查看，立即签订认购单，认购了曾家镇贫困户吴绪秀家的一分地，委托她给自己种菜。给山里人一点儿出路，也提高了自己的幸福指数，何乐而不为呢！

镇坪的一分田，也让有浓浓田园情结的陈先生体验了一把农耕生活。春寒料峭的二月底，他来到田间，认领了"自家"的地块后，还兴致勃勃地向农民讨教，亲自上手侍弄自家的土地。撒籽时，他总怕手中的种子一下子撒光了，手捏得紧紧的。一旁的老农抓起一把种子，做起了示范：这手不用攥得太死了，慢点儿、活点儿。

陈先生忙着学耕种，他四岁的女儿也不闲着，忘记了寒冷，像小鸟一样，兴奋地在田间雀跃。风轻轻吹过，飘来农家饭菜的香味，小女孩大声喊：好香，我饿了！一家三口手拉手，向农家乐走去。

对于这个项目的意义，省司法厅帮扶干部朱兆兵有深刻全面的认识："农村人凭劳动和汗水有了报酬，灵通了与外界的信息，城市人花钱买到了健康的蔬菜，还可以举家来山里玩，促进乡村旅游，变输血为造血，两全其美。"

把城市的爱心带到乡村来，把乡村的健康带到城市去。公益爱心，互联网助力，原生态农业主打，用劳动取代了捐助，把捐助变成了订单。公益事业在进步，扶贫方式在创新，城乡链接在挺进。

土地是肥沃的，也是沉默的，但是，土地知道感恩。镇坪土地上的每一块田，一定会大丰收。

四、爷爷家的老蜂蜜

大自然对一个地方的偏爱有多少，对这个地方的馈赠就有多少。

镇坪县处于大巴山深处，一度藏于深闺人未识，让这里发展比别处醒得晚，走得慢，但也让它坚守了绿色和纯净。山林资源丰富，蜜源植物种类繁多的自然恩赐，让这里的群众祖祖辈辈传下了一种手艺：养蜂酿蜜。

曙坪镇阳安村，就是一个养蜂的天然宝地，群众有丰富的养蜂经验。但是，多年来，很多农家仅仅只是小打小闹，缺乏深加工产品，加之销售渠道狭窄，他们没有认识到，蜂蜜致富也是一条路子，一直走在奋力摆脱贫困的羊肠小道上。

直到有一天，蜂农们遇见一个义工组织。在这个团队的帮扶下，才让他们几代人的养蜂堂而皇之地走上了项目书，他们的生活，从此翻开了新的一页。

2015年，义工协会刘恒第一次将自己策划的项目书报送到省民政厅，省级专家只给打了47分。他先是有些沮丧，但很快意识到，这正是跟专家学习的机会，此后数次完善策划。47分的成绩陪伴着刘恒不断成长，直到今天的好评如潮。一路走过来，让原来不太重视策划文案的刘恒明白了："好的项目，需要完善的项目书来支撑。"

为了动员群众签订蜜蜂养殖合同，形成集体效应，义工协会拿出250箱蜜蜂，免费发放给50户在册贫困户，并在曙坪镇阳安村举行了公益扶贫项目签约仪式，安康新闻进行了报道。阳安村贫困户胡华兴在签约仪式上接受了记者的采访，他对着话筒，虽然有些紧张，但是还是详细介绍了自己所知道的养蜂脱贫的模式、具体方法："每年按比例分成，参与管理，统一发放蜂箱，统一技能培训，统一收购出售……"最后，他提高声音说："这样的话，对自己家的脱贫很有信心。"

胡华兴的话，代表了全村群众的心声。笔者看到这段新闻时，感到该项目宣传做得非常好，群众对政策和模式说得一清二楚，心里有本明白账，自然愿意加入，有信心，有希望。

义工协会通过借力农村淘宝平台，打通至关重要的销售渠道，预示着协会+基地+贫困户+产品回收的模式已经成熟，不久将会在全县形成一个蜜蜂养殖、生产、销售的产业链条。那么，建设全县首个养蜂体验中心、社区工厂，实现养殖、罐装生产、体验为一体的模式，就不仅仅是一张蓝图了。

我有幸看到养蜂体验中心外观内部效果图：一栋蓝色不规则形状的矮式建筑，屋顶和墙几乎连在一起，像温暖的大蜂巢，屋顶上刻意留着蜂巢状的孔纹，屋内有扇门做成洞口的样子，吸引着游客走进去，进行一次蜂巢探秘。建筑和创意充满自然神妙，既艺术又科普，如梦如幻。

5月份，笔者在写这篇文章的时候，义工协会公益扶贫项目正紧锣密鼓地实施着，先后两次邀请专家对养蜂户进行技能培训。贫困户自我发展养蜂，实现脱贫的热情高涨。大山深处的养蜂人已经不用每家每户单打独斗，养蜂成了脱贫致富的产业和一份甜蜜的事业。

现在，爷爷家的老蜂蜜正在嘤嘤嗡嗡地酝酿甜蜜。全县已累计养殖蜂蜜五万箱，产值过亿元，带动700多户贫困群众实现脱贫增收。

我想起刘恒在微信上的一句感言："人若无愿，就无希望；没有希望，就无法成就事业。"是的，蜜蜂不仅是贫困户的希望，也是刘恒和义工协会的希望。愿这份甜蜜事业成就辛勤劳作的贫困户，也成就所有浇灌甜蜜的人。

探访手记

从我到我们

记得在镇坪县扶贫攻坚指挥部走访的时候，办公室除了一名值班的人，其余七八个座位都人去椅空。看着这些空空的座位，我想，"扶贫工作的主战场，在村庄、在贫困户家里，而不是办公室"的方法，这里是执行到位了。

那我们看到的工作资料，是何时才整理呢，问一名值班的工作人员才知道，全是在晚上加班。

不累吗？

当然累，这是特殊阶段嘛，可以理解。

做扶贫工作，是不是提拔得快？

也不全是吧，扶贫就是服务。

我没有记住这名工作人员的姓名，却记住了她的话："扶贫就是服务。"扶贫不是打"小我"算盘，谋仕途利益，而应"衣沾不足惜，但使愿无违"。

扶贫工作见面会上，带队的省作协党组书记黄道峻的讲话，让随行作家深受触动。他指出："作家不能只写小我情调,陶醉于山美水美,讴歌大好河山,更要关注扶贫工作中的人,在创作中走出小我的情思,走向人民,在人民中涵养大情怀,到人民中接地气、吸养分,才能完成小我到大我的蜕变,留下与时代同呼吸、共命运的精品力作。"

这个时代是作家创作的黄金时代,要出大作,先要做"大我"。那么,这个"大",究竟是一种什么样的姿态?

想起一天前,在岚皋县的扶贫会上,当地扶贫办领导汇报了做法和成果后,并不回避问题,我记得他列出了三条:界定贫困户红线的个别条款不精确;群众矛盾很集中,有争当贫困户现象;基层干部工作时间长,心理压力大。我从心里赞赏他实事求是的真诚和坦率,为共同利益谏言的担当。假如干部都报喜不报忧,那扶贫成效将多么令人担忧。

第一现场,拥有绝对的发言权。无论是对作家,还是对领导干部。

我想,"大我",其实就在小事之中。

作家是纪录者,群众是见证者,而我面前这些奉献在小康路上的人,正履行着践行者的使命。如果说,战争年代,前线士兵是最可爱的人,那么,和平奔小康时代,扶贫一线的践行者,无疑是最可爱的人。

如果说,作家正在从小我走向大我,这些最可爱的人,已经从我走向了我们。

(探访时间:2017年5月12日)

第九站 丹凤朝阳

> 万物负阴而抱阳,冲气以为和。
>
> ——题记

一、阳阴村的艳阳天

1

偶然在《文汇报》上看到一则陕西省人社厅扶贫攻坚的文章,题目叫"扶贫修路,比管自己的娃还认真",仔细看内容,包扶修路的地点是丹凤县的武关镇阳阴村,这县名、镇名和村名,和它的扶贫故事有着同样的吸引力,一下子就有了去看看的冲动。

先说说这个丹凤县,大概因了丹江之韵、凤冠之美,古时就是大改革家商鞅的封地。几千年后,这块风水宝地又诞生了著名作家贾平凹,寂寂无闻的丹凤棣花镇因这个大文豪而声名远播。

而武关镇也非寻常之地,留给历史和世界的,是与函谷关、大散关、

流淌千年的武关河

萧关并列"关中四大关"的威名。武关的明月,从战国流照至今。赳赳老秦一统天下的崛起、刘邦进军关中的喘息、李自成旌旗猎猎冲向北京的呐喊,至今还激荡人心。

至于这个阳阴村,却知之甚少,但村名有意思,不知是否与《易经》深奥的阴阳八卦有关联,单是道教鼻祖老子那一句"万物负阴而抱阳",就让我确信,在这个遥远的小山村,一定生发着温暖的力量、向阳的精神、和谐的气象。

查了查资料,才知道,这个村是丹凤县最偏远闭塞的村子。也许正是武关险阻,战事寂灭,使阳阴村遗落在萧索的大山里,与世隔绝。"九山半水半分田"的地貌,让这里的群众无力摆脱贫困的阴影。全村529户、1 691人,散落在六十多公里的沟道两旁,尽管祖祖辈辈开山辟地,可耕种面积人均还不到三分。交通受阻、产业受限,150多户人家还在贫困中苦苦挣扎。

能出走的人,都逃离了这个山深、地贫、人稀,鸡犬不相闻的穷乡僻壤。

2

2014年,阳阴村的天空格外晴朗,村民死寂干涸的生活之湖忽然被一群人激起浪花。这些人,通过丹凤县委、县政府的牵线,追寻到这里,与深山这个穷村的村民结亲。通电话、视频,假日来走亲戚,节日慰问探望,送钱送物,修路盖房。阳阴村的村民们,感受到一股温暖的风,涤荡着笼罩在头顶的贫穷阴霾。

省人社厅在阳阴村的宣传展板

有人说，天上降下活菩萨。

有人说，天兵天将来了。

有人说，还是共产党好。

村民口里的菩萨、天兵天将，就是陕西省人力资源与社会保障厅的领导干部。他们要在这里打一场精准扶贫的决战，啃下这块深度贫困的硬骨头。领导既是指挥官，又是一线战士，心系战场，情系群众，处级以上干部均与贫困户结成了亲戚，一对一帮扶。为了帮扶更给力，更尽力，党委压茬下派驻村工作队，扎在村子里为"亲戚"排忧解难。

要想富，先修路。阳阴村偏远、荒僻，距县城61公里，距武关镇四十多公里。这里群山错落，通村路大多是山石路，村民进出必须翻山越岭，途中要翻越极其险峻的"八里杠岭"。省人社厅以修路扶贫作为突破口，虽然道路险、工期长、投资大，但厅领导认定，这是利于子孙后代的事，是联通大山与世界的通道。

协调、沟通、勘察、施工……仅仅三年时间，三轮驻村干部的压茬接力，使阳阴村的面貌发生了翻天覆地的变化，四条出武关直通丹凤县城的柏油马路，开启了村民在家门口坐班车、四通八达的新时代。在外务工者回来了，大学生回来了，游客进来了，投资商进来了，香菇核桃出去了，猪肉药材出去了。

山路弯弯，伸向远方，诉说着大山里的故事。

省人社厅印制的精准扶贫手册

3

在阳阴村走访时，听到一句话："阳阴村人祖祖辈辈行善积德，修来了一位好厅长。"村民口里的厅长，就是省人社厅厅长冯力军。多次接待她的村支书李敏感叹：厅长每次来，一家一家走访贫困户，现场召开座谈会，研究扶贫对策,解决一道道扶贫难题,作风特别硬,吃自带方便面、饼干,中午不休息,连续作战,我们很感动,更不敢懈怠。

在武关镇党委、政府汇编的一本工作掠影册子上,我看到了冯厅长的身影,她看上去干练随和,兼具决策者的气魄和贴近群众的亲和力。我一张一张翻看这本名为"深山变形记"的图册,厅长上门走访、慰问、考察,走遍沟沟岔岔的情景扑面而来。驻村工作队马乔告诉我,冯厅长一周前,刚刚又来了一趟。他牢记着冯厅长的期待和嘱托:用活用足扶贫政策,做出特色干出成绩!

时任省人社厅冯力军厅长走进阳阴村调研(独萍供图)

省人社厅扶贫驻村的精兵强将,个个好样。村里高峰期用电超负荷,派驻副县长刘凯协调电力部门,把26公里的旧线换成了粗线;上届驻村干部王小虎父亲去世后,带着70多岁的母亲驻村扶贫;村民陈胜存想办羊场,驻村工作队队长马乔开车把他拉到一家养殖大户取经,陈胜存如今已是养羊示范户;工作队动员李平从外地返乡,并协助办下8万元的创业贷款,在村里建起了规模化、现代化的散养鸡场,现在已发展到5 000只鸡。

好作风,建成好道路,更开辟了好产业。20世纪50年代,丹凤县就因核桃生产和高额丰产,受到毛泽东主席、周恩来总理的表扬,并亲自题词。八一人民公社当时被国务院授予农业社会主义建设先进单位,全国闻名。六十年后的今天,人社厅送技术,送培训,送树苗,在阳阴村新建520亩核桃林、千余亩优质良种核桃园,再续核桃产业辉煌。

时任省人社厅冯力军厅长在阳阴村驻村扶贫攻坚指挥部查看贫困户资料（独萍供图）　　时任省人社厅冯力军厅长深入养羊脱贫户家中调研（独萍供图）

核桃产业主导的同时，人社厅指导农户多元发展，引导贫困户种植中药材、食用菌，连续两年给贫困户免费发放30余万袋菌棒，这些"黑棒棒"，给每户增收近两万元。

有了奔头，有了门路，阳阴村群众走路的步伐快了，身子勤了，底气足了，不再看老天爷的脸吃饭，不再"坐以待穷"，人人忙着"丰衣足食奔小康"。

真扶贫，扶真贫，破武关，去阴霾，向光向阳，向上向善，一点一点地驱除着精神之贫，物质之困。"即使站在阴影里，也要努力向着光"，省人社厅的物质支助和精神支柱，撑起了阳阴村的艳阳天。

这场精准扶贫战役，将是武关镇又一场载入史册的战事。

秦楚界墙默默矗立，擎着远古的心事，凝结着历代英雄的气度；

武关河哗哗流淌，载着史书的爱恨，唱着凡人的情愁，流向岁月深处。

阳阴村的后来者，正沿着河，翻过山，走向壮美的时代，走向浩荡的梦想。

二、马乔和他的村庄

1

一个城市青年和一座贫困村庄相遇，会发生什么？

县城长大、省城工作的马乔，和一个叫阳阴村的山村相遇，碰撞出一个响当当、沉甸甸的词——担当。

三十四岁的马乔，是省人社厅压茬轮换驻村工作的第三批干部，从指导全省技校工作转型为大山里的驻村干部，快一年了。我见到马乔的时候，他刚刚"升了官"，丹凤县委组织部、人社局、扶贫办联合下文，任命马乔为阳阴村脱贫攻坚联合工作队队长。红彤彤的文件不言，但是，那白纸黑字，无疑是对他工作的认可。

6月12日上午，我搭乘马乔从丹凤县城办事的便车，一路向阳阴村驶去。车后排塞满了省人社厅资助阳阴村的电脑、打印机，更显出这辆雨燕车的狭窄和陈旧，而我听说他家条件好，有辆好车，正想问，聪明的马乔主动说：爸妈听说我要驻村工作，嘱我要踏实、朴实，借了亲戚的这辆旧车给我开，多亏了它，方便多了！马乔拍拍方向盘，像拍着老朋友的肩膀。

对阳阴村的路险、坡陡、沟深，我早有耳闻，只有四条小路可通外界。马乔看了看表，建议沿312国道向下行至段湾，转毛白路，经过原碾子村，翻八里杠岭进入阳阴村。

出行不久，落雨了，雨点大，却不密，前赴后继打在前挡风玻璃上，瞬间把自己摔成一朵朵窗花。随即，慢慢滑落，在玻璃上托出一道道椭圆状的痕迹，看上去像一行一行的脚印。

马乔的驻村生活，也在这雨中渐渐清晰。

2

2016年8月16日，是马乔难忘的日子。"考验"两个字，从此如影随形。

那一天，他和厅里负责扶贫工作的领导，还有另外一名同事离开西安城，向阳阴村出发。出了沪陕高速，越走越荒凉，从丹凤县向武关镇的路上，目之所及全是逼人的山，司机却说，还有四十多公里呢，路险，坐稳。眼前，一道一道的弯，一座一座的山，绵延不尽，车轮磕磕绊绊，艰难行进。想起前任干部所说八里杠岭的险峻，马乔的心拔凉拔凉的。他意识到，面临的考验，可能是三十多年来最严峻的。

车正在爬坡，他抓紧了窗顶的手把。

到阳阴村的第一天，马乔受到了蚊子的热烈欢迎。正值酷暑八月，没有空调，他穿着过膝短裤，蚊子们前赴后继送来"红包"，他使劲抓挠，整个晚上都在与嘤嘤嗡嗡的蚊子战斗,第二天,膝盖以下的两条腿,红包累累,肿得像红萝卜。

刚刚学会应付蚊子,又遇到严峻的考验。阳阴村六十多公里,"三河八岔十八组",农户星星点点分布在山岔、河沟里,每走访一户,都要上山下沟绕河,车开不成,就骑摩托,摩托骑不成,就用双腿。初来乍到的马乔,每天走几十里山路,一户一户了解情况,填表格,拍照,完善信息。

两天下来,腿又肿了。

比腿肿更让马乔难受的,是村民生活苦和孩子上学难的现状。他一天也不肯停歇,把自己肿起来的腿架在村支书的摩托车上,继续走访贫困户。

有一次,村支书把着车头,马乔坐在后面,两人一路说着贫困户危房改造的事,突然"嘭"的一声,从树上掉下来一个什么东西,重重地砸中了摩托车的手把,又顺着支书的手腕落到地上。

村支书骤然刹车,马乔稳住身子往地上一看,竟是一条蛇!此刻,它正高昂着头,挑衅似的看了看人,旋即准备逃走。村支书眼疾手快,一把抓住蛇脖子,制伏了这小魔头,然后顺手递给马乔,自己握着摩托车手把,发车继续前行。

肉乎乎、滑腻腻的蛇身拿在手里,马乔浑身起鸡皮疙瘩,冷汗直流,真想扔掉。村支书安慰说:这蛇没毒,一会儿走访的这家有病人,送他做药引。

他想了一个办法:把资料袋的资料揣在上衣里,把蛇装在资料袋里,拉上拉链,小心翼翼地提着一角,才勉强行进。

看着文件袋里渐渐苏醒的蛇,马乔忽然意识到,当地群众走路都甩开膀子,手提一根细细的竹棍,原来,甩胳膊防蚊子,拄棍子防蛇啊。山民是聪慧的,祖祖辈辈积攒了丰富的山野生存经验。

可是,村民对付"贫穷"这条毒蛇,身手却并不敏捷,甚至反应迟钝,渐渐地,中了贫穷的毒。

3

就在我们说话间,空荡荡的公路忽然热闹起来,国道左边出现一条岔路,像伸出去的一条胳膊。我抬头,看到路口一块牌子写着:铁峪铺镇。马乔车头一拐,沿着这条"胳膊"朝前走。

马乔要在这儿的集市给工作队采购日用品,眼下最要紧的是买菜。起初路边全是卖小物件的小摊小贩,我担心没菜,他说,有。再向前二百米,一街两旁,果然是农贸市场。街道很窄,马乔小心地避让行人,我正在瞅着琳琅满目的小商品,忽然听他兴奋地说:啊,原来是这家!

顺着他的目光,我看到路边一家窗帘店,门口站着两个人,一个忙着整理手里帐幔般的布料,一个正在跟客户讨价。

原来,门口站的这两个人,是阳阴村里一个有争议的贫困户。马乔逐户走访的时候,去他家拍过照。后来,有群众反映他家在镇里有店面,做窗帘生意,不符合贫困户规定。接到来访,马乔认真做了登记,连夜去拍照。那天下着大雨,镇上的门面都关了,他冒着雨,从街头走到街尾,数了数,发现了三家窗帘店,他也不知道是哪家,索性都拍了门头。

刚才,他一眼就瞥见了这两个人,真是踏破铁鞋无觅处,得来全不费工夫,刚好人证、物证都在。马乔好不容易找了一个空位停了车,嘱我在车上等着,自顾向那家窗帘店方向走去。

十几分钟后,马乔回来了,给我看手机里的照片,说:明天和工作队一起来,直接进店,看他们还有啥理由搪塞。

能说服他退出来吗?我有点儿担心。

他们家这种情况,我们可以帮助申请创业贷款,解决生意上的困难,让他们大大方方致富,不能硬往贫困户队里挤,掖着藏着做生意,不硬气。

马乔走进路边的菜铺子,系着围腰的店主急忙迎上来:兄弟,这次买点啥菜?马乔指着豆芽、葱、豆腐、西红柿,说,都来点。我看到西葫芦很新鲜,建议他买,马乔随口答:不用,还有四个,够这周吃了。

买菜和馍,是马乔在西安没做过的

马乔正在铁峪铺镇买菜

事，贤惠的妻、岳父母和自己的父母，把这一切都包揽了。而此刻在铁峪铺镇集市上的这个马乔，熟门熟路，俨然一个大厨。

过了武关河，下了段湾，马乔特意绕了一段路，带我去看美丽的茶乡毛坪村。过了绿茶色的进村桥，沿着路边一杆杆中国风的茶灯，来到村中心，写满民俗乡约的文化墙、高低错落的二十四节气栅栏，一望无际的茶园，真有采茶东篱下，悠然见南山的况味。无疑，这个美丽的村庄就是马乔心目中的样板。

"有一天，阳阴村也会像这里一样"，马乔说。

得给驻村工作队囤些菜

美丽乡村毛坪村

4

马乔的电话响了，他没有看手机屏，先笑笑，告诉我，准是村支书。一接，果然是。"支书每天和我不下五个电话，比和家里人联络多得多"。

我记得支书上一个电话是叮嘱他开车慢点儿，这次又叫他过碾子村时，到五保户李朝富家去一趟，把他的证件捎到村部。

看来，这一对深山和省城的亲密战友，缘分不浅。

很快到了碾子村，路对面的山脚下零星散落着几户人家。马乔停了车，我们沿着小径步行上坡，踩过一片矮矮的荒草，就到了李朝富家。七十七岁的李朝富瘦小，驼背，还耳聋，听不清我们的话，但一直围着我们转，一脸感激的神情，眼里流露着质朴的崇敬。老伴从里屋取出两个绿色的袋子，倒出一堆证件,说:"你看,是哪个就拿,我认不得。"

马乔仔细地把身份证、户口簿、五保证核对了一遍,无误后,要给两位老人打借条,老妇人连忙摆手说:"不要不要,你来拿,我还能不放心!"

走时,两位老人一直把我们送到路边,千恩万谢。老妇人拉着马乔的手说:"多亏公家把我家照顾着,要不然不得了!"说完直抹眼泪。

告别老人,马乔告诉我说:"老人三个孩子都不在身边,死的死,失踪的失踪,留下一个外孙,还要老两口照顾。这就是农村的现状,长期积累的,表面是缺钱缺物,根子在教育。"

马乔再没有说话,一时间,我们的心情都有点沉重,自顾自看着脚下,绕过小径上零星散落的鸡粪。

李朝富所在的这个碾子村,两年前合并到阳阴村,村委会空置下来了,省人社厅打算把这块空地利用起来,建成惠民广场。昨天刚刚动工,马乔急着要去工地看看。走了不远,就看到建在高坡上的村委会房屋,一

马乔在碾子村帮助老人核对证件

辆红色的挖土机正在房屋旁的空地上开拓地基,翻出一片黄褐色的土。根据现场看,马乔一路念叨的惠民广场,规模并不大。施工队刚刚放了鞭炮,踩着一地红红的碎屑,马乔和施工负责人边走边看,并就细节进行沟通。

周边几个抱小孩、晒麦子的村民走了过来,给马乔打招呼,递烟,马乔随意和他们聊着,了解前几天林下核桃种植培训有啥收获。我站在旁边,看着群众中的马乔,有一种众星捧月的感觉。

就在我们发动车子要离开的时候,一位穿着紫白相间花布衬衣的老太太一边喊,一路小跑过来,马乔赶紧松开安全带,下车,和老太太说话。老太太并没有什么要事,只是想留马乔吃午饭。

车再次启动,向阳阴村开去。后视镜里,那个勤劳善良的老人,目送着我们,开满花朵的衬衫越来越远。马乔告诉我,那是村支书的母亲。村支书整天泡在工作里,虽然只有四公里路,却很少回家。好不容易抽空回来看

看，常常板凳没坐热就被电话召回。老母亲只要看到我来村里，都要叫到家里去，做好吃的。

我再往后看，老妇人的身影被一道山弯挡住了，但我仍能感觉到她的目光。

5

令人毛骨悚然的八里杠岭，横在眼前。翻过这座岭，就到了马乔驻扎的阳阴村脱贫工作队。八里杠岭长四公里，路况险恶，被群众称为八里杠，意味着得一里一里地攻难克坚，得像杠杆一样，掌握好平衡，才能安全度过。

走在这条路上，我才知道什么叫"羊肠小道"，左边是山，右边是沟，前边是一个个陡峭的弯坡，车轮下是一道道凸凹不平的车辙。昨天落了一场大雨，不时看到滚落下来的石头躺在路边。

马乔不说话，全神贯注地开车，小心地避让障碍，但根本避不过，只有硬上，车底被隆起的坎拖住了，马乔加大油门，车呜呜发出巨大的吼声，车轮吃力转动，石屑和土疙瘩四处飞迸，敲击车身，我感到一种身处枪林弹雨的惶恐。车底不时传来瘆人的摩擦声，刺激着耳膜。我紧紧抓着车顶的手把，大气都不敢出。

刚过了这段险处，又遇到一段下坡，要命的是，这个下坡不仅弯度很大，路面还半边高半边低，半边黄泥半边湿滑。我的身体随着车身斜向一边，急忙抓住车窗顶部的拉手，在剧烈的颠簸中依然能明显感到车轮悬空、落地，再悬空、落地……我干脆闭上了眼睛。

终于翻上山梁最高处，眼前出现十来米相对平坦的路面，我暗暗舒了一口气。马乔熄火，一把抓起车前的烟和打火机，下车抽烟。我看着他的背影，回想刚才惊心动魄的"车技秀"，心有余悸。真是一场惊魂考验，车刹、油门的配合、角度、力度的掌握，都得恰到好处，即使技术娴熟，还要过得了心理关。

让我庆幸的是，马乔很沉稳。一年来，在这条"天路"上来来回回，早练就了他翻山越岭的车技，也给了他底气。技高人胆大嘛。只是，这辆出了牛马之力的雨燕车，不等他驻村结束，恐怕就该报废了。

一阵山风吹来,我打了一个哆嗦,脊背凉凉的,这才意识到,过八里杠岭的时候,我的汗已经浸透了衣服。

抽了半根烟,马乔走过来,站在峰顶,给我介绍阳阴村的三大片地形。眼皮下,沟深如海,神秘莫测,眺望远处,绿森森的大山翠峰叠嶂,绵延不绝。脚下的这条小路一直伸向远处,像一条蛇,匍匐游动,蜿蜒在群山众沟之腹。近处,隐约能看到几座灰色屋顶,像泊在绿海的船。

你的地盘可真大!我开玩笑地说。

六十多公里的山呢,藏着一百多户贫困户,寻他们,就像找一棵棵受伤的树。

咋找?

除了摩托,就是腿。

厅里的领导来看贫困户,也走这条路吗?

也得走,实在太危险的路段,就下车步行。

我再次眺望莽莽苍苍的大山,想起一句话:没有比人更高的山,没有比脚更远的路。

马乔踩灭烟头,说:走,一鼓作气,前面就到了。

6

下午一点,我到了马乔的大本营——阳阴村村委会,大门口正在施工,改建一个惠民广场,实施形象亮化工程。大院里一栋二层小楼,就是阳阴村最大的房屋、唯一的楼房了。一层正中的大门上,挂着"脱贫攻坚联合工作队""脱贫攻坚作战室"的牌子,亮闪闪的,像一面反光镜。

作战室里,有两个很大的液晶显示屏和一台电脑,马乔告诉我,为了

时任省人社厅冯力军厅长与阳阴村结对贫困户和驻村工作队视频了解情况(独萍供图)

方便贫困户与结对包扶干部的信息传递和沟通,省人社厅信息管理中心专门在阳阴村设置了扶贫信息交流视频互动中心,这两个大家伙,就是视频用的。我掏出手机看了看,这个裹在深山里的村子,wifi信号居然满格。

见我们回来,马乔的"战友"们陆续拿着碗筷来灶房。炒菜的油烟和柴火的残烟还没有散尽,空气有些呛。电饭锅敞开肚里的米饭,灶头大铁锅里的半锅大烩菜,还在咕嘟着。集体食堂用它的热闹与简朴,喂饱了空旷的日子。

我仔细看碗里的菜,莲花白、豆腐、粉条,点缀着黑色的香菇。大伙儿各自盛一碗,有的蹲,有的坐,围成一个圈,边吃边聊,刚才谁来访了,某某打工回来了……话题随意,却都围绕工作,像一个家庭会议。

我的目光越过村委会的院子,试图看向远处,被对面的山弹了回来,落在几个围着黑布的香菇大棚上。风一阵阵吹过,掀起黑布的一角,露出一架整整齐齐的菌棒,乍一看,还以为山石砌成的墙壁。

匆匆吃完午饭,马乔没有休息,他和村支书、阳阴村小学校长,站在院中那排老旧的平房前,商量着搬迁的细节。这排房子明天就要拆了,要改建成二层小楼。由省人社厅的牵头协调,商洛市人社局、教育局两家共建,两层分用,改善小学生就学条件、村委会办公条件。

马乔的身影,进了这屋,出了那屋,搬和拆,都是大事,都是细活,马虎不得。为了保证搬出来同志的住宿,马乔执意腾出自己的宿舍,打算和村支书住一屋,挤一张床。有人故意开玩笑:

屋檐下的黄瓜菜地

村委会院中即将拆掉的平房

支书的爱人来了，咋挤？

咱不是有张折叠床吗，支到会议室，晚上睡它，白天收走。

那你就抱着文件袋说情话吧……

一片笑声。

院中那棵亭亭的老柳，笑抖了枝条，撒下的绿荫也随之摇摆。刚刚安装的漫步机、棋盘桌，鲜亮着黄澄澄的彩衣，像一个童话故事。沙堆、水泥、推车、水管，忙碌的工人，打破了惯常的寂静，合奏着大变化的序曲。

7

安排好搬迁的事，马乔带我去看省人社厅牵头改造、硬化的柏油路。以阳阴村为中心，四条通村路，全部奠基拓宽硬化。省人社厅协调资金1 385万元，直投100万元，下大力气改善基础设施。这四条路，在两个联通的村子各取一字，分别为：花阳路（花魁村—阳阴村）、楼阳路（楼子村—阳阴村），碾阳路（碾子村—阳阴村）和赵阳路（赵家沟—阳阴村）。路名很好记，听上去也吉祥喜庆，条条都是"阳"关大道。

出了村委会右拐，就是刚刚通了班车的楼阳路。进丹凤县城的班车每天一个轮回。清晨5:40出发，9时左右到县城，下午2:20再往回返，单趟三个半小时。结束了村民步行一个多小时赶乘过路车，或者骑摩托车出山的历史。

省人社厅为阳阴村修建的楼阳公路

进出村唯一的班车

在小卖部门口，我看到了那辆静静停泊的班车。白色的车身与远处的绿山遥相呼应。车前红色的大字特别醒目：丹凤—阳阴，途经的两个大站白阳关和武关，标在中间。

司机和售票员刚刚从县城返回，正在小卖部门口聊天，司机看见马乔，老远就打招呼。小卖部旁边腾出了一间小屋，每天晚上，他们就住在这里，和驻村工作队成了邻居。

阳光下的楼阳路像一条白练，光洁耀眼，不时有骑摩托的村民在空阔的路面上飞驰，畅行的快意，让我不由得想起一句歌词：跑马溜溜的山上。路上，遇到改善电路的工人正在施工，马乔过去和他们打招呼，询问进展情况。

路右边是一条欢快流淌的小河，一位中年妇女在河底洗衣，看到我们，仰着头，大声地招呼马乔，邀请我们去她家坐："来，喝口水，看看猪娃！"我们下坡，踩着石头过了河，再上了一道长长的坡道，就看到她家的土屋。"猪娃长得很好，你们送的猪娃子，长得好，吃食好！"妇女呵呵笑着，把我领进她家院子。

院里，一位瘦黑的中年男子正在削竹子，细细的竹枝整齐地摞在脚下。见了我，憨憨一笑，并不答话。一问，才知道路上要架人行桥了，做两把扫帚，帮工地扫路上的土疙瘩。

妇女介绍说，这是她弟，因贫穷，一直没成家。就来帮自己做零活，只图每顿有碗热饭吃。

"山里光棍多，到外头当上门女婿的多，我弟不愿意出去，就剩下了。"妇人快言快语。

我想和他说话，却发现他目光中的惶恐和躲闪，便向院子走去。对这样的命运和人生，我无法不同情，却无以相帮。孤身一人的他，是贫穷的受害者，也必将是贫穷的终结者。

院子很大，穿过菌棒大棚，走到尽头，看到用几根细木头围起来的猪圈。两头白毛小猪以为主人要喂它，发出"哼唧哼唧"的欢呼声，争先恐后地挤到食槽边。隐隐闻到猪粪味，但很快消散在大山的洁净里。

"看，四十天就长了一大截，年底就能卖了。"妇女喜滋滋地说。

细问才知道，省人社厅一位定点包扶她家的处长，免费将猪娃送到她家。

"帮扶我家的处长经常来,给我拿米、面、油,还视频了几回,我家掌柜的记得这恩人的名字。"

出了门,马乔告诉我,省人社厅协调资金,给贫困户发菌棒、支助养猪、养羊,用输血的方式激发群众的造血能力。厅领导还特别注重情感上的关爱,每年春节,给贫困户和老党员发放食物和慰问金,还协调省医保中心,邀请专科医生进村,给村民免费检查身体,发放常用药。

九公里的路,徒步走来太长,沿路的住户又很少,我建议往回返。下午六点的太阳依然火辣,我取出墨镜戴上,抵抗眼前白花花的光。马乔却硬扛着,坚决不戴,说容易和群众产生距离。我忽然想起,开车时,马乔戴上蛤蟆镜的样子的确很酷,像画册上的明星。他外表粗犷,原来内心如此细腻,是个注重细节的人。

阳光下走慢上坡的山路,马乔额头一直流汗,却不肯解开短袖的扣子。一边走,一边指着远处掩映在绿树中的房屋,如数家珍地介绍各家贫困户的情况。富裕的家庭都是一样的,贫困的家庭各有各的贫困。看来,正是这种千差万别,催生了"一户一策"的扶贫之术。

走到一处山坡转弯处,看见背阴有一块石头,我一屁股坐下去,掏出包里的笔记本扇凉。

马乔站在旁边,耐心地等着我。热和累,他已经习惯了。在这里,他习惯了不能洗澡,习惯了手洗衣服和烧柴火做饭,习惯了工作时间的混沌,没有上班和下班之分。"现在,喝这里的水再也不拉肚子了",马乔拍拍胃,继续说:"好空气也养人。"看来,不光是心,他的身体,也与这里融为一体。

城市生活的打破,乡村生活的摊开,这中间的隔离和失重,早已经在马乔身上消失了。

不久前,马乔的丈母娘带着女儿和外孙,从西安过来,专门看望马乔,也看看他工作的地方。丈母娘当年在渭南蒲城县一个偏远村子当过知青,一直认为那是她吃过的最大的苦,没想到,几十年后,女婿所在的阳阴村,比自己当年插队的农村还艰苦。

阳阴村之行,丈母娘对这个女婿既心疼,又欣慰。回去之后,更是精心照看外孙,让驻村的他全身心地投入工作。

8

6月13日上午，跟随马乔、申旗去走访。已经过了数据大清洗的集中走访时期，可以说是回访了。每家每户，他俩心里都有数。阳阴村的群众住得分散，这儿两三家，那儿三两家，甚至还有的独住，看见了房屋，却半天也赶不到。

我们先从紧挨着村委会的几户人家走起。这称得上最"繁华"地段的人家，房屋并没有什么两样，都是20世纪六七十年代盖的，土木结构，沧桑肃立，这里的村民在房前屋后土层厚的缝隙种几畦菜，养几只鸡，勤快的，再点些菌棒，就是基本生活了。

我注意到，马乔特别讲究方式方法，注重情感上的靠近。走进群众家门，乡亲递上一根烟，马乔接上，同时，把自己的烟递给乡亲，特意点上乡亲递来的烟，开始谈事儿。这招"换着抽"，迅速热了群众的心，也点燃了希望。不知不觉，马乔有了烟瘾，而且啥烟都能抽。

遇到难缠事、闹心事、高兴事，都想摸根烟。

想家了，累了，也想摸根烟。

淡淡的烟雾中，马乔内心的焦虑和压力，仿佛也随着烟圈慢慢散去。很多时候，抽烟竟然开启了他的思路，一些难以推进的事，忽然开窍，想出了办法。他喜欢琢磨一些事儿，在琢磨和体悟中，他越来越意识到，扶贫工作，远比之前的想象丰富得多，完全有别于城市那种有规可循的工作。做群众思想工作，迎接各级检查，向上级汇报，一户一策研究脱贫之计、因地制宜地发展产业，还要团结班子，协调各方，真是一场没有硝烟的战役。

马乔很清楚自己的职责："既是将军，又是战士，既是服务员，又是监督员。"他对自己的要求是，特别能吃苦，更要特别能战斗。

刚来时，他把克服水土不服，当作第一考验。除了身体上的水土不服，工作上也有水土不服。原来天天穿越车水马龙，出入机关大楼，和电脑打交道，一下子变成吃住和工作共处一室的山中陋地，电脑椅成了小板凳，白纸黑字的文件变成性情各异的面孔，需要你斗天斗地，斗智斗勇。

马乔逐渐实践出一套"走心"的工作方法，用他的话说："恩威并重"，尤其是遇到难缠人。

我们走访回来，村委会院子的柳树下，蹲着几位群众谝闲传。马乔随即走过去和他们聊，趁着氛围好，他对一位面相淳朴，但眉目之间透出一丝小狡黠的村民说：

谢伯，把你家门口的杂物摆整齐些，麦草不要乱堆。

老谢花白的胡子茬向上一翘，说：

不挡路就行，讲究不清的。

总不能占公共地方，你为人好，不是让乡亲戳脊背的人呀。

什么公家地方、私家地方的，我家门口就是我的。

堵了路，塞了河道，总不妥吧。你忘了那年发大水的事啦？

老谢意识到理亏，忽然口出一语：

麦草就跟我们农民的素质一样嘛，七长八短的，不好管。

那你回家就管管，麦草肯定没意见。

听你的，听你的！

老谢憨笑着说，脸上的褶皱像涟漪，从中间荡向两边。

村民们的闲谝散场不久，该吃中午饭了，却半天不见马乔。一看，他在房间接电话，耐心地解释着什么。马乔的电话一直是村民的"热线"，一讲大半天，大伙都习惯了。吃完饭再去看，还在接电话。端过去的一碗米饭，都凉了。村支书李敏告诉我，一个村民有诉求，把电话打到了省人社厅领导那儿，领导正在向马乔了解情况。

我立即替马乔捏了一把汗。村支书李敏看出了我的心思，急忙解释：这次不是告状，这个人本身就在贫困户名单里。他要换房子，去年以贫困户名义登记的搬迁房，想换成今年的这批。

为啥要换？

今年这批房面积小，除过国家补贴，自己只掏一万多。

咋不告诉你们，就直接把电话打给省厅领导？我问。

也许贫困户觉得这事难办，找领导更保险吧。

马乔终于接完电话，和大家一起商量办法。村支书李敏联系到这位贫困户登记房屋的房地产公司书记。书记问清情况后，表示理解贫困户的困难，但是，要上会研究，给大家说明情况，如果多数同意，就妥了。村支书李敏将这位贫困户登记的楼盘名称、楼号、房号,发给了对方,等待消息。马乔也打电话给领导作了情况汇报。

9

下午,马乔拉着打印机硒鼓,阀门坏了的煤气罐,要去修理,顺便送我去丹凤县汽车站。今天走的这条出山路,虽然路程远,岔道多,但是,不用爬令人胆战心惊的八里杠岭,马乔偶尔可以看一看风景。熟悉的山山水水,渐渐后退,越来越远。312国道车水马龙的繁华,就在眼前。马乔忽然放慢车速,望着前路,半天不说话,我感觉到他陷入了别离的伤感。

原以为,"阳阴村里日月长",没想到,日子在忙碌中倏然而过,很快就一年了。

按照人社厅干部压茬驻村的规定,再有一个多月,马乔驻村的使命就该结束了。虽然只是压茬驻村包扶干部中的一员,但他深深意识到,阳阴村已经和自己紧紧联在一起,这是机缘,更是使命。虽然只是举接力棒,但他希望自己的青春,能够因为这段特殊的经历,更有含金量。

妻子和孩子开始扳着指头算日子,询问归期。马乔却越来越舍不得走,每天都有一种只争朝夕的紧迫感。眷恋什么,他一时也说不清,也许,是一张张朴实的笑脸,一双双困惑的眼睛,一声声热情的问候,是"战友"并肩作战的默契,是青山绿水的纯净……

阳阴村,对马乔来说,原本只是地图上一个陌生的地方,现在,他称它:"我的第二故乡。"

三、星星点灯

1

阳阴村的夜,是从傍晚开始的。

山风一吹,村委会的院子就安静了。大门口贴瓷片的工人准备收工,他们用抹布小心地擦拭贴好的瓷片,抹掉缝里多出来的沙粒。灰色带暗纹的瓷片已经贴了大半,很容易想象大门端庄肃穆的样子。

村委会和村里的小学共用一座楼。此刻,二楼教室那些蹦蹦跳跳的孩子们,大多数都被大人们用摩托车接走了。留下来的五个孩子,最大的三年级,最小的一年级,跑来窜去,在院子里捉迷藏,兀自快乐着他们的快乐。

阳阴村小学有二十八个孩子,一至三年级,全集中在一间教室,由两位五十多岁的老教师执教。省人社厅每年从自己的办公经费中筹集三万元,为这些孩子免费供应"爱心午餐"。

我是中午到这里的,孩子们刚放学,在院子里玩,等着开饭。看见陌生人,并不怯,比赛似的和我打招呼:阿姨好!阿姨好!一声高似一声,很标准的普通话,清澈的眼睛,让人想起山泉。

村委会院子两边各有一排平房,右边的明天就要拆,已经成了没有灯火的空房子,另一排是简易的学生宿舍和库房,现在住着三家陪读的人,一个四十岁的女人,两个六十多岁的老妇。她们的家都在几十里外的山沟里,只好出来陪读,周末才和孩子回一趟家。

四十岁陪读妇女的头发高高盘在头顶,翠绿色的弹力裤紧裹着结实的腿。穿一双蓝色塑料拖鞋,迈着外八字,肚子微微前挺,在院子里走来走去,洗衣做饭,呵斥调皮的孩子。趁她坐在门口的当儿,我过去打招呼,很快了解了情况,她家是贫困户,有四个孩子,都免费上学,还能吃上免费午餐。她在这里陪娃,不花啥钱。

竟然有四个孩子!我暗自诧异。

两个陪读老妇不常出来,大多时候坐在架子床边,目光散漫,任孙儿蹦跳玩闹。皱纹安静地盘踞在她们脸上,像中国地图上的交通线。一床被褥,几件衣服,简单的炊具,保障着婆孙的温饱。

一直以为陪读是城市现象,原来这个小山村,也需要。

一样的陪读,城市和深山,却是两样的天地。好在,陪的都是希望,是未来。

2

天色渐渐暗了,村委会大院却越来越热闹,驻村干部、跑班车的司机、售票员、超市售货的哑巴青年,都来了。避开施工的沙堆、水泥和砖块,三三两两围在漫步机周围，或站或靠或蹲，聊村里的事儿，山外的事儿，聊班车路上见闻。

头顶上的几朵云，悠悠远去，树和山渐渐把自己隐成一团阴影。天空深邃，看上去有些神秘。

晚上的住宿安排好了。村支书把他的宿舍留给了我。马乔把自己的被褥抱出来，将宿舍留给了志愿者小刘。小刘的宿舍，在院子那一排平房里，明天要拆了。支书和马乔今晚合住一间，具体是哪间，我不知道。我和小刘一样，心里充满歉意，还有暖意。

我到水龙头前洗了把脸。水流洗去尘埃和酷热的刹那，忽然对这水龙头生起敬意。它承担着洗菜洗碗洗衣的任务，天天配合人洗手洗脚，刷牙洗脸。如今，还要为院落的建设，亲沙子吻水泥。众多任务多重角色，却毫无怨言，尽心职守，谁让它承担着"上善若水"的美名呢。

聊天的人各自散去，朗朗的笑和淡淡的烟雾消散在夜里。村支书走进作战室，加班整理会议记录。马乔和申旗也跟了进去，学文件，查看贫困户的资料，安排明天的工作，几个人时不时地交流几句。

那几个留守住读的孩子，跑累了，喊困了，聚在门口，探头探脑地向屋子里张望。

作战室是集体工作室，也是"夜校"。很多个夜晚，就从这里开始，也从这里结束。学习、思考、探讨、查漏补缺，然后，寂寞而充实地回到宿舍。

风越来越凉，胳膊上起了鸡皮疙瘩，我起身回屋。

住读的孩子们也想挤进扶贫作战指挥室

村支书让给我的宿舍在二楼最里头。床上，换了雪白的新被套、新枕头，这大概是他们给省人社厅结对帮扶干部准备的"行头"。没有床头柜，挨着床的是一张桌子，上面堆着一叠资料，一看，全是有关精准扶贫的文件、各级领导讲话、扶贫工作日记。看来，这是村支书睡前的功课，念好扶贫经，是需要"修行"的。

枕头边，放着一只红色的手电

筒，很是醒目。我顺手把它放到桌边，不明白这个有什么用。睡前到楼下上厕所，借着院子路灯的光走进那堵砖墙，眼前瞬间一黑，根本分不清蹲坑在哪，用脚尖试探着走了几步，仍然担心一脚踩空。站了几秒，还是对找准坑位没有把握。这才想起手电筒，恍然大悟，急忙退出来，上楼，把手电筒紧紧握在手里，让这一束光，照亮脚下的路。

夜已深，陪读的妇人和孩子，都进入了梦乡，喧闹的宿舍一片漆黑，静夜里，我似乎听到她们此起彼伏的呼吸声。

临睡前再讨论讨论

马乔还没有睡，他在村支书房间，两个人正在探讨。陕北出生的他嗓门儿大，声音回荡在深山的褶皱里，平添了"但闻人语响"的暖意。

我毫无睡意，信步走出村委会大院。山睡在黑夜里，神秘莫测，星星醒着，头顶一片灿烂。我握着手电筒照向天空，和星星打招呼，但手中的光是那样的散漫无力，根本无法和天幕上的小精灵传情达意。星星本身就是光源啊！

借着手电筒的光，沿着小路向黑暗走去。大山黑压压的，没有了白日里绿树的掩映，成了铜墙铁壁，堵得人心慌。我晃动手电筒乱照，照向哪里，那里的一簇树枝就绿了。

走出二百多米，回头看去，村委会大院那一盏路灯，还有三间亮灯的窗子，像含情脉脉的眼睛。只有黑暗里的人，才懂灯光的深情。我久久望着灯的方向，心中涌起郑智化忧伤而磁性的歌声：星星点灯，照亮我的家门；用一点光，温暖孩子的心……

蛙鸣和虫吟，灯光和星星，大山和手电筒，让黑夜更黑，而光明更明。

3

清晨，我在鸟儿们奏响的森林音乐会中醒来，看了看表：5:25。大院里已经有了声响，施工的工人来了，正在房顶上拆瓦。一会儿，一辆机动三轮车"突突突"地冒着黑烟，昂头挺胸开进村部院子。驾驶员是一个二十来岁、染着一缕黄色刘海儿的小伙子，村里很少能见到这样的年轻人。房上的旧瓦，作废了可惜，也许还能给他们盖个柴坊，修个猪舍。

施工的声音打破了大山清晨惯有的宁静。那个在村委会平房住读的小男孩，已经在院子里跑来跑去，独自玩耍。崭新的校舍和惠民广场是什么样，山外是什么样，他也许不知道，眼下的热闹，已经够他撒欢了。

下楼洗漱时才发现，两个水龙头都被施工占据。一个接着长长的白管子，看样子是在冲旱厕，或者浇山坡的菜园子，厨房门口的另一个被工人接上了更粗硬的白色管子，给施工车上运水。急忙上楼去，取来村支书准备的红塑料脸盆，拔下管子接了水，草草洗漱。

其余几个小孩子也起床了，用手揉着眼睛，发辫乱蓬蓬的，围在水龙头旁轮流洗脸。陪读的妇女、老人进进出出，在即将拆去的房屋里拾掇杂物。阳阴村小学的两位老教师分别骑着摩托车来了，进教室看了看，又出来了，站在二楼眺望，目光追寻着那些正在赶路的学生。

马乔拿着一个小本站在院子里，登记整理出来的旧电线、旧凳子、旧脸盆，能用的，都让陪读妇女拿去。对于这些旧物杂什的分配，他显然是动了脑筋的，物品虽旧，但不能白送，要付出劳动，马乔安排她们维护村支部大院卫生，监管摩托车是否摆放整齐，帮忙给孩子们盛盛饭，都是陪读妇女乐意而为的活计。

支部大院子那棵挺拔的老柳，像个长者一样，轻拂胡须，在暗自赞许吧。

马乔的车停在院子，落满工人拆瓦和施工的灰尘。不知哪个调皮的孩子，用手指抹着灰尘，在车后窗玻璃上写了一行歪歪扭扭的字：叔叔，你好！旁边还画了一个可爱的小人儿，几只气球。孩子们最大的快乐，来自这些省城里的叔叔，给他们带来了学习用品、体育器械、益智玩具、爱心午餐，更带来了山外的世界。

我发现，阳阴村的小学没有铃声，老师喊一声：上课了！上课了！正在玩耍的孩子们齐刷刷地上楼，跑进教室。很快，教室里传来嘹亮的歌声，院子里的工人，在歌声中施工。这歌声里，也许有他的孩子，也许没有。但他们的胳膊，有使不完的劲儿。

山，也在歌声里醒来。

四、蚊子先生

1

申旗是陕西省人社厅扶贫驻村队的一名新兵。驻村一个月了，刚刚适应重新构建的工作与生活。

在他的桌上，我发现一个黑色的硬皮本，仔细一看，是省人社厅统一制作的述职、述效、述廉"三述"笔记本。征得申旗同意，我翻了翻，从时间上看，不分上下班，没有休息日，一切围绕群众转，围着扶贫转。

奇怪的是，这些工作日记，有时候是端庄的楷体，有时候是行草，笔迹判若两人，但是，语调和气息是贯通的。

交谈中才知道，工作日记上的字，契合着他的心情和状态。时间稍微宽松，屁股能稳坐椅子上，就一笔一画秀书法，在最忙的大走访时期，每天工作到深夜，临睡前写的急就章，笔迹就成了行草。我数了数，行草远远多于楷书。

一行笔力刚劲的行草字体吸引了我：

"我做了一个重大决定，奔赴丹凤县阳阴村，驻村做扶贫工作。"

仔细一看，这句话写在2017年第18周，5月4日，星期四。五四青年节，不知是巧合,还是组织的安排,总之,这一天很好记。

你来,家人同意吗?

之前没说,报了名才告诉的。我爸说,去吧,给你起这个名,就是让你当旗帜。

媳妇呢?

媳妇感到突然,哭了,但还是帮我收拾了行李。

申旗说着,掏出手机,调出媳妇的照片。我看到一个青春活泼的美女,正在弹钢琴。美女在音乐学院工作,比申旗小六岁。

撇下娇妻来驻村,决心不小呀!我半是调侃,半是佩服。

本来今年打算生孩子,一来驻村,计划只能搁浅了。

2

申旗来驻村的时候,正赶上进村入户数据大清洗阶段。白天走访,晚上整理资料,每天忙得昏天黑地,吃饭没时间,而且图方便,都是机器压的面。申旗爱吃米饭,在家里时偶尔吃顿面,都是母亲亲自手擀。在这里,他不得不适应机器面。晚吃或早吃的不确定,也打乱了肠胃的规律。好在,来时,他早已有了心理准备,肠胃的意见,并不影响工作热情。

一次在村里走访时,发现一名刚刚毕业的贫困大学生,为找工作发愁,家里的危房也坍塌了。申旗和同一组走访的村计生主任一商量,邀请大学生先来支部当志愿者,管吃管住,以解燃眉之急,也为下一步找工作积累经验。

这个志愿者就是小刘,渭南师范学院刚刚毕业。她先是帮联合工作队整理资料,后来便帮学校代代课,孩子们很喜欢身材娇小玲珑、声音温柔的她,自发地叫她"姐姐",不叫阿姨。

驻村联合工作队通常在八点左右吃晚饭。基本上是混炒一个菜,就馒头吃,不做稀饭。那天因为我在,村支书专门请那位陪读妇女帮忙,烙了酥香的锅盔,混炒了一盆豆腐西红柿和火腿肠。几个人各盛一份菜,围在灶房门口的屋檐下,一边吃,一边拍打着伺机进攻的蚊子。

我看见申旗不停地在碗里翻找,八点多室外的光线已经变暗,只隔一米多，却看不清他的表情，便问：

你找啥？

两只蚊子，刚刚落进去。

找着了吗？我看着碗里颜色混沌的菜，担忧地问。

不找了，吃！申旗夹了一大口菜，送进嘴里。

有人和申旗开玩笑：

蚊子看你辛苦，自愿献身！

申旗不接话，狠狠地咀嚼着。我想问他味道怎么样，又把话咽了回去。

蚊子吃人，人吃蚊子，人和大自然，也许就是这样扯平的。

清风徐来，满山的树都在摇摆，绿涛阵阵。我的心里，却没有多少田园诗意，我焦虑着这些驻村干部的焦虑：人和贫穷，如何扯平？

3

洗碗的时候，村计生主任过来和申旗商量事儿。光线越来越模糊，我坐在他们旁边一米处，只能看清两人脸部轮廓。幸好，计生主任嗓门儿大，我听得清。说完工作，他起身要走，说是去找那位班车司机，托他给自己在县城住院的老婆捎钱。申旗建议用微信转，方便快捷，我也在一旁附和。计生主任说，我没有微信，不会用，老婆也不会用，还是捎去放心。说着，他掏出手机，果然是翻盖的老款式，不是智能手机。

我有一个能上网的手机，还没用，在家放着。计生主任补充道。

啥时拿来，我帮你注册微信，人社厅在这里免费铺盖WIFI，不要钱的。申旗说。

看着计生主任匆匆离去的背影，我希望他爱人快快好起来，早日出院。希望他快快启用智能手机。无线wifi，何尝不是一条出山的路呢？

4

第二天的午饭，依然是米饭、烩菜。申旗说，他是沾了我的光。因为我来了，才能连续吃上米饭。其实，申旗不说，我也感觉得到，驻村工作队对我的照顾。

申旗给那位陪读妇女介绍我：这是大作家。

我是作家，但不大。我笑着纠正。

陪读妇女坐在宿舍门口的小凳上，抬头扫我一眼，像看一件物品，淡淡地说：你们都是念书人。

没错！你没事不要闲坐着，上二楼去，我们人社厅捐助的图书室，够你看得了。申旗趁机说。

陪读妇女羞涩地笑笑：我小学三年级都没上完，识不了几个字。

那更得看看书呀！不为别的，给孩子做做榜样。

现在能免费上学，都识字，俺们那时候上不起。

你先去翻翻书，看不懂地问我。

妇女不答话，手依然支着下巴，目光投向别处。

听着申旗和陪读妇女的对话，我忽然想到了两种物态：火和冰。如果说，冰是睡着的水，火的使命，就是唤醒冰。尽管，这个过程还很长，但，是火，就一定会融化冰。

五、大山碎事

阳阴村村支书李敏最欣慰的一件事，便是劝丈母娘退出了贫困户。我到阳阴村那天，听到这事，当面夸他："不愧是支书，高风亮节。"

他哈哈一笑，"作家就是会说话，我没想那么多，只觉得没有一个亲属是贫困户，做起群众工作，腰杆子硬，要求起党员来，内心无愧。"

李敏的丈母娘六十六岁，高血压，腰椎严重错位，不能干重活。老太太春天和夏天到附近采摘金银花、茶叶，每天能挣三十元。

当李敏动员她退出贫困户时，老太太开始不表态，这让李敏揣摩了一夜，想好了一肚子的说辞。第二天再上门，没想到老太太爽快地说："退就退，不让你受作难，咱也给公家不添乱。"

丈母娘的大义让李敏感动，当时眼圈一热，真想给老人磕个头。

娃的妗子却不愿意，开始还找到村委会与李敏论理，说他：没本事，总拿自己人开刀。后来，李敏上门走亲戚，娃的妗子也不理，看见就当没看见。李敏便主动和她打招呼，没话找话，伺机做思想工作。时间长了，看到老母亲没有抱怨，能动的时候决不让人伺候，也没有给家里增添负担，娃的妗子才接受了这件事儿。

自己动手做饭

来的路上，从马乔口里听了好多村支书的故事，一直以为他是个老年人。当马乔把穿着蓝白横条T恤的李敏介绍给我时，心里暗想，这可能是丹凤县最年轻最帅气的村支书了，他高个儿，胖瘦适中，身姿挺拔，五官俊朗。看上去只有四十出头，一问，果然是七〇后。

李敏已经在阳阴村工作了六年多，属于支书二代，他父亲就是干了二十八年的老支书。虽然在村委会工资只有两千多元，但他吃住全在村委会，除了睡觉，就是工作，吃饭来了村民，就撂下饭碗谈事。

支书走路很快，脚下生风。大概是他穿的那件蓝白横条的T恤很抢眼吧，总感觉他的身影一直在大院晃动，一会儿在灶房，一会儿在会议室，一会儿又进了服务中心，没有一刻闲下来。

我发现，他既是支部的"头"，又是管家婆，大大小小的事情都在操心。要管好党支部建设，要担负群众的脱贫工作，要处理群众的利益纠纷，还要尽地主之谊，操心着省人社厅驻村干部的生活。

五月份阳阴村通班车，是村民翘首期盼的一件大事。班车原来的路线是从白阳关的楼子村到丹凤县，全程票价二十元。如今要延伸至阳阴村，多出八公里路程。支书李敏给经营班车的司机提出一个要求：对阳阴村还按二十元收费，不涨价！司机有些为难，按里程收费，天经地义，而且我独此一家，进山入沟的，再没别的车愿意来呀。

村支书给班车司机算了一笔账：如果免费，以后村民出行越来越多，增加了班车客源，油耗不就回来了？再说了，它也是一条扶贫路、爱心路，也算是对这个贫困村乡亲的照顾吧。

情真意切，打动了班车司机。很快，二十元就能进县城，阳阴村妇孺皆知。

村支书的家在四公里外的碾子村，骑摩托车回趟家，也就二十来分钟，我来时路过了。他的母亲只要看到驻村干部，一定要叫到屋里给做饭吃，和儿子一样亲。但支书很少回去。用马乔的话说："还真是过家门而不入。"母亲在的家是小家，村委会是一个大家庭，"先大家后小家"，当支书的父亲常常念叨的这句话，深深烙进了李敏的心里。

最近，外面有一家企业几次找他，知道他人脉广，要挖去做营销经理，月薪最低四千元，外加销售提成和福利，收入是村委会工资的一倍多。如果这样，可以大大改善全家的生活，妻子也就安心了，但支书一次次拒绝了。

我问了一个天下人都会问的话：为什么？

国家脱贫攻坚力度这么大，政策这么好，正是关键时候，咱咋能拍屁股走人呢。

我们交谈的时候，正好站在村委会的二楼，支书手抓栏杆，一直看着院子。我顺着他的目光，看着运沙子、贴瓷片的工人，蹦跳的孩子，彩色的健身器械，绿屏风似的山，缎带似的路，忽然有些恍惚，隐在深山人未识的阳阴村，竟然出落得如此明眸善睐。田园和现代相融、近景和远方相交，像是一个梦里的地方。

我们村很幸运，遇到这么好的帮扶单位，这么好的厅长和驻村干部，就冲着这一点，咱也得坚持下来，好好干。

支书语气里的真诚，和眼前的山水一样美好。

6月14日上午，我整好行李，去作战室和支书李敏告别，他刚刚收到一条短信，顺手举给我看，"你们必须把张**（隐去真名）加入贫困户"，语气是命令式的。支书摇摇头，叹一声：九条红线在那明摆着，你说进就进？他像是自言自语，又像是说给我听。一边说，一边把短信内容和手机号码登记在群众来信来访登记本上。

我要出门的当儿，"嘀"一声响，对方又发来第二条短信，内容全是威胁，大意是要向镇上、县上告状。

咋办？

劝嘛,再去讲政策。

怕不?

我才不怕呢!把丈母娘都劝退了,我没有一个亲属是贫困户,身正不怕影子斜!

我向他竖起了大拇指。

车向丹凤县城开去,阳阴村越来越远。不知怎的,我的脑海里又一次进出老子的那句话:万物负阴而抱阳。

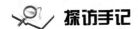探访手记

穷　根

精准扶贫工程有一个出现频率很高的词——穷根。

什么是穷根呢,穷乡僻壤,穷山恶水,还是穷家薄业?

在阳阴村走访贫困户时,看到很多老人,老境凄凉。一个独居的七十八岁老汉,大儿子还没结婚,就因意外死了,小儿子因为家穷,出山当了倒插门女婿。后来,老伴得了癌症,山外的小儿子一次未探望,就连母亲安葬都没回来。

我和驻村干部马乔、申旗到老汉家的时候,门大开着,里面凄清无人,门口斜着一个断了腿的小凳子。叫了半天,老人才从床上爬起来,扶着门把一步一步地向外挪,颤颤巍巍的样子让人鼻子发酸。

另一家老两口都健在,两个儿子一死一失踪,唯一的女儿未婚先孕,将孩子生下后甩给老人,远走他乡,十年杳无音信。现在,老人自顾不暇,还要供养外孙。这个孩子的成长环境,无疑和老人一样糟糕。我们上门看望时,老两口千恩万谢:"如今都是靠公家过活,多亏公家,要不然,不得了!"

是的,不得了。走出这些老人的家,我们半天没有说话,各自默默走路,心情都很沉重。中国不是有一个根深蒂固的观念:养儿防老吗?可

是，为什么这些出走的孩子对老者撒手不管呢？让他们老无所依，更谈不上孙儿绕膝的天伦之乐。这些在父母身边"失踪"的孩子，恐怕也"失心""失根"了。

不由得想到一句沉重地诘问：子不孝，谁之过？贫之困，谁之责？

也许，在中国博大精深的《易经》里，能找到根源："积善之家，必有余庆，积不善之家，必有余殃。"如果这些老人抚养孩子的时候，把中国二十四孝的故事讲给孩子，把头悬梁、锥刺骨的励志精神传给孩子，把岳飞精忠报国的英勇事迹讲给孩子，把《弟子规》读给孩子，上好"积善"这堂课，续好耕读传家的家风，那么，现在的他们，即使物质清贫，也不至于老境这么凄凉吧。

我们每个人，都要为自己的现状负责。

贫穷值得同情，但穷得理所当然，穷得怨天恨地，就是一种无知和愚蠢了。毋庸置疑，山区条件差，教育资源差，但越是封闭，越是纯朴的地方，老祖先秉持的礼仪信、真善美，更应该口口相传、代代相承。

可现实是，封闭和纯朴，也滋生了愚昧和麻木。穷根，正是滥养粗教的家风与懒惰一起孕育的带毒枝蔓，牢牢吸附在穷山恶水中，扯不断，理还乱。大山深处，有的是风声、雨声、叹息声，甚至天籁之音，唯独缺少读书声，缺失了"积善"这堂课。

想想，如果这种状况"祖祖辈辈无穷尽也"，挺后怕的。心的荒漠，孝的缺失，精神的贫瘠，远比眼前的穷山恶水更可怕。

精准扶贫，让儿女不孝、风烛残年的老人，迎来了柳暗花明又一村。我想，要走好山重水复的致富路，还必须以教育开道，以家风助力，才能彻底斩断穷根。

（探访时间：2017年6月11日）

后记

把今天告诉未来

为时代立传，是一个作家的本能。

我无法对这个举全国之力、旗风猎猎的精准扶贫壮举无动于衷，我无法对2020这个历史节点不敏感、不向往。但离开农村已经很多年，从事的工作也与扶贫毫不相干，因此很长一段时间，我是一个隔岸观火者。

2015年起，我跟随省作协组织的陕西作家精准扶贫采风活动，走遍大巴山区。其间，又和做公益的朋友，跑到佛坪县探望深山里的学生。这几趟行程，把我带入一座又一座村庄深处，与贫困短兵相接，与淳朴握手言欢。

那些坚守在大山褶皱里的干部和村民，坚信绿水青山就是金山银山，坚信土地会给予和汗水对等的价值。他们的生活之小，心海之大，像河流中一条条闪烁的银链，照亮了山川，也照亮了我。

忽然意识到，呆在办公室、书斋里的自己，是那样的单薄和苍白。

我做了一个冒险的决定：从原计划的小说上"移情"，奔赴精准扶贫现场，直面冲击，洗礼心灵，不作、不秀，老老实实呈现这个时代的奔腾。

当时的我，并没有意识到，自己给自己出了一个多么大的难题。

写好长篇非虚构，就得抡起真实的锤子，砸出一束束灿烂的火花，那需要多大的力气啊，劲还不能乱使，得把握好真实性与文学性的平衡。人物、故事、地貌、民俗，都要用腿去跑，用心去感知，用情去浸润。我尽管有不少采访经历，也有散文、长篇小说和传记的锤炼，但是，要让扶贫这个宏大命题的锤子落地，并且砸出火花，仍然是一个不小的考验。

我做了很多关于精准扶贫政策、纪实文学写法的"功课"。怎样才能把固态化的政策战略、客观数据和液态、气态化的个体抒情、民俗风情拌匀、消化，并像蚕吐丝一样分娩出来？怎样用思想的火光，切开叙述的表层，赋予文字精气神，让琐碎也生出张力？这一个个问号，让我绷得紧紧的。

每每上路了，还在忐忑：切入的角度，人物的选择，地域的特点，脱贫的途径，能不能一次找准，会不会有独到的发现？

跳出创作舒适圈，本身就是一个挑战，更是创作的破茧。我打开浑身的每一个细胞，在采访中发现，在写作中求索，在尝试中进步。越难越写，越战越勇，最后发现，自己竟然充满了开掘的热望。

在轰轰烈烈的精准扶贫现场，我接触了许多产业带头人、第一书记、驻村干部、协会会长、贫困村民……这些人，没有刻意的选择，都是遇。走一个地方，遇一批人，听一些事，和一个一个人萍水相逢又挥手告别，然后把一次一次初见，一颗一颗的初心，变成笔下的文字。

书里写到的人，看似随意，其实都经过了精心过滤。

我选择人物有一个内在的标准：含心量。他们的引领，创新，践行，辛劳，必须缘于内心的爱。他们必须感染、触动、医治了我。他们身上，必须有与贫穷抗衡、与时代唱和的力量。

认识有多深，呈现才有多深。我一边恶补人文知识的空白，一边探入村庄的深处，勘探大地的斑斓、人心的丰沛，追寻从贫瘠走向富饶的脚印。我力图做到，现场感受、个人观察、思考梳理，以及地域风情、人文历史渗透交织。空间的宽阔感、历史的纵深感、维度的丰富感，都是我所追求的。我还企图拨开新闻的繁荣，探入一个一个灵魂，点燃人与时代缠绕的火芯。

为了写出作品的"景别"，我从陕南最南，到陕北最北，跨关中之中，纵贯南北，兼顾东西，行程两千多公里。一次次从大西安走到小山村，又从小山村回到大西安。一场场城与村的恋爱，让我期待又焦虑。每次在村庄怀了心灵的孕，回到城就赶紧生出来。现在，书稿完成了，但不知怎的，我常常在霓虹灿灿、人潮汹涌的街头，想起那些遥远的小山村。

有一次，从丹凤县武关镇阳阴村回到家，已是深夜，糊里糊涂地睡下，第二天一睁眼，习惯性地往窗外看去，对面小区的灰色高楼，阻断了我的视线，心里顿时一紧：那如屏的青山呢？好一阵子才回过神来：那坚守的村干部、劳作的村民、寄宿的孩子们，已远成了远方。眼前的钢筋水泥"山"，像一个热烈的熔炉，理所当然地吸附了我。

那个早晨，我怅然了很久，终于释怀：青山和水泥山，不都是家园吗？前者正在走出，后者正在回归，这个世界始终律动着天道地坤。

两年的"走村"，我留给山村的印象是邋遢的，不穿裙子、不化妆，再烈的太阳也不打洋伞，不戴墨镜。和村民拉话不亮录音笔，不拿本子记。我用目光和对方交流，用素面和对方交往，用心灵和对方交谈，我得让对方视我为邻家人，而不是大城市的人。

于是，常常趁上厕所的时候，赶紧把要点记在本子上。我的记忆力、观察力、沟通力，就这样被一点一点逼升。渐渐地，竟忘记了写作任务，内心清澈无比。那些天，想到深入、融入这些词，竟然觉得有些"隔"，我要的是扎入、植入，生根的，有泥土味的。

"上帝创造了村庄，人类创造了城市"，村庄用神赋予它与生俱来的魔力，吸附了我。魔力是前世的，更是今生的。每一座村庄，无论丰腴和瘦弱，都有与时代相连的脐带。精准扶贫，是输送给村庄的养分，更是对村庄的拯救。而我，在与古村的对话中，也完成了对自己的拯救。

书写完的时候，我惊觉自己变了，格局大了，自我小了，素朴了，结实了。

从某种程度上说，一个人的成长史，一个村的变迁史，一群人的脱贫史，其实，就是一个国家的发展史。今天的精准扶贫，就是明天的富裕安康。今天的脚步，注定是明天的脚印。

小康将至，未来已来。今天，生逢盛世的我能做的，就是写，只有写。写下这个时代的鲜衣怒马，也不忘这个时代的跌打损伤。让我渺小的写作与硕大的现实有所瓜葛。

桑塔格有一句话："所有的写作都是一种纪念。"希望这本书活得久一些，最好活成碑的姿势，把今天告诉未来。

本书的完成，离不开陕西省作家协会、省扶贫办、西安市文联、西北工业大学出版社的支持，离不开广大基层干部和群众的帮助，也离不开热心为我的走访牵线搭桥的朋友们。

我只是一棵树木，而你们，给了我森林。

2017年12月16日于西安